那山,那水

纪念版

何建明 著

红旗出版社

《那山,那水》首版,2017 年

《那山，那水》英文版，2021年

绿水青山就是金山银山

习近平

我们追求人与自然的和谐、经济与社会的和谐，通俗地讲，就是既要绿水青山，又要金山银山。

我省"七山一水两分田"，许多地方"绿水逶迤去，青山相向开"，拥有良好的生态优势。如果能够把这些生态环境优势转化为生态农业、生态工业、生态旅游等生态经济的优势，那么绿水青山也就变成了金山银山。绿水青山可带来金山银山，但金山银山却买不到绿水青山。绿水青山与金山银山既会产生矛盾，又可辩证统一。在鱼和熊掌不可兼得的情况下，我们必须懂得机会成本，善于选择，学会扬弃，做到有所为有所不为，坚定不移地落实科学发展观，建设人与自然和谐相处的资源节约型、环境友好型社会。在选择之中找准方向，创造条件，让绿水青山源源不断地带来金山银山。

——刊载于《浙江日报》2005年8月24日头版

再版致读者

亲爱的读者朋友：

山川如画，岁月如歌。当您翻开这本《那山，那水：纪念版》时，我们仿佛与您重逢于浙江安吉的青山绿水间，共赴一场关于生态文明的初心之旅。

2005年8月15日，在浙江安吉余村，时任浙江省委书记习近平同志创造性地提出"绿水青山就是金山银山"理念。

20年过去了，"绿水青山就是金山银山"理念已经并将继续对我国生态文明建设产生广泛而深远的影响。

在这个重要理念提出20周年之际，让我们一起重温这本书，进一步加深对习近平生态文明思想的理解和把握。我们想邀您一同回望"绿水青山就是金山银山"理念从萌芽到深耕的壮阔征程，见证一座村庄如何用二十载光阴，让诗意栖居的梦想照进现实。

本次再版严格遵循历史原貌，未对原有时间节点、人物身份及事件细节进行改动。书中所涉2005年习近平同志在余村提出"绿水青山就是金山银山"理念的里程碑时刻、2017年创作团队扎根安吉的创作历程，以及所有真实人物的姓名、身份与故事，均保留初版的历史真实性与文献性——这些真实的时空坐标与人物群像，是作品生命力的根基，也是读者感知时代脉搏的纽带。

20年前，习近平同志在余村的一席话，叩响了时代命题：如何让山川增绿、让百姓富足？安吉余村以"敢为天下先"的勇气，走出了一条生态美、产业兴、百姓富的可持续发展之路。

这部作品，是时代的注脚，更是初心的映照。从2017年创作伊始，作者何建明五赴安吉，扎根乡土，记录下余村人关于"绿水青山"与"金山银山"的辩证求索；编辑团队三审三校，与作者反复打磨，只为将这份扎根大地的文学报告淬炼成一部镌刻着民族复兴精神的精品力作。

再版之际，我们心怀感恩，亦满怀热望。我们保留了初版对"美丽中国"实践的深刻记录，书中那些曾感动无数人的故事，如今正以更丰盈的实践成果，回应着时代的召唤。"文章合为时而著，歌诗合为事而作。"站在建设人与自然和谐共生现代化的新起点，我们相信，《那山，那水：纪念版》不仅是回望来路的里程碑，更是迈向未来的宣言书。愿每一位读者，都能从这片山水的蜕变中，读懂中国道路的智慧，读见民族复兴的力量，更读见自己心中那片需要守护的绿水青山。

谨以此书，献给所有为美丽中国建设倾注心血的人！

红旗出版社编辑部

2025年5月

2017年那个初夏,我到浙江采访,看到的是令我强烈震撼的绿水青山的安吉和余村;今天,我看到的是祖国大地处处是绿水青山……

写于《那山,那水》再版时

何建明

巍巍华夏，万里江山，锦绣磅礴，浩荡五千年。从群雄并起、争霸天下的古代至近百年间，英才豪杰誓为改变民族落后愚昧之窘境而前赴后继。一代又一代中国共产党人，怀揣共产主义信仰和为贫苦百姓求翻身、谋幸福的理想，浴血奋斗，以"敢教日月换新天"之气概和谋略，终让江山寰宇昭辉，中华民族从此迈入今天谁都不敢藐视和轻蔑的伟大时代。而在此过程中，有三个重要的历史时刻值得我们去总结与思考，去书写与传扬——

1927年，对于中国共产党人来说，是革命的转折关头。城市暴动屡遭挫败，南昌起义受到重创，秋收起义也被迫放弃攻打长沙，武装力量陷入了极度悲惨的境地，而"朱毛"会师井冈山时，仅剩几千人……

在茨坪小村清冷的月光下，毛泽东苦思冥想着中国革命的出路究竟在哪里。当鸡鸣撕破晨曦，毛泽东用遒劲有力的笔锋清晰地书写下一行大字：农村包围城市，武装夺取政权！从此，他和中国共产党人带领自己的武装，沿着这一方向，用二十余年的时间，彻底推翻了压在四万万劳苦大众头上的三座大山，缔造了全新的中华人民共和国。

1978年，一个月黑风高的夜晚。在安徽凤阳小岗村，一群不甘忍受饥饿的农民，以"歃血为盟"的形式，在一份分田到户的"草根宣言书"上"画押"……

北京，某高层会议。邓小平举重若轻地轻轻吐出一口烟。他目光坚定，一语定乾坤：对分田到户，有的同志担心，这样搞会不会影响集体经济。我看这种担心是不必要的。

之后的中国，正是我们这一代人所经历的改革开放，亿万人民从此走进了全面建设小康社会的无比精彩和令人骄傲的时代。

历史在继续前行，中国的命运也在继续经受考验。

2005年8月15日，浙北一个小山村的干部们正在围绕本村前些年毅然关掉矿山、还乡村绿水青山的做法进行讨论，因为村级经济与百姓收入出现了下滑，他们将向前来调研的省委书记作汇报。

那一刻，炎热、狭小的村委会小会议室里，气氛显得有些不安。有谁敢冒"不求发展"之罪名，去关护身边的一草一木、一水一山？我们到底该走怎样的发展道路，发展到底又是为了什么？寻求这些答案的，何止是这个叫"余村"的小山村，而是整个浙北、整个浙江，甚至是整个中国——

人们都在等待一个答案。村、乡、县，还有一起来的省直机关干部，以及他们身后的千千万万人民，他们都在等待，等待一个声音，等待一个方向，等待一个时代……

习近平，时任浙江省委书记。这一天，他穿着白色短袖衬衫，顶着高温，一大早就从省城出发，辗转至安吉，在连续走访数个乡、镇后，马不停蹄，迎着滚滚热浪，在下午4时左右到达余村。

村委会小会议室。在听取汇报时，习近平看出了余村干部们眼里的忧虑，于是他面带笑容但语气果断地说："你们讲到下决心关掉矿山，这是高明之举！过去我们讲既要绿水青山，又要金山银山，其实绿水青山就是金山银山。"这时，余村干部的眼里透出了光芒，习近平则语气更加温和地谆谆教导："要坚定不移地走自己的路，有所得有所失。当鱼和熊掌不可兼得的时候，要学会放弃，要知道选择……"

从那一天起，余村便沿着"绿水青山就是金山银山"这一理念所指引的道路，开始了全新的发展。仅仅十二年时间，余村从山到水、从空气到百姓的生活，再到每一颗人心，都发生了翻天覆地的变化：每一寸土地更加金贵，每一滴水更加清纯，每一个人更加快乐幸福。村庄美若仙境，人心向善向美，到处生机勃勃，融洽美满，真正成为人与自然和谐并存的美丽村庄。

在习近平当年高瞻远瞩的"绿水青山就是金山银山"理念引领下，整个安吉、整个浙江大地已建成了百个千个像余村一样甚至比余村更美更富有的村庄。如今，它们正以自己各具特色的美丽、和谐、文明，装点着一个伟大而全新的时代……

写在前面

何建明

目录

引言
安且吉兮，人在一万年前都叹这里好 / 1

壹
堪比小岗村的划时代意义 / 7

贰
金贵！"老外"口中言说的"我们的时代" / 27

叁
天上人间，余村在中间 / 37

肆
农家乐，乐坏了春林和春花 / 53

伍
流金的小溪 / 81

陆
"当代陶渊明"史话 / 99

柒
一根竹子半片天 / 119

捌
一片叶，一个神 / 143

玖
鲁家村是个奇迹 / 185

拾
请你一起诗意地栖息在此 / 207

拾壹
第三个天堂 / 227

拾贰
比山比水更美的是心空 / 247

拾叁
从余村再出发，一路绿意金光 / 283

编后记 / 303

引言

安且吉兮，人在一万年前都叹这里好

⊙ 绿水青山就是金山银山 ⊙

"嗷呜！嗷呜！嗷呜——"一个风雨交加的夜晚，一团团火焰映红了沧海与山丘。火焰时而跃动在海岸边的绿林之中，时而飞流在山岭的峡谷之间，前面则是数十只正拼命逃窜的猛兽……

这幅景象，发生在数万年前。

那时，人类还没有语言与文字。

一群先祖被一场空前的严寒和冰雪侵袭。他们逃离了北方的山谷，开始

竹海晨韵　王旭雄摄

了艰难的长途大迁徙。他们从中原出发，一路辗转，直抵后来被称为"杭嘉湖"的大地。

这里雨水充足，风和林茂，食丰景美。年长的首领不禁兴奋地张开双臂，仰天阵阵长啸。有力的双脚在杂草丛生的大地上重重跺了三下，引来身边数十个裸着身体的族人一阵狂欢，他们学着首领的样子，又是跺脚，又是号天，好一派欢快景象。近处的海和背面的山谷，似乎也在为这群新来的客人献情抛媚……

突然，一群猛兽从山林和芦苇中蹿出，众族人纷纷捡起石块与树枝，奋力与猛兽展开了厮杀。那是一场血腥的大搏斗，石头和鲜血在混战中一起乱飞，相互交织。那些弱小者在强者的暴咬与撕扯中倒下，而更多受惊的猛兽夹起尾巴，拖着伤残的身躯拼命向远处逃窜而去……

胜利的先祖们，擦干身上的鲜血，重新搭起草棚，点燃篝火。他们从此留在这片土地

引言 安且吉兮，人在一万年前都叹这里好

上繁衍生息……

一代又一代，他们的生命与遗骸，或化作空气消逝在历史的长河里，或埋入这片土地中，变成一块块"没有语言的石头"。

岁月从野蛮的原始社会移至东汉时期，胜利者为成功霸占肥沃的太湖流域与杭州湾而欣喜若狂。到了汉灵帝刘宏时代。灵帝对江南腹地的杭嘉湖一带格外垂青。一日，他带随员千百，游至太湖西北边新置的一县之地，立即对眼前如诗如画的山水与百姓平和安详的生活景象惊叹不已，于是乎，他摇头晃脑地咏起《诗经》中《唐风·无衣》里的佳句："岂曰无衣？七兮。不如子之衣，安且吉兮！"

"此地即为安吉！安吉县，此地也！"灵帝长袖一甩，金口一开，"安吉"二字掷地有声。

从此，这块土地有了一个名字——安吉。

这是差不多 1800 年前的事。

"安吉安吉，安且吉兮！此乃人生最好的归宿地也！"在一个竹林环绕、溪流潺潺、鸟语花香的山坡上，一位戴着眼镜、体形微胖的老者，擦了擦额头的汗珠，时而仰望晴朗的云天，时而环视簇拥在身前身后的那片绿竹青山，不停地喃喃感叹。

这是 20 世纪后半叶的又一幅景象。

公元 1974 年，就是这位名叫张森水的浙江籍考古专家，在距安吉不足 200 公里的建德境域的一个乌龟洞内发现了一颗牙齿，这是一颗人类的牙齿，准确地说是一颗人类的右上犬齿，它长在一个生活在 5 万年前的浙江人的门牙边。很多学者认为："建德人"就是浙江原始民族越族的祖先。

然而，此后的一段不短的岁月里，在约 10 万平方公里的浙江陆地全境，

浙江旧石器文化遗址考古第一点　安吉县委宣传部提供

竟再也没有找到旧石器时代浙江人的任何足迹。

难道更早的浙江大地上的先祖们突然有一天"蒸发"了？为探索华夏古文明作出过无数贡献的张森水先生不服气，他不相信在自己家乡的土地上找不到万年前人类生活的痕迹。

"你爷爷的爷爷就对我们后代说过，我们世世代代栖息的这片土地，有山有水，自古便钟灵毓秀，值得安居乐业，所以给你起名时取了'森水'。森者，森林也，林存于山；水者，清流透彻也，源流不息。森水，意思是好山好水，希望你长大后爱护自己家乡的这片好山好水。"小时候，张森水经常听父亲这样对他说。

"考南探北滴水穿石七十耕耘成大业，承上启下点石成金八旬传递续辉煌"，白驹过隙，在张森水先生七十寿辰、中国真正开启考古八十周年时，学生们的一副长联，犹如新征程的号角，鼓足了这位老者的干劲。

21世纪初，人类的语言已经可以数字化传播了。

七十多岁的张森水先生带领一众学子，再次来到数万年前那片人类祖先呼啸云天、与猛兽搏杀的土地安吉。那几十天里，张森水先生与助手们一起在安吉溪龙乡一个叫上马坎的山岗上发现了先祖们留下的三百多块带有旧石器时代典型特征的石器物……

这是一次收获巨大而且学术价值极高的考古发现。据浙江电视台国际频道《遇见安吉》栏目介绍：上马坎遗址的考古挖掘结束了浙江无旧石器时代文化遗存的历史，使中国不再有省级辖区旧石器考古的空白区，把浙江古人类活动历史提前到距今80万年左右。

安且吉兮，人类栖息宜居之地，也是灵魂归宿的安宁之域。

那山，那水，那森林，那原野……皆是上苍所赐的灵性之物。

2007年11月26日下午，让浙江历史前推了几十万年的著名考古学家张森水先生在一次野外考古工作途中猝然倒下——倒在了绿的原、青的岩之上，再也没有起来。

半年后的2008年5月27日，上马坎。数百人聚集在张森水先生花岗岩雕像前，鞠躬并献花。绿水青山簇拥的山岗上，响起激越而庄严的贝多芬的《命运交响曲》。在庄严的旋律中，这位中国考古巨人的骨灰被徐徐放入红土中，一个不朽的灵魂从此融入了这片自古"安且吉兮"的红土地。

绿意尽染山岗，清水流淌大地。一阵春风拂面而过，新土中腾起一缕青烟，人们皆为这位热爱安吉的学者的夙愿得以实现而欣慰。

安且吉兮。

安且吉兮……

壹

堪比小岗村的划时代意义

⊙ 绿水青山就是金山银山 ⊙

余村当年的水泥厂　余村村委会提供

人类的发展史上,总有一些看起来不起眼的"小浪花",却在酝酿着一场场波澜壮阔、翻江倒海的大潮,让人们无法忘却,并成为一个时代的标志。

"轰隆——"

随着几声震天动地的爆炸声,又一个山头的一片岩石崩裂开来,大大小小的石块如巨浪般从半山腰倾泻而下。就在此刻,谁也不曾想到,一处并不在爆破眼上的岩石竟然也随着轰响滚落而下。

"快躲开——!"一个工友见情况不妙,向几位躲藏在"安全地带"的工友叫喊起来,然而一切为时已晚——那位没有来得及躲闪甚至根本就不会想到飞石会瞬间结束自己生命的年轻人，连叫一声的机会都没有……

"死人啦——"

"矿山又死人啦——"

伴着阵阵弥漫的硝烟与呛鼻的尘埃，群山深谷间传出的急促而恐怖的呼喊，犹如丧钟敲醒了整个余村。惊恐万分的人们纷纷向矿山奔去。慌乱的脚步声，女人痛心的哭泣声，男人堵心的喘息声，还有老人和孩子撕心裂肺的哭叫声……

突然，有人在一具尸体前发出揪心的哀号：我的儿啊——！

那一刻，死者的母亲倒下了。

那一刻，死者的父亲跪在地上木呆了。

那一刻，看着眼前发生的一切的村支书，仿若傻了。

"怎么啦——"

"怎么啦——"

一声声悲怆绝望的吼问在山谷间回荡，震撼了天与地，以及小山村里每一个人的心……

这是20世纪90年代末的某一天。这一天，在余村老一辈人的心里烙下了不可磨灭的印迹。事后，村党支部和村委会立即召开干部会议，大家讨论的焦点是：继续开矿还是马上关矿。

"人都死了，还不关啊？！"有人说。

"又不是头一回死人。关了就不死人了吗？我看照样会死人！"也有人说。

"矿都关了，怎么还会死人？"

"没钱了，还不饿死人吗？"

"你！你怎么能这样说话？"有人火了。

"不这样说怎么说?你轻飘飘一句话说关矿,可全村人吃什么、用什么?钱从哪里来?"

"那也不能用命去换!"

"不用命换还能用什么?就我们余村那一亩三分地?"

"你到底还是不是人呀?怎么这样说话?"有人真的火了。

"我不是人你是人?不这么说,怎么说?"这边的人也火了。

"你!"愤怒的人站起来,握紧了拳头。

"你敢!"另一个拳头握得更紧。

"关!"

"开!"

"表决!"

面对僵持不下的局面,村委会决定投票表决。最后的结果出人意料:一半同意关,一半同意继续开。

…………

不知是何原因,听到余村人回忆当年发展过程中的艰难一幕,我的脑海里出现了另一个被写入中国改革开放史的村庄——小岗村,以及多年前小岗村的那个不平静的夜晚——

那是1978年年末的一个夜晚。

按照农家人的习惯,新年即将来临,家家户户又将喜庆过年。但在安徽凤阳这个叫小岗村的村庄里,没有丝毫过年的喜气,反倒更显凄凉:女人和孩子,不是忙着做新衣、扎灯笼,而是抹着眼泪,告别亲人,再次踏上飘雪的乞讨之路……

"不能让我们的女人和孩子再受这份罪了!把队里的地分了!分到各家各户种!"

2004年余村关停的冷水洞石矿　余村村委会提供

"对，也只有这条出路了！我同意！"

"我也同意！"

一间极其破落的农舍内，几个村干部和农民代表聚集在一盏煤油灯下。他们慷慨激昂，用低沉的声音表达着各自的立场，最后以"歃血为盟"的形式，用朱红的手印"画押"了一份"分田到户"的"草根宣言书"。

秘密"画押"的"草根宣言书"第二天就开始实施了。可谁也不会想到，就是这样一份由农民搞出来的东西，却成为一个伟大国家、一个伟大民族的一场惊天动地的历史变革的前奏。这场惊天动地的伟大变革，就是我们所经历的中国改革开放，而这场变革带给中国翻天覆地的变化！

壹　堪比小岗村的划时代意义

小岗村农民"歃血为盟"之后不到一个月，北京召开了中国共产党十一届三中全会，"改革开放"四个字首次出现在中国的报纸上、广播中和人们的口头上，并从此成为中华民族新的历史时期的标志性口号。

20 世纪 70 年代末，整个中国都在搞公社集体经济，分田单干是绝对碰不得的。然而小岗村人就这么做了！他们的那份"草根宣言书"后来成为中国革命历史博物馆 GB54563 号藏品，他们的故事也被写入了中共党史。

小岗村人说，小岗村能有今天，主要靠的是邓小平，是这位改革开放的总设计师给了小岗村人一颗"定心丸"。在小岗村农民"歃血为盟"后的 1980 年 5 月 31 日，邓小平同志在一次重要讲话中，语气极其严肃而毫不含糊地说："凤阳花鼓"中唱的那个凤阳县，绝大多数生产队搞了大包干，也是一年翻身，改变面貌。有的同志担心，这样搞会不会影响集体经济。我看这种担心是不必要的。

若干年后，小岗村村民们把邓小平的这句话镌刻在大理石上，高高地竖立在村头。

"小岗村事件"预示着邓小平指引的中国改革开放"纪元"的启航，它将中华民族推进了一个崭新的时代……

我到浙北安吉县余村村，正好是 2017 年的清明节。那天早晨，我站在村口，被一块巨石上镌刻的一行苍劲有力的红字吸引：绿水青山就是金山银山。

村民们告诉我，这行鲜红如霞的大字，是习近平 2005 年 8 月 15 日视察余村时讲的话。

时任浙江省委书记习近平留下的这句话，犹如一盏引路的明灯，照耀着余村人前行的道路，让这个山村以及山村所在的安吉大地，变成了"中国美丽乡村"和第一个获得联合国人居奖的县。

何谓"美丽乡村"？余村便是。

美，对人而言，自然是赏心悦目之感。你瞧那三面环山的远处，皆是翠竹绿林，如一道道秀丽壮美的屏障，将余村紧紧地呵护在自己的胸膛。从那忽隐忽现的悬崖与山的褶纹里流淌出的一条条清泉，似银带般萦绕在绿林翠竹之间，格外醒目。你再看近处，是一棵棵散落在村庄各个角落的大大小小的银杏树，它们有的已经百岁甚至千岁，却依然新枝勃发、绿意盎然，犹如一个个忠诚的卫士，永远守护着小山村的每一个夜晚和每一个白昼。村庄的那条宽阔的主干道，干干净净，仿佛永远不会留下乱飞的纸屑和垃圾。路面平坦而富有柔性，走在其上，有种想舞的冲动。路的左侧是多彩的良田，茶园、菜地和花圃连成一片，那金黄色的油菜花，仿佛会将你拖入画中。簇生于民宅前后的新竹，前拥后挤，时刻撩拨客人前去与它们比个高低，那份惬意令人陶醉。村庄整洁美观，传统里透着时尚。路边与各个农家庭院门口，总有些叫不出名的鲜艳的小花儿，在那里向你招手致意，那份温馨，会揉酥你的心，偷掉你的情……

人是余村最生动、最有内容也最感人的一景。你看不到年轻人在村庄里游荡，因为他们的身影或是藏在农家乐的阵阵笑声里，或是在"创意小楼"的电脑前，或是在山间竹林的小路上。穿着亮丽衣服的孩子们，每天都像一队队刚出巢的小鸟，欢快的歌声与跳跃的身姿伴着他们度过上学与放学的时光。老人是余村最常见的风景线：他们或三三两两地欢快地聊着过去的余村，或独自或成群地聚在一起吹拉弹唱，无拘无束地表演着自己的拿手戏；那些闲不住、爱管事的长者，则佩戴着袖章，肩挎竹筐，像训练有素的工作人员，时刻防范着不文明行为的发生。他们的笑脸和一举一动，倘若你遇见，定会感到如沐春风、如浴阳光……

余村的美，是陶渊明描述的世外桃源之美，也是新西兰霍比屯（Hobbiton）的那种大自然与现代文明融为一体的美。来之后，你会有一种不想再走的感觉；走之后，你的神思里总仿佛有一幅"余村桃花源"的图画时不时地跳出来招惹你。

这，就是今天的余村。

而我知道，2005年3月之前的余村，其实不仅不美，而且可能是全县最差的山村。说它差，不是因为贫困，而是因为环境的极度污染和生态的严重破坏。

村民们回忆说：那时我们靠山吃山，开矿挣钱，结果开山炸死人、石头压死人的事经常发生。活着的人，整天生活在弥漫天地的石灰与烟雾当中，出门要系毛巾，口罩根本不顶用。家里的窗门要几层，即使这样，一天还要扫地擦桌两三回……

余村人的话，让我想起了一些大城市的那种使人无法喘息的雾霾天气。那确实不是人应该生活的环境。

思想上的雾霾不除，空气中的雾霾就不可能根除。

"活着就要像像样样做个人，死了也要吸口干干净净的空气，还我们一个健健康康的身体，给子孙后代留个美丽的家园！" 2005年3月，新任村支书鲍新民和村委会主任胡加仁，从前任村支书刘忠华一班人的手中接过"接力棒"后，就是怀着这样的强烈愿望，带着新班子全体成员，站在村南的那座名曰"青山"却没有一片绿叶的秃山前，以壮士断腕之气概，向村民们庄严宣布：从此关闭全村所有矿山企业，彻底停止"靠山吃山"的做法，调整发展模式，还小村绿水青山！

"其实，那个时候我们作出这样的决定，非常不容易。"那天访问已经退休在家的老书记鲍新民时，他这样说。

现在60周岁的鲍新民，1992年被村委会推荐担任村支部委员，2011年

1993年时的余村矿山炮工　余村村委会提供

离开村干部岗位,调到余村所属的天荒坪镇"农整办"工作。在余村当了20年干部的他,其间曾做了一任支委、一届村委会主任和两届村支书。这是个话语很少的实干型农村干部,却经历了余村两个不同的"富裕"年代。"现在我们余村是真富,是百姓心里舒畅和生活幸福美满的富。过去余村在安吉全县也是'首富村',可那时的'富'不是真富,是血肉换来的心里痛的'富'……"鲍新民说。

在"农业学大寨"的岁月里,俞万兴、陈其新等老一代村干部带领余村人没日没夜地扒竹林、种水稻,却并没有让村里人真正富裕过。后来听说太湖对岸的苏州乡镇企业搞得好,尤其是华西村在搞的"工业",村干部们就开会商量,说广东、江苏还有浙江萧山的所有富裕的村庄都走了一条亦工亦

壹　堪比小岗村的划时代意义

15

农的道路，我们余村是山区，交通没有别人方便，但余村有过开采铜矿、银矿的历史，山里藏着宝贝疙瘩啊！

"要想富，就挖矿，我们也来试试，如何？"

"行啊，只要能富，掘地翻山，怎么都行！"

从未富裕过的余村人，太渴望那些已经住上楼房、有电视看的农民兄弟姐妹的生活了！于是，村干部带头丢下了锄头镰刀，上山开矿。

回想过去开山建窑的日子，鲍新民说："我进村委会之前，村干部带领大家开山挖矿已经好多年了。那时，我是石灰窑矿上的拖拉机手，就是把炸开的石头拉到窑上，再把烧成的石灰拖出山卖给客户……靠这样一点一滴地开山卖石灰，慢慢地，我们余村人有了钱，村干部出去开会也偶尔能从口袋里掏出一包'中华烟'馋馋其他村的干部了。"说到这里，鲍新民笑了。

"我开始当村干部的时候，赶上了全国都在风风火火搞经济、各行各业都在争取大发展的时期。那个时候，在我们农村，谁能把集体经济搞上去就是好样的，先是'十万元村'，再后来是'百万元村'。到90年代中后期，像江苏、广东，还有我们浙江萧山等地方已经有'千万元村''亿元村'了！那时，电视、报纸上几乎天天都在高喊学习、赶超他们。"

余村人至今仍然怀念俞万兴、陈其新和后来的潘领元、赵万芳、陈长法、潘德贤、鲍新民等老一代村干部，因为他们在任时，余村村民第一次喝上了自来水，余村成了首批"电视村""电话村"。

村支书潘文革告诉我："通过开矿、建水泥厂，老一代村干部领导的余村靠挖石头、卖石头，年收入很快达到了一二百万元。余村开始一次次被评为全镇、全县的'首富村'，余村人也从那个年代开始，脸上有了光彩。但也是在那个时候，我们一方面不断在外面获得这荣誉那奖状，另一方面，百姓也对环境的破坏、矿山的伤亡事故怨声载道，尤其是村民惨死的场面、乡亲

病逝的悲痛情景,太多、太痛,刺伤了大家的心。所以,从20世纪90年代末开始,村干部们开始反省,逐步提出了关矿、关厂的想法。但习惯了靠山吃山的余村怎么可能那么容易就找到新的赚钱之路?所以,停停关关、关一开一、开一停二的日子持续了好一段时间,余村的集体经济收入也一直在二百万元左右的水平上徘徊。"此时,安吉县委、县政府力排众议,率先提出了"生态立县"的主张,余村的发展思路开始从单一的开山挖矿致富被动地转向开发旅游资源、走绿色生态发展的路子。

时任县委书记戚才祥带领安吉县委,对过去的老典型余村的发展给予了建设生态村庄方面的支持和帮助,专门请来专家为余村设计了一个结合山区特点、因地制宜发展生态旅游的余村村庄规划。2000年7月5日,县委还在余村召开了"首个生态型山区村庄"建设研讨会。"其实,当时戚才祥书记提出'生态立县'的口号时,他和县委压力都非常大,有领导就当面责问他:安吉GDP倒数第一,你提'生态立县'能当饭吃吗?在这种情况下,县委也想通过余村这个老典型,在生态立县、立乡、立村上有所突破……"安吉县和浙江省的多位老干部都曾这样说:其实生态立县、生态立省这条道路并没有像现在大家所看到的那么平坦、那么简单,甚至可以说,它从一开始就非常艰难,因为它意味着我们要从走了几十年的传统发展道路转到一条全新的发展思路上来。

中国是世界上人与自然关系十分紧张的国家之一,世界上近五分之一的人口生活在960多万平方公里的土地上,人均资源拥有量远低于世界平均水平。传统的粗放型发展方式已难以为继,资源环境的承载力已经达到或接近上限。

浙江的同志绘声绘色地向我讲述了许多在今天听起来不可思议的事——

浦阳江是浙江境内的一条重要河流,自古以来就有"歌水画田"之说,尤其是元代大文学家柳贯的一首《潮溪夜渔》，将浦阳江描绘得像"梦中情人"一样令人朝思暮想。但20世纪80年代开始的千村万户参与的水晶加工业，使得这条美丽的江河渐渐变成了"墨水河""牛奶河"。有位在江边长大、后来成了著名学者的上海教授，看到故乡的河变得如此不堪，一气之下，20年不曾回过老家。在浦阳江边居住的七旬大妈王蓝英，不到三年，就眼睁睁地看着四位邻居相继罹患癌症去世。

"江河咽，人愁绝。浊污横溢随城堞。船无泽，山凋色，乱花明灭，一川烟积，泣，泣，泣！"一位当地诗人这样悲号。

王蓝英等数十名妇女连续七年奔走呼吁，县里也曾组织了几次声势浩大的治理行动，却屡屡以失败告终。

原因并不太复杂，有厂家也有工商税务的阻力，更有政府部门的人拿地方的GDP指标和利税数据跟你说话，于是所有努力化为乌有。

浦阳江的沉沦，在浙江并不是最触目惊心的。就在习近平同志考察余村的前几个月，浙江另一个地方还闹出了一桩惊动中南海的大事，这就是有名的"东阳画水事件"。

事情的起因是这样的：东阳市农药厂在若干年前就在寻找新址要搬迁，后经市政府批准，新址定在南郊画水镇王村附近。那里是村镇密集地区，周边有好几万百姓，听说要在自己家门口建农药厂，民众就闹了起来。百姓与政府交涉几次无果后，政府方面通过强制手段，硬把事情压了下来。事过三年，已经投产的农药厂成为当地百姓的一块心病，但东阳市政府为了抓经济，增创利税，又打算在王村附近建工业园区，再建几个类似农药厂的生产基地。这下周边的村民更不干了，纷纷聚集起来，在通往厂区的路中央搭设帐篷，整日整夜地守着。东阳市政府见无法实施原计划，便多次派工作组前去劝说百姓，皆无果而归。如此"拉锯"数日后，就发生了"画水事件"。

事后，东阳的干部说："画水事件"就是政府太想求GDP，而百姓不愿再走"有毒的致富之路"。

"老实说，世纪之交的那些年里，我们真不知该抬腿往哪条发展路上走。写报告，计成绩，离不开GDP；但到下面一走，看看小时候曾经碧绿清澈的河水，唉，怎么就成了'墨水河'了呢……"嘉兴市的一位老领导感叹道。

"所以，有人说习近平同志的'绿水青山就是金山银山'理念，是当代中国马克思主义的重要创新成果，是全面建成小康社会的重要指引。"浙江社科界的专家这样说。

啊，这样的认识，这样的理解，在安吉，在浙江，要比其他地方早上几年！这是因为，他们在十多年前就有一位高瞻远瞩的省委书记。

人民始终记着：

记着毛泽东帮助他们推翻了压在头上的三座大山，穷苦人翻身做了主人。

记着邓小平的"发展才是硬道理"的著名论断，指引他们解决了吃饭问题，在争取小康生活的道路上奋进。

记着习近平"绿水青山就是金山银山"理念及其重要思想，给他们指出了一条可持续发展、生态致富的康庄大道……

马克思曾经说过，革命的领袖是在革命的伟大实践中诞生的。毛泽东思想、邓小平理论、"三个代表"重要思想、科学发展观、习近平新时代中国特色社会主义思想，一代代中国共产党的杰出领袖，就是这样在一个个不同时期的伟大实践中产生的。

早在2003年，时任浙江省委书记习近平就在《求是》杂志上发表署名文章，提出了"生态兴则文明兴"这一重要思想。

担任党的总书记之后，习近平多次讲到，我国生态环境矛盾有一个历史积累过程，不是一天变坏的，但不能在我们手里变得越来越坏，共产党人应该有这样的胸怀和意志。掷地有声的话语，体现了对人类社会发展规律的深刻认识，宣示了中国共产党人的决心，更担起了一份特殊的历史重任。

"绿水青山就是金山银山"理念，贯穿习近平生态文明思想，打破了简单地把发展与保护对立起来的思维束缚，生动地阐述了发展与保护的内在统一。

世纪之交的浙江大地，当时有着两种完全不同的发展思路和发展形态：一种是继续以破坏生态为代价的所谓"高速经济"，它的"亮点"是可以登上"百强县""亿元乡"的名单，这些地方的干部被提拔重用也会更快些；另一种是寻找新的出路，将生态经济作为未来发展的方向，这些地方的干部因为GDP上不去，很可能一直"原地踏步"。两种思路、两种作为，冲突很大，甚至在有的地方到了"你死我活"的地步。

我的故乡苏州，与浙江的安吉仅一湖之隔，有些地方仅是一河之隔。我记得有一年回乡探亲，听说我们苏州的丝绸之乡盛泽与邻近的嘉兴某村发生了一起事件。

事情是这样的：突然有一天早晨，盛泽人发现，他们那些丝绸企业排污的河道麻溪港被浙江方面的几十只装满黄沙的水泥船堵住了。河道堵了，意味着从盛泽那些丝绸厂排出的污水将倒灌到盛泽的河里、田地，甚至进入民房和工厂的车间。这还了得！

"他们不让我们办厂，我们就跟他们拼了！"盛泽方面的老板和农民们义愤填膺，纷纷向堵塞的河道处奔去。但盛泽方面的"队伍"很快发现，浙江方面的人更多，他们早已在河道边严阵以待……

尽管在中央和江浙两省有关部门的调停之下，事件暂时得以平息，但盛泽人与嘉兴某村人各执一词，互不相让。

…………

那些年，浙江不少地区的企业同样不顾一切地在追求GDP而不惜破坏生

态、破坏自然，致使群山秃皮无林，江河死鱼泛滥……余村近邻，也有人提出"开山劈岭，三年赶超'首富村'"的口号。

区区余村，恰逢这样的环境，能不能顶住压力，其实是一场需要勇气和智慧的生死抉择。

"我是2005年3月刚刚接任村支书职务的。"鲍新民向我介绍，"那时村里的几个污染严重的石灰窑都先后关了，连水泥厂也在考虑关停。从环境讲，确实因为关停了这些窑厂后大有改观，山开始变绿，水也变清了很多，但村集体的经济收入也降到了最低点，由过去的二三百万元降到了二三十万元……这么点钱，交掉这个费那个税，别说给百姓办好事，就连村干部的工资都发不出了。过惯了'有钱'日子的村民们开始议论纷纷，甚至有人当面指着我的鼻子骂骂咧咧：你们又关矿又封山，是想让我们再去过苦日子吗？有好几次，我站在村口的那棵老银杏树前，看着它发新芽的嫩枝，默默问老银杏：你说我们余村的路到底怎么走啊？可老银杏树并不回答我。那些日子，我真愁得不行，做事也犹豫不决……"鲍新民的内心其实丰富细腻，其心灵的闸门一旦打开，情感便如潮水般汹涌而出——

"余村真正开始关窑转产是从那年国家的'太湖零点行动'开始的，那时几乎所有难事都要我亲自去处理。可以说，关个窑，停个厂，远比开窑办厂复杂得多！"鲍新民理理头上的银丝，苦笑道，"这些白发都是在那个时候长出来的。"

鲍新民说的是实话。余村从粗放型经济开始发展，重回"绿水青山"生态经济发展之路，其实经历的是一个痛苦而艰难的过程。

"记得村里开干部会讨论关石灰窑时，一半以上的干部思想转不过弯来。他们说，关窑停厂容易，但关了窑、停了厂，村里的收入从哪里来？老百姓更不干。你问为什么？简单啊，老百姓问我：你把窑、矿、厂关了，我们上哪儿挣工资？你还发不发一个月两三千块钱呀？我答不上来。村民说，你既然回答不上来，窑还得开，矿还得办，工厂更不能关。我就解释，这些企业污染太大，山秃了，水脏了，人还患上病了……村民就跟我斗嘴，说你讲得对啊，我们也不想这样活，但你有什么路子可走？都出去打工，家里的事谁管？留在家里，就得有口饭吃，还要养家糊口，你停了厂关了窑，就是让我们等死，跟开窑开厂等着被毒死差不多！听着村民说的这些话，我心里真的很苦。但这还不算最难的。为了拉石头，许多村民家里刚刚买了拖拉机。一部拖拉机少说也得三五万元，他们是倾尽家产买了'吃饭工具'啊！本来是想到矿上、窑上拉活挣钱的，现在把矿窑和工厂停了，不等于要他们的命嘛！"说到这里，老支书鲍新民连连摇头，然后长叹一声，道，"当时真有几个人闹到我家里，指着我的鼻尖说，你敢绝我活路，我就让你断子绝孙……当时的矛盾确实很尖锐，但根本的问题还不在这里，对我们村干部来说，最要命的还是关了窑、关了矿、停了厂，村集体的经济收入一下子就几十万几十万地往下降，这一降，全村原来开门做的一些事就转不动了，这才是真要命的啊！回头看，余村当初关矿停厂的思想转变阻碍重重，前后用了六七年吧，可以说是关关停停、犹犹豫豫……"

转变是从 20 世纪末的太湖"零点行动"开始，余村的三座石灰窑，还有一个规模比较大的化工厂和一个水泥厂，慢慢由小到大全部关停。"之所以这么漫长，一方面是大家确实感觉到，不能以牺牲绿水青山和自己的健康来换取所谓的致富和壮大集体经济，另一方面又对绿的水、青的山能不能真正让大家富起来充满怀疑……"鲍新民说。

春去夏至，江南大地绿意盎然，鸟语花香。正当鲍新民和余村处在犹豫不决的十字路口时，习近平来到了这个小山村。

"我是头一回见习书记那么大的领导。当时心里蛮紧张的。本来习书记

是来调研我们的民主法治工作的,而我转任支书才几个月,也没有什么准备,加上自己本来嘴就笨,所以等镇上的韩书记汇报完后,我就开始讲村里关掉石灰窑、水泥厂和化工厂后准备搞旅游的事。习书记听后便问我开水泥厂和化工厂一年收入有多少,我说好的时候几百万。他又问我为什么关掉。我说污染太严重,我们余村在一条溪流的上游,从厂矿排出的污水带给下游的村庄和百姓非常大的危害,而且余村这些年由于挖矿烧石灰,常年灰尘笼罩,乌烟瘴气,大家都像生活在有毒的牢笼里似的,即使口袋里有几个钱,也都送到医院去了。习书记听后,马上果断明了地对我说,你们关矿停厂,是高明之举!听到习书记这样评价我们余村的做法,我的心头豁然开朗!他可是大领导啊!他的话表扬和肯定了我们过去关矿封山、还乡村绿水青山的做法,尤其是听他接下去说的'绿水青山就是金山银山'时,我脑子里的许多顾虑和犹豫一下子全都烟消云散了!"时隔多年,鲍新民说到此处,仍然激动地连拍三下大腿,站了起来。

令鲍新民永远难忘的是那天习近平在那间狭小的村委会小会议室里帮助大家分析生态经济是余村的必由之路和充满前景的发展道路时说过的话。鲍新民回忆说:"那天习书记在我们余村前后停留了近两个小时,有一半时间是在给我们几个村干部分析像余村这样的浙北山区乡村的发展思路,他语重心长地告诉我们:生态资源是你们最宝贵的资源,搞经济、抓发展,不能见什么好都要,更不能以牺牲环境为代价,要有所为有所不为,不能迷恋过去的那种发展模式。习书记不仅平易近人,而且格外认真地为我们指方向。他说,你们安吉这里是宝地,离上海、苏州和杭州都只有一两个小时的车程。经济发展到一定程度时,逆城市化现象会更加明显。他让我们一定要抓好度假旅游这件事……看看余村,再看看今天的安吉,习书记当年说的事,现在正在一一实现!水绿了,山青了,上海、杭州,还有苏州,甚至外国人都跑到我们这里来旅游度假，给我们口袋里送钱！这可是习书记十二年前就为我们预见的啊！"

潘文革举目眺望美丽如画的今日家乡，感慨万千道："余村的变化，饱含了一代又一代人的努力与梦想，其间的曲曲折折、坎坎坷坷，一任任村干部都有刻骨铭心的记忆啊！"

"我回村工作的过程就是对余村发展变化的一个说明……"潘文革说。他作为20世纪90年代原杭州商学院的委培生，毕业后在天荒坪镇党政办副主任兼旅游办主任岗位上干得正起劲时，余村支部书记潘德贤一次次来找他，

风景如画　胡南摄

动员他回村主抓旅游开发……结果一干就是二十年！

走在熟悉而美丽的村庄大道上，每个人都仿佛陷入了沉思。

潘文革在向我介绍余村的转变时，眼里闪动着晶莹的光："做梦都想不到，习书记当年给我们指引的这条路，让我们的村庄彻底改变了，变得连我们自己都想不到。村里的人，现在不仅生活幸福了，情操和品位也大大提高了。今天再看余村，感觉就是换了一个时代啊！"

是啊，在余村，在余村所在的安吉、湖州以及整个浙江大地，我与潘文革们一样，眼见为实，看到了一个发生在身边的若旭日冉冉升起的新时代！她正如和煦的春风扑面而来，是那样清爽而骀荡，生机盎然而富有朝气，幸福而美丽……

2013年11月12日，党的十八届三中全会通过了《中共中央关于全面深化改革若干重大问题的决定》。一场关系到人民福祉、关乎民族未来的深刻变革，就此开启。这一决定，全面、清晰地阐述了生态文明制度体系的构成及其改革方向、重点任务。这是继党的十八大首次将生态文明建设与经济建设、政治建设、文化建设和社会建设一起纳入中国特色社会主义"五位一体"总体布局后的又一次重大创新。

是的，一个美丽中国的新时代已经展开了画卷……

贰

金贵！『老外』口中言说的『我们的时代』

⊙ 绿水青山就是金山银山 ⊙

胡加仁是2017年5月退任的余村村支书。他身体硬朗，说话办事十分干练，是余村发展变化的见证者之一。我第一次到余村采访时，他还在任上。跟他谈话时，你会发现他的手机不停地在响。"对不起，又有一批客人来

深山明珠　潘学康摄

了……"我们的采访时不时被打断，胡加仁不时地抱歉。

"现在我们每天都要接待几千人。尤其这两年，习近平总书记的'绿水青山就是金山银山'理念广为传播，影响越来越大，四面八方来参观学习的人

特别多，连外国人都争先恐后地来了……嘿嘿，反正我是没有想到，至少十几年前做梦也不敢想的事，现在都实现了。"胡加仁说。

"你说的不敢想的事指什么？"我问。

"你看——"胡加仁把我从村委会办公楼拉出，走到村民居住区。他指指小巷，说："过去每家每户门前屋后都有一两个垃圾堆，那时垃圾堆得像小山一样高，臭气熏天，实在过不去了，就一把火烧了了事。现在你看余村，哪个地方有露天乱扔乱堆的垃圾？没有了，全部进了垃圾桶，而且还是分类投放！你千万别小看这垃圾处理方式的改变，它可是我们农民千百年留存的陋习被改正了啊！"

2003年年初，习近平当省委书记不久就在浙江全省提出了"千村示范、万村整治"工程，余村就是从那时起，逐步改变了全村脏乱差的面貌。

"我再跟你说一件小事。"胡加仁带我回到余村大道上，指着干净整洁的路面，问，"你知道我们这条道上为什么总那么干净吗？"

我抬头凝视了片刻，发现远处的道路上有穿红衣服的人，便说："每天有专门的保洁员维护吧！"

"对啊！有他们每时每刻在看护着呢！"胡加仁笑道，"你想，这样的露天大道，每天有车在上面跑，风吹雨打，没人管肯定不行。过去我们农村哪有什么道路保洁员嘛！现在，我们光道路保洁员就有七个！我还要告诉你，我们至少还有十几个义务道路保洁员！他们不拿一分钱，却每天主动不定时地到村头村尾和居住区的大弄小巷里帮助捡垃圾、拾废屑……"

"噢——"我明白了，"这是余村这些年养成的好民风。"

"是啊！大家的生活好了，尤其是老年人，多数也不用再下地干活了，家里的许多事也由电器代替做了。闲着没事，就出来动动手，帮助村里做点好事。时间一长，大家都有了这个习惯，便形成了一种风气。"胡加仁突然提高

了嗓门,认真地对我说,"你别小看这样的事,它对我们乡下人来说,绝对不亚于你们城里人从住小房子换成住大别墅的变化!"

胡加仁说的自然在理,人的精神境界上的变化,是一切变化中最重要和最关键的。

"我发现,余村上年纪的老人很多嘛!"在村庄上略转一转,我看到了一个突出现象。

"你看出来啦?哈哈……"胡加仁笑得特别开心和舒畅。他说:"外人说我们余村千好万好,但在我看来,最好的一个……你猜猜是什么?"他突然转过头,反问我。

"是什么?"我想了想,还是摇头,表示猜不透。

"是村里的老寿星多了!"胡加仁又是一阵笑,"十多年前村里极少有七八十岁的老人,现在可不得了,八九十岁的好几位!都在说生活幸福,家园美丽,小康富裕……说白了,人开开心心、活得长寿,就是最能体现和衡量一个地方百姓生活的幸福指数。你说是不是?"

"过去余村不重视生态环境,工伤砸死、病死的人每年都有,村里的人不敢去作体检。看看现在,连外国人都跑到我们这儿来休养、旅游,这就叫翻天覆地的变化吧!"

农民最爱说实话,他们的切身感受是一个社会、一个时代最好的证明。胡加仁的话使我深思。

那一天,在余村采访结束回到村口等车时,我看见一辆辆旅游车排成长龙停靠在路边,人群中竟然有许多"老外"。

我上前走向一个黄头发的姑娘,问她怎么知道中国的余村。

那姑娘睁大眼睛盯着我:"先生,你这个问题好奇怪!余村是中国的美丽乡村,我们有许多人在这里工作。我们在余村这样的地方,才算是找到了真

世界拥抱绿水青山　安吉县委宣传部提供

正的好地方！"

　　这位姑娘的话，令我内心受到强烈震撼：今日之中国，在习近平总书记的领导下，在全世界人的眼里，已经开启了一个伟大的时代——当然它是明确地标着"美丽中国"的时代。

　　这样的时代，不仅我们自己深有感触，连那些在中国生活的"老外"也深有体会。瑞尔和托尼便是其中两位，他们都是在安吉做了多年生意的"老外"，一位是"英国先生"，一位是"山姆大叔"。

瑞尔的家族曾经很辉煌,他说:"在我们英国称其为维多利亚的时代,就是你们所说的鸦片战争那个年代,我们英国在世界上是最强大的国家,因此那个时代也叫大英帝国时代。那个时代持续了几百年,引领世界从农业时代走向了工业时代。"

大英帝国时代也称日不落帝国时代,曾几何时光耀全球。1897年,在维多利亚女王登基六十周年的庆典上,当庞大的仪仗队行走在伦敦的街头时,英国的自信与强大令世界羡慕,唯独闭关自守的中国朝廷不知,也不闻。那时的英国,仅仅是一个位于北海与大西洋间的小小岛国,竟然征服了地球上四分之一的疆域及其上的数十亿民众,其财富和力量让诸多列强垂涎三尺和嫉妒得要命。英国的贸易及工业实力主导了全球的经济,而英国人也普遍自信地认为,大英帝国代表着那一时代人类的最高文明。但今天,如果不是尚能从伦敦街头和女王所住的维多利亚王宫的建筑上看出一些昔日帝国的辉煌影子,世人可能已经无法从英国社会风貌上看到一个曾经称王称霸的强盛帝国的形象了。

"唉!"瑞尔长长地叹了一口气后对我说,现在他很为自己庆幸,"我比许多欧洲人更早地来到了世界新时代的前沿和中心。在这里,我不仅做生意赚钱,还找到了世界上少有的美好生活环境和生活状态。用句简单的话说,就是又美又充满生机和活力的生活,同时又是极其自由的和能够让生命的躯体获得全方位放松的地方,当然还有每天都能赚钱的机会。"

"现在的时代,是你们中国的时代,也是我们所有爱好和平的人可以通过奋斗创造出财富的时代!"瑞尔把一面微型的中国国旗放在自己胸口,脸上洋溢着幸福。瑞尔说,他所看到和认识的中国与他祖先的日不落帝国时代不同,中国正在依靠自己的力量创造财富和幸福。

托尼的家在美国,但近五六年,他几乎都住在中国的安吉。"我很喜欢这里，准备将家安在安吉，安在余村。中国的古人曰，安且吉兮，余村有余，我也会吉祥有余的。"托尼说完，仰天大笑——那笑声是从心窝里发出来的。

托尼出生在美国的得克萨斯州，那是个石油之都，现代工业石油的最早开发地。我们熟悉的老布什、小布什总统的家就在那里。布什家族的发迹靠的也是石油，美国最老牌和最有影响力的家族洛克菲勒家族也在得克萨斯州的石油上沾足了光，整个美国都在托尼的故乡沾了光。

得克萨斯州是美国本土的第二大州。1845年得克萨斯州从墨西哥独立出来之前，美国的版图一直摇摇晃晃。尤其在与墨西哥交界的格兰德河一线，战争与暴动时不时地影响着美国其他27个州的稳定。直到得克萨斯成为美国第28个州后，格兰德河一线才得以安宁。得克萨斯州对美国的意义还远不止于此，它最大的贡献在于这里是石油富藏地。

提起得克萨斯州的石油，人们不可能不想起埃德加·B.戴维斯。这位"石油先驱"有着得克萨斯人典型的冒险精神，他曾说服卢灵市的一位石油元老与他一起投资石油。戴维斯钻探的第一口井是干井，第二口依然是干井……直到第六口时还是干井，朋友们都认为戴维斯就要破产成穷光蛋了。但1922年8月的一个下午改变了戴维斯的命运。那天天气格外闷热潮湿，当狼狈不堪的戴维斯抽出钻杆时，一股乌黑的"油龙"呼啸着直冲卢灵市上空，震惊了整个美国甚至全世界。石油让卢灵市一夜成名，所在地得克萨斯州也因石油而使美国进入了一个"石油时代"，并由此替代了日不落帝国的英国而成为世界第一强国。所以有人干脆说，20世纪是美国所控制的"石油时代"。这话也让我们从另一个角度理解了美国前国务卿基辛格的一句名言：谁控制了石油，谁就控制了所有国家。

现在居住在中国安吉的托尼先生说，他就是戴维斯家族的后代，不过他的祖先并没有像石油世家洛克菲勒家族那样留下一代又一代花不完的财富。

本来，托尼的直系亲属老戴维斯可以比老洛克菲勒还要厉害些，但老戴维斯完全走错了路，而且走了一条让得克萨斯人嘲笑了近一个世纪的荒诞之路：老戴维斯将油田卖掉后，没有继续去做石油生意，而是当起了"慈善家"，到处撒钱。最叫人不解的是他将大把的钱投到了一出名叫《梯子》的戏上。这出戏是他请人写的，内容是14世纪有群英国人经过三次转世后到了美国得克萨斯州，后来在当地发现了油田并成为富翁的故事——植入了戴维斯的"自传"情节。他希望为自己家族的光荣史树碑立传，但没有成功。1935年，老戴维斯彻底破产，并于1951年去世。

留学生舞起中国龙　夏鹏飞摄

发现石油的戴维斯没有享受到石油时代带给他的福气，但他却让得克萨斯州改变了"穷小子"的命运，甚至改变了整个美国的命运。

托尼说："很多美国朋友经常问我，你为什么那么留恋中国的一个乡村？我告诉他们，因为我在安吉这样的地方发现了一件时常令我激动的事，那就是我在这里感觉是在我祖父年轻时的美国石油时代，到处充满了希望和生机，而且又都是美丽的内容：美丽的环境、美丽的生活、美丽的人们，还有以美丽为内容的生意。这样的时代比我们美国的石油时代要好得多，这就是我到安吉安身的原因……"

"这里是我的第二故乡，是属于我的时代的地方。"托尼这样说。

美丽中国时代——我的时代——我们的时代！

一群远道而来的"老外"用自己真切的感受说出的话蕴含着什么呢？作为一个中国人，这些话让我激动，让我深思，我必须去弄清、去诠释这个"谜"。

于是，解开余村和安吉开启"美丽中国"时代之路的谜，像一道喷薄而出的光芒深深地吸引着我……

叁 / 天上人间,余村在中间

⊙ 绿水青山就是金山银山 ⊙

在中国向世界宣告中国方案的时代到来之际,许多国际人士也在研究中国。但他们往往理不出头绪,因为中国的发展及其方式与西方发达国家所走

流云飞瀑润山村　周惠民摄

的途径完全不同。

英国当代经济学家罗思义在研究中国崛起问题时说过这样的话：我们能

否获取利益取决于依据经济活力和平崛起的中国，而非先发制人发动战争导致全球陷入风险的美国。这是人类利益和中华民族伟大复兴联系在一起的更深层次原因。他说，中国经济改革的实践成果是非凡智慧的结晶。

罗思义或许也没有更深层次地研究过今天中国的强盛之道，因为有一条经验很有意思，也很柔性，甚至有些不可思议，那便是以美制胜，美即经济，美即强盛。

美，是人类的共同追求，可以征服世界。余村发展的根本点，也落在与它相配的"美"字上，在"绿水青山就是金山银山"理念的指引下，把美丽乡村的建设变成了生产力。

一个"美"字包含了万千内容。哲人说过，美对人具有强大的吸引力。今天我们所说的自然美，是人类在创造现代文明社会过程中很难达到的一种境界。余村从最初求富时以破坏自然美为代价，到吃尽苦头后重塑自然美，且通过自然美实现经济、社会和人的全面发展，这符合中国自身发展的理念。

"为什么安吉人民对习近平总书记的'绿水青山就是金山银山'理念感到格外亲切和念念不忘？因为我们从十多年的历史巨变中尝到了太多的甜头和幸福。可以说，安吉这十余年间已经出现并持续不断出现的新变化、新成果，成倍地在增长……"安吉县委书记沈铭权接下去的一句话说得直白，却深刻而富有哲理：我们就是靠美吃饭，靠美富有，靠美幸福！

创造美，拥有美，维护美，是余村人践行习近平"绿水青山就是金山银山"理念的一条坚定而又清晰的发展道路。

余村如此美，余村在何处？这是中国和外国许多人都想知道的事。

余村在浙江省湖州市安吉县。太湖之滨的湖州，不用费墨，古人早已有"行遍江南清丽地，人生只合住湖州"之说。而在湖州区域，最美最适于居住的地方，古人也早有定论。"安且吉兮"，安吉，美丽而又安全吉祥的地方。

你可以想象，处在美丽而又安全吉祥腹地的余村，是何等样貌、何等福地了！

去余村那一天，正巧是清明节。江南何时最美？那肯定是清明前后。"清明时节雨纷纷"，烟蒙蒙雨霏霏，清甜湿润、沁人肺腑的气息拂面而来，带着桃花的香味，挟着油菜花的蜂蜜甜，当然，还有时不时透过雨滴当头洒过来的暖春阳光……这便是"江南春"最好的景致。"云青青兮欲雨，水澹澹兮生烟。"妙哉！如此感觉，正是我儿时对"江南春"的记忆——我的故乡与湖州安吉隔岸相望。

但离开故乡后的几十年间，好像这样的"江南春"已经见不着了。之后几十年的光景是在首都北京生活，北京的春天很短，通常刚刚脱下毛衣，炎热的夏天便接踵而至。初到北京的记忆里，短暂的春季，女人离不开一条纱巾，男人们走路总是背对着前行的方向——风沙刮得睁不开眼。后来风沙没了，但更可怕的东西来了，那种有点像"江南春"的细雨迷雾般的雾——它确实是雾的一种，但没有丝毫湿润的水分，而是铁、铅等重金属细尘的混合物，轻轻地吸一口，就会有一种胸闷的感觉，如果在这样的空气里逗留几小时，或许第二天你就很难再上班——那就是令人痛恨和厌烦的雾霾。

雾霾危及的不只是北京。据国家环保部门统计，全国地级及以上城市超过80%每年不同程度地陷入雾霾围困，许多人"谈霾色变"！

再看眼前的安吉余村，置身如此人间美景之中，怎能不在陶醉中感叹：此乃天上人间！

"天上人间，余村就在中间……"此话是我由衷而发。余村的"秀才"、村委会主任俞小平听后兴奋得连声应道："这话有根据！"

俞小平说出自己的"根据"。据《山海经》中《南山经》之《南次二经》记载："又东五百里，曰浮玉之山。北望具区，东望诸毗……苕水出于其阴，北流注于具区。"另据清代《孝丰县志》记载："浮玉山，县东南十里，有一

叁　天上人间，余村在中间

石灵异如玉浮水面……"浮玉山很低小，其山附近，高大的山很多，为何唯独小小的浮玉山其名千古不灭，也许正是因为它独特。史料上记载，浮玉山在原山河乡与上墅乡之交界处。山河乡是旧名，现在归入天荒坪镇。"我们余村恰巧就在天荒坪镇与上墅乡交界处。这并不高的青山，应该就是古书中说的'浮玉山'了。"

如果以为"天上人间，余村在中间"仅仅是一种自高自大的自诩，那就大错特错了。多次采访余村，每一次都有不同感受，从不了解它到深深地喜欢上它，甚至想留下来安居，这就是余村的魅力。

有些美，是超乎寻常的，也超乎古今文人墨客的想象。

以前很难想象，一个小山村，怎么能让人流连忘返、心旷神怡，有种安身安心于此的冲动？来过余村，我竟然渐渐地对它有了一份不舍的眷恋。问我恋它何处？我要告诉你：是余村群山坳里的那一泓水，和余村边的那个托向云端与天际的池。

它们太美，美得金不换。因为它们美，所以才每天吸引着来自祖国各地甚至世界各国的旅游者与学习参观者；因为它们太美，所以让当地人更加深切和真实地理解了"绿水青山"与"金山银山"之间的关系。

2015 年 5 月，习近平总书记到浙江视察。当时他对浙江的干部说：我在浙江工作时说绿水青山就是金山银山，这话是大实话，现在越来越多的人理解了这个观点，这就是科学发展、可持续发展，我们就要奔着这个做。

"余村的今天，就是像习近平总书记说的那样走过来的。"俞小平说。

现在每一次到余村，我都要求去看看"群山坳里的那一泓水"，因为这"一泓水"勾走了我的魂……

子曰：智者乐水，仁者乐山。水为万物之首，灵性之躯，美之化身。水可净化世界，柔化人心。爱水者，真善美。

俞小平告诉我，这水在他出生前仅是一个像足球场那么大的潭。"爷爷说，我们俞家在这里住了十几代。"

人居处，必有水。俞小平的祖上迁徙余村，并扎根群山坳之中，看中的就是这里有潭水——群山脚下积存的雨水，而非江河潮水。"潭里的水时多时少，夏季雨水多时，它溢出堤岸，挟着黄泥，洪流滚滚，沿着山沟向低处奔涌。到了干旱季节，我们可以跳入潭中抓鱼戏水，有时还能在潭底晒东西，不过这一年的日子肯定不好过了……"俞小平说。

这潭水也是俞氏家族最早在这里繁衍生息的"生命之水"。中华人民共和国成立后，在俞小平的爷爷俞万兴服务余村的二三十年里，这潭水变大了，对余村的意义变得越来越大。"我家第一次搬家就是爷爷的主张，他要把这潭水改成蓄水库。"俞小平长大后才明白，水对余村多么重要，爷爷为什么宁可将老宅搬走，也要把这潭水放大，放成接近现在这么大——几十亩的规模，成为余村百姓生活与生产的主要水源。

中华人民共和国成立初期的三十多年里，中国的农村"以粮为纲"，既为了解决农民自身的吃饭问题，也是为了保证整个国家的粮食供应不出问题。那时的农村，种粮是天职。而种粮就离不开水，尤其是在"农业学大寨"的岁月里，粮食被种到了山上。山上种粮用的水更多，但山上种粮又让山体自身的蓄水能力越来越差，只要一场暴雨降临，山体上的农作物连同山的表层泥土就会被一卷而走，形成泥流，冲向山脚。那汹涌的洪流，越过潭堤，越过沟谷，越过村庄，向江河汇集，直到流入大海……

余村的水最终流向何处，余村人并不关心，他们关心的是水应该为自己所用。尽管余村的地下水比较丰富，但山区缺水却是普遍现象，因为山体留不住水。修水库是唯一的解决办法。俞万兴和陈其新他们那一代留给余村的遗产很多，其中之一就是冷水洞水库。

水库始建于 1976 年，建成后的那些年，余村百姓在俞万兴的带领下，以"战天斗地"的精神，换来勉强能够填饱肚子的生活。但水库的水多数情况下是黄的，而且含有不少污染物。

"那个时候，农田里喷药没有限制，有了虫就打药水，雨一来，山上那些留存药水的泥土被洪水挟着一齐冲到了水库，加上平时人畜用水全靠这水库，所以村里得病的人特别多。"俞小平就是喝这库里的水长大的。他戏称自己"不够聪明"，就是因为当时这库里的水含"消智商素"。

那天站在水库旁，俞小平感慨万千。他指着那美如图画的蓝色水库说，他家原来的地址就在水库中央。当年爷爷带领村民"改天换地"，带头搬了出来。后来矿关了，山也绿了，山色与水库成了余村一大美景。村里与一开

冷水洞水库　余村村委会提供

发商合作，要在水库旁建一座用于发展旅游产业的酒店，于是俞小平等十几户俞氏村民又被动员搬家。"那年我刚当村干部，所以全村人都看着我动不动。我爷爷已经不在世，我父亲一听说又要搬家，坚决不同意。怎么办？我当干部的就得带头。那是 2007 年，也是我们余村在贯彻落实'绿水青山就是金山银山'的关键时刻，你犹豫，或停一下，歇一下气，就可能往下滑。这当口，我们当干部的就得有壮士断腕的勇气，才能带领全村人从绿水青山走向金山银山……"俞小平说这话时，一脸刚毅。

"我们余村人特别感谢习近平总书记，就是他的'绿水青山就是金山银山'理念救了余村，让我们从有害的经济发展方式中彻底走了出来，也让我们比别人更早地从绿水青山中获得了'金山银山'。"随行的原村支书胡加仁说。

如果说 2005 年 8 月 15 日之前，余村先后关掉两三个石灰窑是一种自我觉醒或自由意识的体现的话，那么习近平留下那句"绿水青山就是金山银山"的话后，他们很快关停了所有矿山和水泥厂、化工厂等污染环境的企业，便是一种自觉自愿和坚定不移的决心与信仰的体现。

"关掉矿山并不意味着我们只是顺其自然地让大山和水库靠自己的能力去调节、恢复，那样恐怕到现在我们余村也不能看到山是全青的、水是彻底干净的。"胡加仁回忆道，"从 2005 年 8 月 15 日之后，我们对全村所有被破坏的山、被污染的水一一进行了整治，而且再不允许哪怕仅仅有一点点污染的企业入驻余村。力度相当大，大到有几年我们村收入下降到连干部的工资都好几个月发不出来，但我们还是坚持了这个做法。那个时候特别考验人，如果有人动摇一下，就可能又有一座山、一片水被污染了，但我们咬牙挺了过来……一直到现在，没有含糊过。"

望着青翠挺拔的群山，胡加仁又指指如今碧水如镜、宛如一颗硕大的绿宝石的水库，深情地对我说："你看看现在这里的山、这里的水，多美啊！余村真要好好感谢这些山、这些水,因为它们一直在为我们付出。现在又因为它们的美,我们余村才会有那么大的名气,才会有那么多游客被吸引过来,并且把一颗颗远方的心留在了我们余村……"

余村山水如诗,人们生活在如诗的余村,现今都快个个成了诗人。

"来,到水边来!"胡加仁抓住我的手,一下将我拉到身边。

现在,我们就站在与库水几乎同一平面的地方,感受着美丽的水光山色。

当年严重污染的水库,如今已经活脱脱地变成了一块无与伦比的美玉。瞧那清亮的水面,在夕阳照耀下,闪着鱼鳞般的光芒,又像千千万万的碎金,灿烂又明耀。轻柔的微波,好似嬉闹追逐的顽童,一排一排地扑向岸边,又嘻嘻哈哈地列队退回……

我们站着的地方与水面近在咫尺,所以可以清晰地见到那倒映在湖中的景色,也可以看到水中欢腾游弋的鱼儿和湖底飘荡摇曳的水草。水面呈深蓝色,山倒影处的水颜色更深,有如泼墨;有阳光照耀的水面则呈淡蓝色;整个水面因为不同的倒影,组成了一幅层次清晰的大自然图。如果你蹲下身子,贴着水面看去,再把手轻轻地放在水上,你会感觉这水犹如丝绸一般柔软得让人不肯放手……

难以相信,曾几何时,这水如黄泥浆,比粪池还脏还臭。是余村人改变传统发展的方式救了这泓水,更是习近平的"绿水青山就是金山银山"理念让这泓水清了、纯了,重新有了生命!

有了生命的水,才变得越来越有价值。我第二次见余村的这泓水是在初夏,那天天气特别晴朗,村主任俞小平兴致勃勃地带我到他们村的最高峰俯瞰余村全境。

"看,这就是水库!"车子沿正在修筑的环山路盘旋向上至半途,俞小平突然让车子停下,让我们下车,朝群山脚下的凹陷处看。

"天哪，这么美啊！简直就是一块嵌在贵妇指环上的上等翡翠！"居高临下地俯瞰这泓水，别有一番景致和意境。而水库边正在修缮的那片白色的旅游度假宾馆，也显得十分高雅。再扩大视野，举目远眺水潭之上的群山，更是绿意盎然，青翠如画屏……置身如此美妙的景色之中，你才会更深切地理解习近平总书记"绿水青山就是金山银山"理念的真谛。

　　余村人说，这些曾经让他们憎恨并想抛弃的脏水，现在是他们的"金不换"。用俞小平的话说，即使有人想用几个亿来换走它，也绝不答应！

　　听完俞小平的话，我不由一边凝望着"用几个亿也不换"的水，一边思考着这样一个问题：余村的水并非天生就有，而且在过去曾让人憎恨与抛弃，然而就是因为余村人遵循了"绿水青山就是金山银山"理念，坚定地走了一条适合本村生态经济发展的道路，才让这水生金成宝。这样的新型发展道路，余村走通了，其他地方不是同样可以走通见效吗？这样的道路让余村变得美丽、富有了，其他地方照着这样的道路走下去，不也可以同样美丽、富有吗？

　　一道阳光掠过我们的头顶，将整个大地照得明灿灿的。

　　"走，我们去看比这更美的云里玉镜！"俞小平突然说。

　　什么是云里玉镜？它在哪里？

　　"就在余村边上。到了你就知道了。"俞小平笑着卖了个关子。

　　余村之美，安吉之美，只有你去了才知道。它确实超出我们的想象。

　　余村属于安吉县的天荒坪镇。与余村冷水洞水库隔山相望的地方有个被称为"江南天池"的大水库。这水库的奇妙与独特之处是它位于山巅，竟然是依仗群山之力，被托在一座高入云端的巨峰之顶，于是那水变得犹如云中的一片银镜，故称为"天池"。因它生于江南的浙江安吉，所以就有了"江南天池"之称。

起初，我以为这是余村人的"自吹"，哪知一查才知道，这江南天池其实早已名扬四海！只怪我等耳目闭塞也。事实上，与我一样耳目闭塞者不少，我们对毗邻余村的江南天池真的太缺少了解了。

无论是俞小平说的云里玉镜，还是游客们说的江南天池，如此诗意的仙境，我虽人未到，心却已飞至，并且立即联想到其他两个美得绝伦的天池：一是天山怀抱中的新疆天池，二是长白山上的天池。只要一提起它们，眼前就会浮现一个字：美！然后是：神往！再是：勾魂！所有的天池都令人神往，也确实极其"勾魂"。

距乌鲁木齐市区一个多小时车程的天山天池，深藏于天山腹地。天山山系海拔均在5000米左右，除最高峰托木尔峰外，还有中哈界峰汗腾格里峰、博格达峰、德拉斯克巴山、史卡特尔东峰、孜哈巴间山等。这些高耸入云的山峰，终年被冰雪覆盖，远远望去，就像矗立在天边的白发仙女，格外妩媚与婀娜，神秘而又亲切。

位于天山第二高峰博格达峰山腰的天池，其实是一个天然的高山湖泊，海拔1910米，湖面呈半月形，长3500米，最宽处1500米，面积4.9平方千米。天池的湖水清澈碧透，四周群山环抱，湖滨绿草如茵。这里气候湿润，降水充沛，年降雨量在500毫米左右。盛夏，戈壁荒漠地带酷暑难熬，而天山天池却是空气清新、凉爽宜人。天山天池是大自然独具匠心的杰作，在雪峰、青松和撒满鲜花的大草原烘托下的天池，湖水湛蓝如玉，周围无数飞流直下的瀑布，构成了天山天池"明月出天山，苍茫云海间"的独特景致。

天山天池不可复制。

东北吉林省境内的长白山，是一座休眠火山，曾有过火山喷发；这是长白山天池形成的最非凡的客观条件。加之长白山顶上那灰白色的浮石配以终年不化的积雪，使得整座山峦洁白如玉、银光闪闪，长白山因此得名。长白

山天池位于长白山主峰的火山锥体的顶部,是我国最高最深最大的火山口湖,也是世界海拔最高的火山口湖。而从天池倾泻而下的长白飞瀑,则是世界落差最大的火山口湖瀑布。由于长白山四季飘雪,故全年都有皑皑白雪。群峦托着一泓银镜般的深色碧水,使得长白山天池具有超然而震撼人心之美。这便是长白山天池驰名天下的原因。尤其是天气晴朗的日子到此观赏,你会一生难忘其美。

站在高峰簇拥的群峰之中,近观天池,只见清澈池水上腾起的丝丝薄雾,犹如轻歌曼舞般笼罩在静静的碧水之上,随后慢慢飘逸而去。驻足远眺天池,它宛如一块碧玉,镶嵌在银峰白峦之间,闪闪发光,真是美不胜收。

长白山天池同样不可复制。长白山天池和天山天池分别在中国的北方和西北方。

余村边的江南天池,独处南方,似乎还没有天山天池和长白山天池那么大的名气,这与它晚出世了几个世纪有关。但这个诞生于我们这个时代的江南天池,后来者居上,一出世就堪称"世界殊"!

真正到了江南天池,我才明白俞小平为何称它是云里玉镜——原来它是中国人创造的一座独特的人造水库,建在山之巅的云雾中间。白云飘荡而过时,水库仿佛跟着云儿一起在空中游荡,太阳一照,遂光芒四射,恰如一枚玉制的云中之镜!

江南天池全称为安吉天荒坪抽水蓄能电站。这座装机总容量排在世界前列的抽水蓄能电站,雄伟壮观。它始建于1992年,1998年第一台机组正式发电。电站总装机容量180万千瓦,有6台30万千瓦立轴可逆式抽水发电机组,是我国当时已建和在建的同类电站中单个厂房装机容量最大、水头最高的抽水蓄能电站。江南天池建在天荒坪一带海拔最高的山巅之上,气势磅礴。从空中俯视,宛若嵌在万山丛中的一面玉镜,闪亮铮明,独烁光芒;靠近观之，更觉凌空见海，若银河出岳，浩浩荡荡。千米之上的山巅，平时也感到风声啸急；那云雾之间的宽阔水面，在山风吹荡下波浪翻卷，层层叠叠。它们拍打在椭圆形的堤坝上，溅起的水花犹如一片片游云；阳光照来，游云便变成一道道彩霞，美得让游客惊呼欢叫……

但站在天池边，我最感震撼和奇妙的是，这座水量与杭州西湖接近、在群山之巅的抽水蓄能电站，其水竟然完全是从数百米之下的另一座嵌在半山腰的水库抽上来的，而它们之间的落差，构成了这样一座壮观的发电站。整座电站枢纽包括上水库、下水库、输水系统、中央控制楼和地下厂房等部分。电站下水库位于海拔350米的半山腰，是由大坝拦截安吉人的"母亲河"西苕溪水而成，当地人称之为"龙潭湖"。据电站工作人员介绍，该抽水蓄能电站，上下水库间的大山中凿有长达22公里的洞室群，大小洞穴达45个，大的可容纳几个人民大会堂，小的也比足球场大，它们构成了电站主、副厂房区。整个地下厂房全长200米，宽22米，高47米，6台30万千瓦机组一字排开，形成壮观的地下厂房景观。高山之巅的天池，是利用了天荒坪和搁天岭两座山峰间的千亩田洼地开挖填筑而成的，并有主坝和4座副坝及库岸围筑。整个上水库呈梨形，平均水深42.2米，库容量885万立方米，相当于一个西湖的容量。抽水蓄能电站的工作原理十分有趣，这既是科学，又是一笔有趣的"账"：夜间，下水库的水被抽至上水库；白天，上水库的水通过特定管道往下倾注。这个抽水—发电的工作过程，据说是充分利用晚上价格便宜的富余电力，把水抽上去并在白天发电。因为白天是用电高峰，生产的电能价格高，所以电站"吃"的是中间的电价差价。

有意思吧！余村的这位"邻居"据说每年可以创造数亿元的价值，同时还能缓解华东部分地区用电紧张的状况，可见科学与经济"联姻"所产生的效益极其显著。

然而，江南天池在今天给当地带来的何止发电赚来的数亿元人民币。现在的它，已经有了比发电更赚钱的途径：旅游、观景。

在走向天池的一路上，随处可见的是新开设的各种旅游项目，比如天池滑雪场、天池温泉、天池夏令营等春夏秋冬皆可一游的项目。确实，这座江南天池因为处在独一无二的山巅之上，水面巨大而美丽，又有每日活流，较之天山天池、长白山天池，其水要"活泛"得多。水活，境必灵，地必青，而最关键的是江南天池生在美丽的安吉竹山绿林之地，这使得它更加美不胜收。

江南天池第一次出名是在 2009 年 7 月 22 日。这一天发生"世纪日全

江南天池　吴拯摄

食",全国大部分地区阴雨,余村一带却风和日丽。当日,天池对外开放,中央电视台在当地直播了完美的日全食过程,来自全国各地的天文爱好者有上万人,光各路专家就有 200 多位。万余名天文爱好者和专家在此记录下了变幻无穷、难得一见的天象:日食前的晚上是阴天,且预报第二天有雨;当天清晨 6 时仍是阴天,但过了 7 时,天池映照的当空,云层竟然逐渐散开;9 时 33 分,天际出现美丽的贝利珠,9 时 39 分生光,黑太阳上方再次出现钻石般的光芒,随着月亮逐渐离去至 10 时 59 分太阳复圆,日全食时长达 5 分 38 秒……

这是江南天池的一次世界亮相,从此它名扬四海。专家给出的评语是:江南天池,盖世之奇,源在青山绿水。

啊,我们明白了!明白了余村的这位"邻居"之美,原来也是沾了绿水青山之仙气和优势,才洋洋得意于世,令崇山峻岭、千湖百江羡慕。

美,正在征服世界,征服人类。余村的水和江南天池,能不让你叹为观止?!

肆

农家乐,乐坏了春林和春花

⊙ 绿水青山就是金山银山 ⊙

农家乐里的婚礼　潘学康摄

在今天的余村，每天最热闹的事，莫过于接待从四面八方过来享受农家乐的客人。

以为农家乐专门接待城里人的观念已经过时了。

我发现，安吉农家乐的客人中，有相当一部分并非城里人，他们其实也来自农村。比如那天我就碰到一群来自我们老家苏州地区的农民，因为是老乡，其乡音一下子就能听出来。一问这些到余村的老乡，才知道他们也是慕名而来。

"安吉这儿有山有水，风景比我们家那边还要好。再说，这里玩一天吃一天再住一天，花不了几百块钱，这样的好事勿能让它逃走吧！嘻嘻……"几个昆山婶娘跟我有说有笑。

中国的农家乐在今天的世界是一大奇观，是中国改革开放之后，使如此巨大体量的中国农民过上好日子的一种重要途径。

到底谁最早开的农家乐，现在说法不一，但可以查到证据的应该算是成都郫县农科村的徐纪元。成都人告诉我，徐纪元的农家乐徐家大院开设于1986年，2016年那儿举行了隆重的农家乐开业30周年纪念会。从这个时间来看，成都郫县徐纪元应是中国农家乐的创始人。

对于这个说法，争议不小。听说徐纪元的农家乐是1986年才开张的，马上就有温州人站出来说，他们那儿的农家乐在20世纪80年代初就有了。那时城里开厂的人特别多，一到晚上或者星期天，就几个人甚至一个厂里的几十个人一起到郊区的农民家吃饭开伙，慢慢地，吃饭开伙就固定在了张三李四家里，这张三李四家不就是农家乐吗！"我们有时在那里打牌、搓麻将、唱卡拉OK，难道这还不算农家乐？"温州人说的也有道理。

上海人一听不买账了，说他们那儿的农家乐在20世纪五六十年代就有了。有人不相信上海人这话。上海人马上反驳说：这有什么假，不信可以到我们的西郊公园一带看看嘛！动物园周边农民开的小吃店、小饭店多得很，那不是农家乐？50年代，我们城里人组织郊游，就经常到周边的农村去，午饭时间一到，没地方去，就跟农民老乡商量，请他们给我们做农家菜。因为吃得开心，所以隔一段时间就又去了。后来工会组织去了，再后来团委也组织去了，老干部又组织去了，一来二去，这些农民家就成了热热闹闹的农家乐啦！

嘿，你还真说不清哪里的农家乐是最早办的呢！不过，我相信：在中国，要说最早的农家乐，根本不是今天的事，甚至可以追溯到孔子时代！那个时候，孔子带的徒弟多，教学中累了，就领着弟子"郊游"，饿了就在农家摆下酒桌吃上三杯，来个"不亦乐乎"，这难道不是农家乐吗？！

中国是个农业大国，从宋代的城市化开始，其实就已经有了农家乐，只是没有人给它一个正式的名称。现代意义上的农家乐是农民们利用自家的房子和菜地及周边的自然风光，给城里人开设的休闲旅游的地方，是一种成本很低，却能让客人吃住放松的乡间自由休闲形式。如果再加一个营业执照来确定它正式或非正式的话，成都徐纪元的徐家大院的确应是第一家。

但外国有人认为，农家乐的发明专利属于西班牙。有报道记载，1965年在西班牙曾经风靡一时的乡村游，便是真正意义上的农家乐，即一种世界首创的旅游新形式。这可能有一定道理，因为现代意义上的城市化进程，欧洲老牌发达国家比我们中国要早得多。尤其像西班牙这样既是发达国家，又是旅游大国，吃喝玩乐的形式肯定比较成熟和先进，他们的花样也多，乡村游自然也兴旺。但当代中国人让包括西班牙在内的世界上所有的老牌发达国家都感到不可思议与敬佩的是，我们只用了不到40年的时间，就拥有了发达国家用二三百年才达到的现代化水平。中国式农家乐就是其中之一。

在习近平"绿水青山就是金山银山"理念指引下，在余村走向富裕道路的过程中，农家乐毫无疑问占有重要地位。"现在全村共有三十几户村民开设农家乐，规模各不相同，是余村村民创收的重要途径之一。"村支书潘文革这样说。

那天，到一户农家乐吃饭后，我提出去见见当年向习近平作过汇报的老支书鲍新民。

开始以为鲍家有可能比其他农家乐都红火，可走进鲍家，才发现并非如此。鲍新民家的院子不算小，干干净净，堪称卫生环境样板，但冷清得很，没有一个外人，院子里空荡荡的。这时，鲍新民从屋里走出来与我握手。我第一句话就问他："为什么你不开农家乐？你这院子也不小呀！"

已经退休在家的鲍新民，有些尴尬地微笑说："不是所有的人都可以开农家乐的，也得有能力。"

"你当过一届村委会主任、两届村支书，余村什么事你都干了，不能干农家乐？"我有些不信。

鲍新民端过茶杯给我，慢声细语地说出实情："我家地段不太好，靠后，一般客人不易到这边来。做生意，要讲客观条件，开农家乐也是如此。"

这位不善言辞的余村老领导说话特别实在，话中有真意。

"习书记那年来余村时，我代表村里作汇报。"鲍新民又一次向我介绍了2005年8月15日习近平来余村时的情景。"习书记特别亲民、亲切，其实那天他是来我们村调研民主法治工作的，后来我汇报到村里关掉了污染环境的几个厂时，他就问我以前村里收入有多少。我回答后，他问我为什么要关掉。我说污染太严重，我们的厂都在风口的上游，影响百姓生活，山水也全都污染了，不长毛竹和树了。他听了说，你们关了矿，关了水泥厂，等于关了金山银山来恢复绿水青山，这很好。有了绿水青山，就有了金山银山，绿水青山就是金山银山！他又问我，你们关了矿厂，村里和农民的收入怎么办。我说开农家乐、搞副业，比如相对污染少些的毛竹加工。习书记听后连连点头，说你们这样下去很好，这条路要走下去……"

"之后我们就是按照习书记的'绿水青山就是金山银山'理念，一直走到现在。"

"矿关掉，水泥厂也不开后，村里的收入确实成了问题。让百姓过上比开矿、办水泥厂时更富裕的生活，不是说说而已的事，得真干实干。有真金白

四通八达的公路　李进摄

银，老百姓才相信我们这些干部嘛！"鲍新民说，那天习近平强调"绿水青山就是金山银山"时，还动情地向他和其他村干部讲到，安吉这样的地方要特别注意把发展的思路打开，说到了"两小时经济圈"。

肆　农家乐，乐坏了春林和春花

"习书记当时给我们描绘了很具体、很形象的创富道路。他说：你们这儿离杭州、上海、苏州等城市，也才一两个小时的车程，这个距离很适合城里人周末旅游。如果你们把环境搞好了，山美了，水美了，就能吸引城里人来，这样山区农民就有钱赚了。他说这叫逆城市发展道路。他的这些话，我印象最深刻，一直牢牢记在心上。后来余村一步步发展，就是沿着习书记指引的路走过来的，从没走样。"现在，鲍新民家在村里不属于富裕户，但他欣慰自己当干部的后几年里，靠着"绿水青山就是金山银山"理念，带领村民们走了一条造福余村百年的金光大道。

"开矿、办水泥厂时，我们余村虽然也是全县富裕村，大家的收入看上去不低，日子过得也还不错，但百姓其实很苦，劳动辛苦不用说，因为污染严重，生病的人也多了。而一生病，花钱就像流水，这么算下来，根本富不到哪里去。看看现在，大家是真富，干活不累，赚的钱是以前的几倍。我是2011年离开村干部岗位的，那个时候，村集体就在镇银行里存了1000多万元，真金白银哪！通过理财，每年都可以给村里拿回几十万元、百来万元的额外收入……现在还是这样。当然，现在村里比那时收入还要多些，关键是农民比以前收入更多了。看着余村的今天，我觉得我们没有辜负习近平总书记当年的殷切希望。"

"看上去你现在的生活水平和财富比村里多数村民尤其是那些开农家乐的要低很多和少很多，你内心平衡吗？"我认真地提了一个问题。

鲍新民沉默了片刻，再次抬头时，脸上绽开了笑容，说："我心里是真的高兴。这话别人听起来觉得有点假，但对我们余村干部来说，今天能够看到村里有人开农家乐，一天赚的钱比我们一个月、一年的收入还要多，真的非常高兴。什么叫'绿水青山就是金山银山'？我想，这就是！"老支书话锋一转，道，"想想当年我们冒着生命危险，天天盯在矿上，背着炸药开山破

石，不就是想让百姓富裕吗？但没有成功，也破坏了山水。听了习书记的话后，走上了'绿水青山就是金山银山'这条正确的道路，看着村民实实在在富了起来，这难道不是我们当初想实现的奋斗目标吗？作为一名当了20余年村干部的老党员，你说我能不高兴吗？自然高兴！说实话，我比谁都高兴。因为这是我几十年来所追求的梦想和理想！你一定要问我内心的想法，我也告诉你，在大家富裕的同时，村干部不是不可以富，但我们必须先让大家富了，才可以想自己的日子！比如开农家乐，开始我们是村里组织、招揽客源的，而且要求村干部带头办农家乐，为什么要这样做？因为村里关掉矿、搬掉水泥厂后，不知道能不能落实好习书记提出的'绿水青山就是金山银山'的发展新思路，所以要求干部试着先办农家乐，给村民当示范。当时除我之外，有好几个村干部都带头办了农家乐，这是我们鼓励的。我没有办，是因为我家地段确实不好，偏。现在我虽然不能与村里的富裕户相比，但日子还是蛮好的，看着余村发展走上了阳光道，比什么都开心哪……"

看着鲍新民开朗的笑容，我对这位老支书更加敬重。

从老支书家出来，到了村头的张文学家。一开始听这名字，以为一定是个"文艺范"的"文学男"。见了才知，原来余村的张文学是位年过半百的农妇。不过，张文学虽说年过半百，看上去却一点也不像印象中的农家妇女，她清秀端庄。我想，她年轻时一定是余村的"村花"。

"我一直是村里的妇女队长，从2002年到2010年，当了9年。"张文学说。她是1982年从山那边十几里路以外的另一个乡嫁到余村的。老家6个兄弟姐妹，名字里都有一个"文"字。

张文学从小生活在一个多子女的农民家庭，养成了勤快、俭朴和孝敬老人的品质。她说村里是在习近平书记来后的当年就开始提倡大伙儿办农家乐的。"那时要求干部带头，我是妇女队长，办农家乐理所当然我得先带头。我

肆　农家乐，乐坏了春林和春花

就跟男人和公婆商量，家里人支持我，我就在我们家腾出4个房间做了农家乐客房。当时一天连吃带住收25块到30块，没有想多赚钱，只是想把农家乐办起来。我是村里的农家乐协会会长，其实就是村里派我协商和组织这块工作。女人嘛，做这事好像方便些。哪知道开农家乐也不是那么容易的事。比如来了客人住谁家、吃什么、怎么收钱等等，总之，烦心的事情有时一天有几十件。客人少了，村民就问我买的生肉怎么办；客人多了，被子不够又急死人。这些事马虎不得呀，尤其当客人等在那个地方时，我就只好赶紧把家里的被子给人家送去，把自家的冰箱腾出来用。唉，那头一年，我是比阿庆嫂还阿庆嫂啊！太阳没有出山头就要挣钱，一直忙到半夜还可能有人找上门来催你解决这事那事。再后来，村里的农家乐越办越多了，管理和协调的活也跟着多起来，我就把自己家的农家乐停掉了，集中力量帮助那些已经办起来的和正要办的人家处理协调、找客源等事情，直到全村的农家乐成了气候。后来我女儿长大了，结婚、生小孩，我就到她城里的家帮忙带孩子去了，一直到现在……"

"听说现在村里农家乐开得最火的春林山庄是你一手帮助潘春林夫妇办成功的？"我问。

张文学笑笑，谦虚地说："是人家努力干得好，我只是在开始时尽了村干部的一点责任。"

"还有呢？"

张文学摇摇头说"没有了"，然后哈哈大笑起来。看得出，张文学不仅人长得美，能干又善良，而且孝心满满。村里人说，她婆婆的婆婆活到99岁高龄，去世前两年瘫痪在床，是张文学悉心照料老人走完了人生最后的日子，张文学因此被镇里评为"孝敬之星"。

"走，我们去看看春林山庄，今晚就在潘春林家吃便饭……"村干部俞小

平提议。

在余村那条东西走向的"余村大道"上,"春林山庄"的招牌格外惹眼。更重要的是,春林山庄在余村有几个"第一":第一批农家乐,也是全村现在最大的农家乐;第一个有自己旅行社的农家乐;第一个承包县里重要风景区的农家乐。

到春林山庄时正是晚饭时间。一进山庄,就见整个院落像在办喜事一般。"今天又是客满……"老板潘春林的妻子春花40来岁,快人快语,一说话就是一串笑声,难怪她家的客人那么多、生意那么好!

这样的农家乐还是头回见。院子大门好像不如鲍新民老书记家的大,不过,里面就是另一个世界了——三层楼,明显看得出是加大型的。除了厨房,一层全是吃饭的桌子,大大小小有一二十张。"今天院子里又摆了五六桌,没地方放了!"春花一边带我到楼上看房间,一边擦着额上的汗珠,脸上泛着幸福和快乐。

"二楼、三楼都是客房。"春花打开一间内有一张大床的房间说,"这样的房间一般是给年轻夫妇或恋爱中的情侣住的。"

"什么价?"我问。

"不是旺季每天180元。如果是旺季和周末,要涨三五十元。"春花说着又推开一间"亲子房"——一个小套间,一大一小两张床。

"这样的房间是300元一晚。"春花告诉我,这是"孝子间"。她解释,"有的儿女带着孤身的父亲或母亲来,我们就设了孝子间,就是让子女跟自己的父亲或母亲住在有小门隔着的同一套房间里,这样便于子女照顾老人。"

"你想得真周到。"想不到余村的农家乐,服务如此细致。

"你再看看这间……"春花带我来到三层的一个阁楼。那里面很特别,利用楼房的一个斜面,装饰成两间可以在夜间望星星看月亮的小木屋。

清朗干净的春林山庄

"这小房间很有味道!"我一看立即喜欢上了。春花笑:"这两间最俏,常常要提前好几天才能订上……"

"都是年轻情侣和新婚的小夫妻吧!"我猜测。

"对。他们都喜欢住这两个房间。"

"价格呢?"

"比普通房间每晚贵 100 元吧!"

我伸手指指春花,夸她:"你真会赚钱!"

"物有所值嘛!"春花听后不但没有不高兴,反而爽朗地笑着回敬我一句,

"如果大作家你来，我可能还要加价 100 元……"

"为什么？"我不明白。

"这么优雅、浪漫的小木屋！你住在这儿，灵感来了，书一本又一本写出来，我不多收你 100 元也对不起你挣那么多稿费呀！"

"哈哈……好你个春花老板娘啊！"我一下子觉得潘春林能把农家乐办成全村最棒的，与家里有个里里外外一把手的春花有直接关系。

但后来与潘春林本人交流后，方知这位真正的老板其实是生意场上的"大鳄"！

潘春林，70 后，初中毕业后第一份工作与村里其他青年差不多，是到石矿上开拖拉机运石头。"干了两年，石矿关了，我就到水泥厂干活，也是搞运输。"潘春林个头一米七左右，瘦瘦的，但精明灵活，是那种一看就什么都会的人。跟妻子春花站在一起完全是两种样子：春花嘻嘻哈哈；春林轻易不冒一句话，一旦冒出来，就是利剑或子弹，能听见"呼呼"的响声。这种男人做生意一定是个高手。

"你叫春林，她叫春花，你们夫妻是不是一个村的？名字怎么像提前配对好似的呀！"这事令人好奇。

"我们是天仙配！"春林颇为得意地说，"其实我们两家离得很远，她家在另外一个镇，但我们有缘分。23 岁时我在水泥厂搞运输，那年冬天我到另一个镇办事，也就是春花她家那个镇，见过她一回。当时没太在意，但两年后一次偶然的机会又碰到了，这回是一见钟情，再没有分开过。事后春花问我，说第一次见面为什么没提要谈对象啊。我说因为我们余村的春花还没有开呢！春花就问：那现在你们余村的春花开了吗？我说开了呀！她又问：为什么就开了呢？我说因为余村的春天到了嘛！春天到了，春花就开了呗！"春林的嘴够甜够滑，大概也因此特别讨人喜欢，生意才做得红红火火。

等身边的人都走了,只剩下我们两人时,春林一下变得沉稳老成起来。"其实,我走到今天也不容易。"他说,"要想把绿的水、青的山真正变成金子银子,这中间不知要做多少工作和付出多少努力啊!我的春林山庄走过的路,可以说是余村践行习近平总书记'绿水青山就是金山银山'理念比较具有代表性的。"

春林只念过农村中学的初中课程,但 20 多年的"社会大学"历练让他有了比普通农民更多的见识和文化,说起余村和自己在村里所走过的路,春林的言谈里有不少哲理。

"我们余村在习书记来之前,虽然也把矿关了,水泥厂租给了别人,但要说真正转变到从思想上自觉保护生态,通过生态来发展和壮大自己、富裕自己,其实是经过了艰难的历程。"春林说,"2000 年开始,水泥厂开始走下坡路,原因是上面提出要环保,乡镇企业尤其像水泥厂等一些污染严重的企业都得关停并转。当时整个乡镇企业在衰退,我们余村的村办企业和转租出去的水泥厂也都面临日子一天比一天差的困境。这个时候,我们村由于开山挖矿比别的地方早、规模大,所以受污染影响也相对大,关停并转村办企业是自然而然的事,势在必行。但这中间有个过程:村里的水泥厂仍在半死不活地维持着,因为那毕竟是我们赚钱的来源;同时村里也鼓励大家想办法走新的发展道路。说白了,大家得重新动脑筋想法子换一种活法,要不然就只能重新回到过苦日子的老路上去,这肯定没有人干。但咱们是山区农村,除了石头、水和少量的地外,什么都没有。石头不能换钱了,水被污染后还没有清,农田只够口粮的,你说活路在哪儿?在关矿、关水泥厂,全村经济走下坡路那两三年里,全村人都非常彷徨,不知以后的日子怎么过。现在大家知道了也理解了绿水青山就是金山银山,但在当时,绿水青山在哪里?要让开

山轰炮炸毁的山重新长出青绿、重新长出毛竹还不知道何年何月呢！再说，即使有了绿水青山，到底能不能变成钞票变成金子，是谁也说不准的事……最初我和堂兄去镇上承包了一家饭店，但我们仍然在水泥厂工作，让家里的女人去打理饭店，其实就是试着看看能不能照这个路子走下去。后来发现，并不像我们坐在家里想象的那么好。"

春林和堂兄合伙承包饭店的日子并不长。到了2003年左右，经过两三年关矿停厂、休养生息，余村的百姓回头看看，发现三面环村的山林似乎在慢慢变绿，可是距离脱贫致富还很远！是坚持走下去还是另寻其他来钱快的路，成了村干部们苦恼和难以抉择的大问题。

"要说余村人的思想观念变化和余村山水面貌的变化，确实是因为习近平总书记当年留下的话给我们指出了方向，坚定了我们走生态致富之路的信心。"2005年之后，满山长起来的毛竹渐渐染绿了余村，山里流淌出来的溪水也逐日变得清粼粼……

"甜了！水甜了！"乡亲们蹲在那条横穿村子的余村溪的两岸，捧着清纯甘甜的山泉，好不欢乐！

"是这个味！就是这个味！跟我们小时候喝到的泉水一样甜！"村里六七十岁的老人抿着流淌着泉水的嘴角，也这么说。

"我们这些六七十年代出生的人，还是头回见到我们余村的山水原来竟然这么美，而且是纯天然的，没有任何人工痕迹。余村三面环山，坐北朝南，正面通着5分钟车程的天荒坪镇，一条从山的深处流下的溪河穿越而过，滋润着余村的每家每户。我们的村庄和农田，正巧在溪流两岸，冬暖夏凉，宜居宜耕，绿树常青，鸟语花香。我们还有一处千年古刹；有一个深藏在大山腹地的天然溶洞，里面奇景百出，妙趣横生；再加上余村最丰富的毛竹青山……你说美不美？"

"有一次，我带一位在水泥厂工作时认识的外地朋友来我家玩，请他吃了一顿土菜，他竟然一连住了3天，说不愿意离开，想在余村过日子。当时我想，这朋友不会是酒喝多了没醒过来吧！但朋友却拍着我的肩膀说，春林啊春林，你们余村人身在福中不知福，掉在金山银山里不知发财致富呀！我问他：这话怎讲？他说：现在我们城里人已经过烦了那种上班挤、下班挤，回家吃的是消毒自来水，每天在水泥钢筋的框子里和柏油马路上奔波，吃的又可能是喷过农药的粮食蔬菜的日子，单一、乏味……你们这儿多好啊！所有的东西都是天然的，连空气都是城里人拿钱买不到的宝贝呀！他说，你春林要是开个店，开个农家乐，我就每星期来一次，带着全家人，喊着朋友们一起来，吃住在你家，给你付钱，保证让你不出门就发财！"

　　"不出门就发财，你说，这样的梦谁没有做过？我就做过好几回。"春林笑着坦言。

　　就在这个时候，余村正式开始向村民建议利用村里绿水青山的自然资源和美丽环境，开设农家乐，并承诺客源和服务方面由村里帮着做，赚了是大家自己的。

　　"这样的好事，谁不做就是傻呗！"春林说，"于是，我和堂兄停了在镇上承包的饭店，决意回到村里办自己的农家乐。"

　　春林被自己家乡的美景吸引着，更被习近平指引的发展方向吸引着，他要用自己的行动实践"绿水青山就是金山银山"。

　　与所有的农家乐一样，春林的农家乐开设在自己家里，但因原有的房子并非旅店式建筑，一些房间的设计不能用，于是春林走在了其他村民前头，不是采取在原有房间陈设的基础上换个床单、清洗一下马桶的方式，而是对老房子进行了翻修……

　　"得多少钱？"父亲问他。

春林估摸了一下，说："20来万吧！"

父亲掐着手指一算：16间房，来的客人按每天住满一半算，一年光景，基本可以平账了。"那你就做吧！"父亲同意了春林的方案。

毕竟是老房子，按规矩还是上一代人说了算，春林也是这么做的。但令他意外的是，最后装修完16个房间，工钱和材料两块加起来共60余万元！

"负债了！我一下感到压力特别大。原来计划20来万元是根据自己与老婆的积蓄来的，现在口袋全空了不说，还欠债三四十万元，这等于是逼上了梁山！"春林跟春花苦闷了好一阵子。

"开张吧，得起个名！"春林道。

春花说："吉利点，不然生意不好，我们欠的账得还到何年何月？"

是啊，可起什么名字吉利呢？春林肚子里没几滴墨水，遇到这种事就着急，于是赶紧从孩子书包里拿出一本《新华字典》翻啊翻……春花一把抢过字典说，咱余村到处是好景好风光，你翻什么书！

春林心想，也是。余村好山好水，我们抢个好名用用！他走到自己的阳台，推开窗子，向外看去，立即被村口的两棵老银杏树吸引住了——就用它了！

"想到啦？什么呀？"春花因男人的灵感激动起来，连问。

"你看那银杏树多茂盛啊！它是我们的村树，寓意长寿，福禄满满！"

"就它了！啊——我们要发财啦！"春花高兴得跳了起来，搂住丈夫，在他脸上连"啃"了好几口。

"银杏山庄"，名字不错，但它已经被注册了，你得改名。工商局的人告诉春林。

有点难受。春林的农家乐出师不利。好名字注册不上，只得临时改名。改什么呢？

肆　农家乐，乐坏了春林和春花

春林脑子里的那点"墨水"被晒干了!"干脆,就用我的名字吧!"春林说。

春花把脸一偏,高兴地说:"对,就用'春林'吧!如果再不行,就用我的名字——'春花'……"

后来,春林山庄被注册下来。开张那天,余村像过节一样热闹。春林与春花在村里人缘好,他们俩也会做人,第一天请的客人全是村里的,大家吃了个痛快。这叫"开张宴",求的不是赚钱,而是人气!

果不其然,春林山庄从开张第一天起,生意就一天比一天红火。除了春林春花两人里外搭配得好,还因为春林的脑子灵活。别人找客人,靠村干部到风景区跟导游讲价钱、给好处才好不容易拉回一拨人来;春林不一样,他先把余村的好山好水拍成照片,配上文绉绉的词汇,什么"美不胜收""流连忘返""坠入云海""人间天堂""绝对自然"云云,再通过网络一传播,客人纷至沓来,都要到余村找春林山庄……

"春林这家伙,行啊!"连村里的干部都觉得春林这一招既省力,效果又好,且着实好好地宣传了一通余村,于是就请县里、市里的记者对春林山庄作了专题报道。从此,春林山庄的美誉传遍了安吉,传出了浙江。

"这就已经非常了不得啦!"春林的"经济学"非常有一套。"作为一个农家乐,你如果能吸引100个左右的固定客人,你就基本有饭吃了;如果你有300个客人,你就是小康致富了;如果你的固定客人超过500个,那你就是富翁了……"

"说说你现在的固定客人有多少?"我不能放过机会,于是追问春林。

他笑而不答。

我问心直口快的春花。春花拍拍围裙,两眼望着天花板,费了好大劲挤出一句话:"好的时候,一天赚一两万元吧!"

一年算一半时间是生意"好的时候",一年下来就是三五百万元呀!富翁!春林是富翁了!他夫妻俩开农家乐已经十几年了嘛。

　　"哪止这个数!她春花是保守说法!"村干部立即让我别信她说的。我笑,反正春林一家开农家乐是发大了!

　　"这一点不假,我肯定发了!"春林不否认,说他现在平均一年有200天的时间是客满的。"爆满的时候,一天接待二三百人,吃住游玩都在我这儿,平均每人一天消费在200元……"春林亮出了自己的盈利"底牌"。

　　能在余村听到农民有这样的收入,自然让人从心底里感到当年习近平留下的那句话是何等的英明和精辟!

　　"真的是一条金光大道!"春林的话由衷而发。

　　余村和安吉能够在新世纪初开始出现节节攀高的客源,除了余村走绿水青山之路,用生态、用绿色换回了一方孕育金山银山的自然风光,还有一个原因,那就是后文中要提到的关于安吉是"黄浦江源"的说法确定之后,上海与安吉之间有了一种特殊的"亲戚"关系,加之县里连续举办"中国安吉—黄浦江源文化节",文化节期间主打的"黄浦江源生态旅游"牌,使得喜欢到处游山玩水、"吃吃白相相"的上海客人疯一样地涌到他们的母亲河源头探访加旅游,于是"安吉山水甲天下"的美名在大上海传开了。

　　这还了得?两千万人口的中国第一大城市,加之"阿拉"上海人做什么事都喜欢讲价钱,听说安吉农家乐便宜又玩得开心,就纷纷涌往安吉,到余村、到春林山庄的人自然也就多了起来。

　　春林赶上了好机遇。

　　"2007年,县里提出'奋战五年,再造安吉',我也给自己提出3年再造一个'山庄'的目标,所以我又在原来基础上翻建了农家乐,这回我投入了六七十万元,房间增加到27间。你问为什么不再多一点?因为27间房正好

肆　农家乐,乐坏了春林和春花

可以安排一辆大巴车的客人。"春林说，"当时100块吃住3天，干活全是自己家的人，菜是自己的，小工是自己做，所以别看100块吃住3天，仍然能赚钱。客人也喜欢，来的人每月都在增加。"

春林夫妇生意做得红火，感染了村里的人。邻居也学着春林的样，把自家多余的房间腾出来改装成客房，试着接待客人。这么着，有的客人就住进了春林山庄的隔壁。但有人第一天住进去，第二天就要求退房，来求春林，说希望住到他们的春林山庄。春林一问，原来是客人觉得那些农家乐的服务质量和设施有问题，比如厕所是公用的，比如房间与房间之间缺少私密空间，等等。

"我们都是农民，很多人不懂城里人的一些生活要求，也不懂得什么私密之类的事，所以我发现问题后，便想如何帮助邻居们一起发展比较正规的农家乐。但事情没那么简单。每个家庭的情况各不一样，人的素质也不一样，让他们统一用我潘春林家的方法也不现实。怎么办呢？都到我家来，也不是个办法，似乎我接待的客人越多越赚钱，实际上并非如此。比如有的时候一下子就来了几百人，我没有房子，马上扩建？不可能吧。而且一扩建就得花上几十万元、上百万元，可房子扩建了，就能保证经常客满？或者突然客人又增加了几百人怎么办？再扩建？这样循环也是个大问题啊！"

"后来你怎么解决的？"

"我解决了！我想，光跟着客流量靠我自己一家不断扩建，肯定非办砸不可，到头来看上去我客源滚滚、一年忙到头，但弄不好不仅不赚钱，还会因为不停扩建而负债累累。"

春林果然聪明。他想出的办法是跟邻居商定：你服务不到位，单独招客人生意不稳定也不一定赚钱，但你如果纳入我春林山庄统一管理，客人来了统一算我春林山庄的，你的客房也算我们合用。你原来一人一天收100元，

现在住你家的50元我给你，吃饭在我春林山庄的50元归我潘春林，不是双赢吗？邻居觉得春林这个点子好，于是春林和周边的几户邻居有了很好的合作。他春林山庄的客房，从此除了一号楼（他自家的），又有了二号楼、三号楼，直到现在的五号楼、六号楼……

就是说，春林一户农家乐，带动了五六户邻居全都办起了农家乐。

春林说，现在他山庄的客人，一到旺季，每天有上千人。"我潘家的地盘再大也只能住五六百人，就已经拥挤得不行了，还得靠乡亲和邻居们一起帮忙解决。还有，那么多人住在家里、吃在家里，起码也要三四十个帮工呀，这样和邻居联手，他们家的人也都有了工作嘛！"

"你春林也算给村里的人提供了就业机会嘛！"我说。

春林有些得意地说："应该算。帮工整理整理房间、洗碗洗菜，年岁大一点的婶娘婆婆都可以做，一个月三四千块工钱，也是不错了，是可以拿回家的净收入啊！"

"听说你是安吉农家乐中第一个有自己的旅行社的？"

"是。我的旅行社叫天合旅行社。自从习近平总书记给我们指引出这条致富的康庄大道后，像老天合中我心意一样，山庄的生意越做越红火，钱越赚越多，所以我就起了个天合旅行社的名字，我希望沿着习近平总书记指引的路永远走下去，越走越光明……"

余村的潘春林现在快成政治家了。

"生意做大了，你不懂一点经济和政治知识，绝对不行。我们余村的绿水青山一天比一天值钱，一天比一天珍贵，身在其中，靠绿水青山过日子、发展致富的人，不懂得发展理念和未来方向，再好的日子、再好的生意也不能持久。这一点我有体会。所以，我们春林山庄现在到了一个阶段后，就迅速提升一个台阶的服务水平与服务能力。"春林说。比如，他有了自己的旅行社后，客源不再靠东拉西喊的散客支撑，而是直接开通了余村到上海市区的大巴线路，而大巴就是他天合旅行社的！

"现在天天都有从上海到我这儿的大巴车。从上海出发，两个来小时就到我山庄了！"春林颇为自豪的是，客人到余村的春林山庄后，不必出他春林"家"，想玩几天、吃遍安吉美食、玩尽美丽乡村，"皆由我负责！"

"你有了孙悟空的能耐了？"我有些惊讶。

春林信心满满地说："只要在安吉，这些事我全包……"

原来，他现在不仅有山庄，有旅行社，还是几个景区的股东，比如著名的安吉九龙峡。"我是那里的大股东！"

牛！余村的农家乐业主潘春林现在确实够牛。

我知道，今天的春林山庄，已经不单单接待低端的客源，还把重点放在了中高端的中青年客源上。来的客人，随手打开微信，就可以找到安吉美丽乡村游的春林山庄。

"过去，我们的农家乐只赚吃住的钱，现在是赚产品钱。我们在几年前就响应县里的号召，走精品之路。"春林一边跟我说话，一边不停地看手机。"客人电话打过来时，就已经把钱打了过来，这种生意做得比较惬意。当然，你得把服务提上去，才能保证客源像山泉涌动，源源不断。"

我有一个疑惑："毕竟余村和安吉其他地方，属于江南地区，到了冬季旅游淡季时，你的生意怎么做呢？"

春林抿着嘴笑。片刻后，他抬起头说："这个担心村里人曾经也有过，但后来他们全不为我担心了，反说我春林做生意做'绝'了……"

"怎讲？"

"一到淡季时，我就把到上海拉客的车子开回来，开到余村或者安吉县城里，再把想到上海、杭州和苏州玩的村里人和其他安吉人拉出去，让他们半

价坐我的车到大城市里去玩，吃的、住的甚至玩的还都由我天合旅行社来安排，比别人安排的便宜一大截……"

"哈哈，你还是赚钱嘛！"

"是这样！"春林笑。

这农民的脑子里满是经济学。

安吉县委领导跟我说过："整个安吉，至少有3000家农家乐，从业人员达30万人，收入嘛……哈哈，还是不说的好，藏富于民嘛！"

我在想，仅此一块，安吉人已经做到了"绿水青山就是金山银山"。想想看，假如每家农家乐一年赚二三十万元，3000家总共应该是多少？换成金子银子放在你面前，有没有金山银山的感觉！

潘文革告诉我，现在余村共有农家乐三十几家。"一家开店，三五家劳力在帮忙。赚钱，只是一种致富模式。"他说。

对整个安吉而言，余村的农家乐仅仅是一个缩影。我甚至感到，这块土地上的每一家农家乐都是一块令人爱不释手的宝玉，它们光艳明耀，又各具特色，享受一次，就会醉倒一回。

那天从余村的春林山庄采访出来，安吉县委宣传部的同志提出让我"领略"一下大山深处的农家乐。我欣然接受。

几十分钟后，我们进入了一片深深的山谷，到半山腰停了下来。

"何作家，'老树林'欢迎您！"在一块醒目的招牌前，宣传部部长陈旭华女士热情地向我伸出手来。

大山深处有这一片"老树林"，真是既让人意外又令人好奇。当我在此住下，再细观这家山崖之上的农家乐的全景时，不由心潮起伏：连绵的大山，满目皆是翠竹绿林，山谷间吹来的阵阵清风，爽透心腑。在此吸一口气，就有荡除腹中数年之浊的感觉，一切疲劳和烦恼似乎就此消失。尤其是夜宿

"老树林"，那种出奇的静寂让你仿佛进入了深深的渊底，真有些空荡与"恐慌"。可能是由于负离子特别丰沛，第二天醒来，竟然比平时晚了近两个小时。站在小阳台上伸伸懒腰，全身上下像换了个人似的那么轻松舒展。

这时，看到"老树林"的几位女服务员正在忙碌着给我们做早餐，便过去与其交谈。

"哎，你们都是大姐级的服务员啊！"我见她们都是四五十岁的大嫂大婶，不由更加好奇，"这农家乐是你们开的吗？"

"不是，以前是德清的一个人来承包的，后来又承包给了上海老板……"她们笑嘻嘻地向我介绍。

"噢——"我看着"老树林"一栋栋形态各异的山间别墅，问："以前都是你们的房子吗？"

"是。"一位年岁稍长的妇女回答说，其中有一栋原来是她家的老房子，前些年承租给了现在的"老树林"老板了。"我用租金在山底下买了新房子，

如诗如梦的"老树林"　安吉县委宣传部提供

因为儿子媳妇都在镇上上班，小孩子还要到学校上学……"

"这么好的地方，你们为什么不自己办农家乐呢？"我有些疑惑。

"开始是我们自己办的，这里风景好，前些年有外地来深山探险的，常常住在我们这里。时间一长，我们各家就都开起了农家乐。后来被大老板看中了，就来跟我们谈合作，经营更高档次的农家乐，这就是今天的'老树林'……"

原来如此。我从这些女服务员口中知道，现在的"老树林"在上海等大城市和探险界名气不小，特别是周六周日，客房满满的。"我们觉得很开心。白天在这里工作，拿旱涝保收的工资，晚上可以回家干家务活，自己的老房子也能每年有收益，'老树林'让我们过上了幸福生活。"

走出"老树林"山庄，漫步在山村的盘山公路上，我清点了一下，这个半山腰上的自然小山村，现在基本上都改成了农家乐。住在上面的百姓已经很少，倒是说着各种语言的游客很多，他们与我一样，兴致勃勃地在晨曦中散步、观景……

"太美了，简直就是人间仙境！"游客们不由得发出一声声惊叹。

上午10时许，在离开"老树林"时，我抬头远望，见前面群峰耸立。出村口时，发现路边有一块小木牌，牌子上有一个向上的箭头，还写着"九亩田"3个大字。

"山上面还有好地方啊？！"我不禁问。

陈旭华部长笑："最好的风景在山的最高处。'九亩田'应该是山川乡最值得去的一个地方！这次您的行程太紧，下次您来了，我们去感受一下'九亩田'的农家乐……"

太遗憾了！我口中说着"行，行"，心里却在叫"亏"。不过，后来看到游客到九亩田后写的几篇游记，多少弥补了我的一点遗憾。

肆　农家乐，乐坏了春林和春花

九亩村的由来，据说跟9位女子有关，这中间的传说，一共有两个版本。

一个版本是：传说在安吉人还不是很多的时候，由于外地战乱不断，9位女子为避战祸，来到了这里一座最高的山上，过起了与世无争的生活。这里环境清幽，生活也很平静，她们在这里种地耕作，繁衍生息，渐渐就繁衍出了几代人。她们的后人继承了母亲的传统，世世代代在这里辛勤劳作，悠闲生活，村子也日渐扩大，成了现在的规模。由于村庄的由来与这

海拔千米高山上的九亩村　安吉县委宣传部提供

9位母亲密切相关，因此村子就被称为"九母村"，后来逐渐演变成了"九亩村"。

另一种版本的说法是：相传很久很久以前，天上有9位仙女因羡慕人间生活，生出了思凡之心，于是她们偷偷下凡来到人间，正好就落在了山川乡最高最美的山上。村里流水潺潺、竹海涛涛，让仙女们流连忘返，久久不肯离去。于是，她们决定永远留在这里，过凡人的生活。她们开垦了九亩田地，在这里种上水稻等各种作物，并繁衍出了许许多多的后代，渐渐地，这里变成了一座村庄。后来，人们根据这个传说，将这座小山村命名为"九亩村"。

我总认为，在中国的农村，有许多地名就像我们祖先留下的方块字一样，里面包含了先人对自然的认识与生活情感的诸多信息。这些信息极其珍贵，不应轻易被现代文明湮没，更不能随意被人为地抹去。九亩村便是一个很有意境的村名。她的美里有优美文化和自然风光。

九亩村地处千米之高处，最高峰仙人石主峰海拔达1064米，这在平均海拔只有一二十米的太湖地区，已经是相当高的高度，九亩村也因此是浙北环境优美的最高村落。其环境优美、气候宜人，冬天能赏雪，夏天能避暑，算得上城里人最理想的休闲去处。

还有一个叫作"船村村"的地方，它与九亩村之间有一条6公里长的峡谷，叫"井空里峡谷"。它是安吉境内最值得一游的大峡谷，其尽头为浙北第二高峰赤豆洋，海拔1057米。其东北角与藏龙百瀑景区相连，北与临安接壤，西指余杭，顶端有百余亩地势平坦的高山沼泽地。其上苔藓尺厚，杜鹃遍生，堪称奇观。井空里峡谷内泉流瀑飞、石奇水清、山险林密，自然景观异常优美。此外，峡谷内还有丰富的动植物资源，可见古木摇曳，可闻空谷鸟鸣。有游客总结道：在这里，你既可以春赏山花烂漫、夏探幽谷避暑，

肆　农家乐，乐坏了春林和春花

又可以秋攀险处气爽、冬悟雪谷井空，真乃人间仙境也！

　　安吉的同志告诉我，像九亩村那样的美景胜地，安吉还有很多，那里皆有各具特色的农家乐。

伍

流金的小溪

⊙ 绿水青山就是金山银山 ⊙

流金的小溪　安吉县委宣传部提供

在得知余村潘春林的农家乐"金""银"装满口袋时，我就在想：如果余村经验传遍全国，中国"美丽乡村"建设也成为贯彻落实习近平总书记"绿水青山就是金山银山"理念的重要实践成果，那么它的经济效益到底是多

少呢?

也正在这个时候,电视新闻里播出的一些数字吸引了我的眼球:2016年,我国休闲农业和乡村旅游接待游客近21亿人次,营业收入超过5700亿元。

伍 流金的小溪

5700亿元是个什么概念？

都说文人没有数字概念，我也一样。不过，如今网络搜索可以弥补我们许多知识上的缺陷。搜索的结果是：黄金每克大约售价300元人民币（随时浮动），1千克就是30万元。5700亿元能买多少千克黄金呢？约1900万千克！

你见过1900万千克的黄金吗？估计除金库工作人员以外，基本上没人见过。我想象：1900万千克的黄金放在你面前，一定是座闪闪发光、让你心率不由自主突然加快的高高的金山啊！

如此比喻和计算，让我有可能从直观的角度，将习近平总书记当年在浙江所提出的"绿水青山就是金山银山"理念，形象地告诉读者：绿水青山真就是能够为人民带来福祉的金山银山！

我以为在余村这么个小山村，潘春林吃绿水青山之饭，吃出了谁都不可比的、人人羡慕的"金山银山"。但我错了，错在小看了余村人，当然更看低了"绿水青山就是金山银山"理念给余村、给安吉乃至整个浙江大地带来的影响力与致富推动力。

余村的另一个故事应该从穿过村子的那条余村溪讲起。

如果问余村或者安吉的山有多美，你尽可以用天下最美的文字描述，因为这里的山虽不高，却景致别样、千姿百态，什么样的形状皆可寻觅到。我们自然羡慕高入云霄的喜马拉雅山，也会被黄山的奇峰怪石摄魂夺魄……天下峰峦岩崖，各尽风流万万年，显然，小小余村的那几座几百米高的青山，无法与诸多名山相比，但大致代表了安吉一带浙北丘陵的特色。有道是，山不在高，有仙则名。余村和安吉的山中之仙在何处？为何物？这，需要你抬足入山，身临其境方知！

那一天，村干部带我沿着蜿蜒崎岖的山路向上攀登，几阵喘息之后，我

们登上了余村的一座山峰。"你看,我们余村像不像一只金元宝,三面是山,一面敞亮,众峦中间是一片狭长的平原,生息着我们余村的世世代代……"村主任俞小平那天情绪格外饱满,怀揣一份对家乡的特殊情感,他指着眼前和脚下的余村万千风物,如此说来。

小山村确实很美,尤其是漫山遍野的绿树青竹间那升腾而起的片片漫雾乳云,带着溪流的湿润和泥土的芬芳顺风扑鼻而来时,那种惬意实在令人陶醉。如此的山,如此的地,如此的小小余村,为什么充满灵秀之气?我举目远眺,再回首俯瞰时,一下子被山峦间的一道哗哗作响的溪流吸引——那溪流从半山腰处袒露身姿,然后沿叠叠岩崖顺势而下,时而在岩缝中细流涓涓,时而在峭崖边奔腾咆哮,又时而在平如桌面的宽阔岩石边像白发仙女甩动秀发,形成织锦一般的瀑布,或突然又隐藏于沟谷深处,不见闪光盈盈之身,但闻屑金碎玉之声……

"啊,我找到了!找到了!"那一刻,我情不自禁地叫了起来。

"找到什么啦?啊,你找到什么啦?"陪同我的余村老乡有些吃惊地问我。

"我找到你们余村众山的'仙'了!"我说。

"哈哈……真有'仙'啊?!"

"有啊!那不是'仙'嘛!"我指着远近处一条条哗哗作响、流彩闪耀的山间溪流说。

"嗯,这你还真说对了!"俞小平频频点头说,"在余村,在安吉,通常向客人介绍时都会说这里一分地七分丘,还有二分是溪流。这一分地想养活我们这些人是难事,那七分山若没有水的滋润,也等于是石头一块,什么都不灵。溪谷之水才是让我们山村和安吉百姓活下去、活得好的仙灵之物!"

是的,当我的采访步步深入之后,渐对余村和安吉山地间的那条条潺潺

山涧溪韵　　沈志华摄

而流的溪水产生了特殊感情——原来，它们不仅是大自然衍生的灵性之物，还是今日之余村，乃至安吉百姓依靠绿水青山幸福致富的活水源头。

我的认识始于初访余村之感，但结论则是在一位余村"大仙"那儿得出。此"仙"不是别人，乃余村村民胡加兴。

见胡加兴之前，先见了让他龙腾虎跃、幸福生活节节高的余村溪——那条穿村而过的溪流，俞小平称其为余村的母亲河。余村数百户人家，基本都临此溪而居，几百年皆如此。吃的喝的用的，从没有离开过这条溪流，即使是在冬天，虽然溪水无法与夏日的滚滚洪流相比，但仍然足以供给村里人畜使用。我去时正值清明时节，此时的余村溪尚属弱流，所以显得温顺平和，

犹如一位刚刚醒来的秀女，懒散中带着几分随意，即便如此，仍可想象丰水期其磅礴汹涌的气势。三四米宽窄不等的河床，溪水从远处的峻岭沟壑间流下，流淌于小村中间，再弯弯折折，与安吉其他万千条溪流一起汇入西苕溪，形成奔腾不息的巨流，以势不可挡的洪潮，入太湖，经浦江，再扑入东海……

这只是我眼见和想象中的余村溪，一条能带给小山村百姓生息的源流而已。

"胡加兴靠这条溪可是发大财了！他搞的漂流远近闻名，日进斗金哩！"俞小平这么说。我有些不信，因为在我的意识中，能进行漂流的地方一定是名山大川，这小小余村，区区乡间小溪，也能漂流？

站在村边的溪岸，望着河床上那断断续续流淌于裸岩间的涓涓水流，无论如何我也想象不出这样的地方竟能让上海人、杭州人和我的苏州老乡如痴如醉地来玩乡间漂流……

主人胡加兴出现了。

"小看我们山里人了吧！"这是一位乡间少有的风流倜傥的人物：五十开外的人，依然英姿帅气，关键还总是一脸笑容。

胡加兴听我这么说，笑得合不拢嘴。一旁的俞小平说，他胡老板这些年靠村前这滚滚而流的溪水，满口袋满口袋地装进银子，现在是余村的富翁，每天做梦都要笑醒。

"是，是。过去没发财时，我的脸上跟大家一样，都是苦相。尤其是在矿上和水泥厂做工时，你想笑也笑不出来，笑比哭还难看——整天被泥巴、烟尘糊住了脸，只剩下两只眼珠子还表明自己是个人……"胡加兴说。他在十七八岁时就到了矿上当窑工，他的父母也在窑上。"那个时候，能到矿上、窑上干一份活，也算是比扒黄土种地的高一招呢，因为能拿工资啊！"

"但矿上的活实在太苦，虽然比种田多拿几个钱，但寿命肯定要短好几年，所以后来我出来单干，自己买了一辆三轮车，在矿上贩菜……"胡加兴说。

看不出来，这么个搞"漂流"的大玩家，想当年竟然是在工地上贩菜的！眼前这位乡间漂流大侠的往事让我有些疑惑。

"没错，别看胡老板现在财大气粗、豪气冲天，想当年也是淌着汗水、低头推着小三轮到处吆喝的菜贩子哩！"俞小平与胡加兴是从小一起在村里"厮混"长大的，话里话外无不透露着那种直接与爽快。

财富积屋的胡加兴，如今对他人的任何评价都满不在乎了，依然笑逐颜开。碰巧，我们去他家时，他儿子刚结婚，胡加兴的妻子着一身大红的衣衫在堂里堂外招呼客人。

胡氏山庄的规模仅次于春林山庄，但对胡家来说，二三十桌的农家乐并不是主业，它只是漂流的副产品。

胡加兴自始至终也没有把自己家的农家乐放在嘴上，他的心思全在激情澎湃的如漂流一般刺激他的生意经上……

"我这一二十年里，可以说是天南海北，村里的人说我从来没有踏空过，但我知道，真正让我顺风顺水的，还是蹚上了这条溪水之后……"我感觉胡加兴的这些话，落在余村这块土地上，似乎格外掷地有声，也特别有深意。

"村里开矿时，我骑着三轮车，从县城把菜拉回来，再到矿上去卖给那些没有时间出去买菜的乡亲。一天拉满一三轮车，鱼、肉、螺什么的，一斤赚几分钱、几毛钱，一车卖掉能挣五六十块、六七十块。矿上工作一天四五十块，我拣个省力、少危险的活计，一天再多赚点。在村里开矿的年份里，村民们拼死拼活地干，我是起早摸黑地卖菜，图的就是肚皮吃饱，外加口袋里有几个零花钱，但大家的身体差不多都垮了、坏了。污染实在太严重，整天看不到晴天……"一直挂着笑脸的胡加兴说到这里，神情凝重起来。

"当时我就想着离开余村，出去闯荡，但乡下人，尤其是已经拖儿带女的乡下人，想离开自己的家，谈何容易！"胡加兴说，"好在我不是卖菜的脚下有轮子嘛，所以后来就到德清去贩猪苗，就是贩卖小猪崽。"

　　"德清是安吉的近邻，他们那儿的幼猪市场很出名，我们安吉这边养猪的人比较相信德清的猪种，所以我就做起这档生意，几天贩一批猪崽，一个月赚回万把块钱。"胡加兴抹抹嘴，说，"按理，一个月赚万把块钱非常不错了。但从我们这儿到德清要翻山越岭，路况不好，加上中途常常有不三不四的人捣乱，你提心吊胆辛苦一个月，弄不好只要有一次碰上这些人，就等于整个月白忙活。所以，差不多一年后，家人不让我再干了。"

　　回到家里，望着屋前哗啦啦流淌的溪水，胡加兴左思右想着，再干些什么才能有个好日子呢？听说天荒坪镇的水电站开建，每天都有上万人从山下到山上，再从山上往下走，载人拉客肯定能赚钱！胡加兴这么想。

　　于是，他把装货的小旧三轮车换成了能载人的新三轮车，开始了工地客运生意。天荒坪水电站工地上，人山人海，可谓每天洪流滚滚、浩浩荡荡。余村的胡加兴就成了这混杂纷乱的民工洪流中的一滴水珠，疲于奔命地飞奔在天荒坪岭与县城之间的崎岖山道上……后来，他把三轮车换成了四轮车。

　　"13个座位的车子，有时要拉30多人，而且是在山路上行进，你说危险不危险？可有什么办法，为了生计嘛。"胡加兴长叹一声，"那时候，我和搭乘我车的人一样，今天不知明天……"

　　一些日子后，水电站建好了。胡加兴把拉民工的车又换成了出租车，干脆去县城开出租车了。

　　"我们安吉县一二十年前还是非常落后的。当时全县城只有40辆出租车，所以我想，开出租车一定是不错的生意。"胡加兴的"车子经"练到了家，但在安吉县城开车只有3块钱的起步价，生意仍然惨淡。此时县城里有不少

伍　流金的小溪

老板在做转椅生意，跑杭州的比较多，可他们又多数没有专车。胡加兴瞄准了一家做转椅的企业，心甘情愿地被"包"了起来——专司为该企业跑外地业务。

"这生意能养活自己，但根本养活不了全家！"胡加兴在屋前的溪流边长吁短叹，这日子到底怎么过，他的眼里充满了惆怅。

家对面的水泥厂仍在冒着浓雾一般的烟尘，仿佛一口沉沉的黑锅将胡加兴的心重重地罩住，罩得他喘不过气来。

"日子总要过吧！"这回胡加兴咬咬牙，狠了一把：把出租车卖了，把所有家底都拿出来，到县城买了两套房子、一个店铺。他要离开余村，到城里做卖鞋的生意。

哪知这开惯了"轮子车"的胡加兴，重新再穿一双"鞋"走路，怎么也走不顺。不久，他的鞋店就关门了。

还是回到车道上吧！

胡加兴一赌气，把车换成了一辆奥迪。聪明的他，将这辆私车整租给了县里的一家园林公司，每年收取租车费用。"人家养车不养人，省下一份开销。"胡加兴解释道，"还好，一年下来，十几万元收入，但绝对富不起来。"

时间到了2005年，时任浙江省委书记习近平的余村之行给胡加兴们带来了改变命运的希望。

"这一年，我被这条溪吸引了！终于扔下了轮子，顺着这涌动的溪水，走上一条捡金子的致富道路……"胡加兴"噗"的一声从凳子上站起，指着屋前的溪河，笑容满面地说。

"有一次，我跟一个园林公司的老板到宁波办事，看到一条溪里有许多人在漂流，很好奇。一打听，说还很赚钱！我是蛮有生意头脑的，就仔细看了看那条漂流的河道，觉得跟我家门前的溪流没什么差别，如果说水的落差，

可能还不如余村的溪呢！他们能搞漂流，我在余村为什么不能呀！"胡加兴说，"这一次看漂流，是我有生以来最心动的一天。心想，前些日子，村里的干部还在说省里的习近平书记到了余村，说如果我们把山变青了，水变绿了，我们就等于可以往口袋里装金子银子了！当时大家还不太明白，怎么就能把绿水青山变成金子银子呢？我的天呀！想到这儿，我猛地拍了一下自己的大腿：如果把我们家门前的溪流改成也能够漂流的水道，这不就是'绿水青山就是金山银山'了吗？我向村里汇报了我的打算和想法后，鲍书记高兴了，说加兴你这个思路好！余村如果在自家的溪流上搞起漂流旅游项目，不仅使我们余村闯出一条致富之路，而且对整个安吉都是了不起的好事啊。安吉境内有多少条跟我们余村一样好，甚至更好的溪流啊！"

"村里当时非常支持加兴的想法。"俞小平说，自习近平书记在省里提出"生态立省"后，尤其是在余村首次提出"绿水青山就是金山银山"开始，浙江全省上下都轰轰烈烈地加入到"千村示范、万村整治"和"美丽乡村"建设的活动中。

"治理河道，让水干净起来，本来就是我们村里要做的工作，加兴提出整治溪道、搞漂流旅游项目，对村里来说是一举两得的好事，所以非常支持。"

"农村人玩过水，但从没人搞过什么漂流。村民们开始帮我干活时，就嚷嚷说：这回加兴是要把我们扔进河里了，干了也是白干的！意思是说，我干这漂流项目肯定要赔大本，到时连他们的工钱都给不了。"胡加兴苦笑着摇头道，"老百姓是最讲实际的，后来我对大家说，你们尽管放心，在我这儿干活，干一天我就给一天工钱，当天结清！你们只要按照我的要求，努力干活就是，其他的不用管。"

有胡老板这句话，大家总算把心放了下来。2008年5月1日，余村溪流

伍 流金的小溪

中的一段流域按漂流的要求改建和整治完毕，余村"荷花山漂流"正式开张。那天，胡加兴动员全家老小外加几户亲戚，一起充当漂流管理员，同时村干部也义务上岗——那可不是闹着玩的，一旦漂流发生淹人、伤人甚至死人的事故，不仅胡加兴完了，整个余村也可能因此翻不了身！

村小学老校长最开始反对胡加兴搞漂流，说：弄不好，死人怎么办？咱余村干什么不行，非得玩水？老校长生气不仅仅是因为胡加兴搞漂流，还因为他孙子爱动，一听说胡老板在开张的前几日搞免费"漂"，吵着非要去"漂"不可。老校长气得口中直嚷嚷：老朽不信这玩水能玩出名堂！现在自己的孙子要去冒险，他老人家只好无奈地跟着到了漂流地。

"爷爷，你也来吧！来吧！"孙子拿着皮筏，在水中又蹦又跳，任性地非要爷爷跟他一起漂流。

"我不去！"老校长又气又恼，可又担心孙儿在水上不安全，于是他在溪边时退时进，左右为难。

"老校长，您不妨也去试试。我保证您老绝对安全……"胡加兴见后，毕恭毕敬地过来请老先生。

"我才不上当！"老校长一扭脸，生气道。

"哎呀，爷爷下来吧，可好玩呢！快，快……"哪知孙儿撒娇，不管三七二十一就将爷爷拖到了水里。

"这，这……"

已经晚矣——胡加兴乘势将老校长安顿到漂流筏上。只见一股湍流自上而下奔腾而来，顷刻之间，载着老校长和他孙子的漂流筏随波逐流地顺着倾斜的地势向远方漂去……

"啊，哎——"

"哈哈……"

溪流间，水声、叫声与笑声交织成一片，震荡在绿水青山间，好不热闹。

"校长放心好啦！我们在岸上看着您呢……"惊恐中的老校长见岸边的堤上，穿着救生衣的胡加兴须臾不离地随漂流筏奔跑着，呼喊着。

"不用你跑啦——"几分钟后，老校长突然冲岸上喊道。

"什么——"

"不用再追了！我很好，很安全——"

这回胡加兴听清了，看到水中的"犟老头"老校长正像孩子一般跟孙子一起漂得开心，他大笑起来……

"太好玩，太刺激了！"老校长第一次漂流后一边摇头一边不停地说。老人家像喝了酒一样兴奋，好几天搁不下这句话。

"现在每年漂流开始后，他都忍不住要来漂上几回……"胡加兴乐得怎么也合不拢嘴地告诉我。

有趣！真想看看老校长的"漂姿"和"漂态"，那一定是异常欢快

在山水绿荫间漂流　洪芬摄

伍　流金的小溪

93

的景致。

农民办漂流本来就是一件新鲜事,"第一个吃螃蟹"的胡加兴,把余村的乡村漂流搞得风生水起,实属不易。说老实话,我最担心的并不是有没有人到余村来漂流,而是农民办这样的惊险性游乐项目,会不会在安全方面出问题,人命可是比金子还要贵重啊!

"向何作家报告:2008年我的漂流开张,10年里没有出现一次安全事故,就连骨折都没发生过。"胡加兴非常自豪地对我说,"当然,擦破皮、流点血的情况还是有的。总之,大的安全事故一个都没发生。"

"这就让人放心了!"擦破皮、流点血在漂流这样的剧烈运动中是不能算事的。听了胡加兴的话后,我松了口气,更对余村农民深怀敬意。

"别看胡老板这个时候很潇洒,一到漂流现场,他就成了跳上跳下的猴子了!"一旁的俞小平看了一眼胡加兴,窃笑道。

胡加兴用手指点着俞小平,笑嘻嘻地说:"给你看一段我在漂流现场的工作情形……"说着,随手打开一段手机视频给我看。

屏幕上的胡加兴,身穿红色救生衣,手举喇叭,一边哇啦哇啦地喊着注意事项,一边骑着小摩托在溪岸头奔跑着,看不到半点的潇洒,确实像只顾头不顾尾的山猴。"没办法,责任重啊!真要有人在漂流中出个三长两短的事,我这小命能担得起吗?"

潇洒的漂流老板其实压力特别大,这一点只有胡加兴自己知道。"游客玩一趟,乐得前俯后仰,恨不得躺在河滩上抓起啤酒瓶再来个一醉方休。我呢,一天在河道上至少要跑上跑下三五回,这只是大家看得到的我,看不到的事你知道还有多少吗?突然间老天爷下起一场大雨,起了洪水怎么办?小伙子们在水里开仗了你也得管啊!总之,玩漂流的游客寻找了一回刺激,而我这办漂流的老板则要操10倍的心。不能有半点马虎,不能有丝毫麻痹……"

胡加兴动情地说。

"没打过退堂鼓？"

"没有。漂流玩的就是心跳，我搞漂流的人不玩心跳就吸引不了游客来玩这心跳的项目！"他的话似乎有些道理。

胡加兴靠水吃饭的生意后来越做越大，"荷花山漂流"在上海打出的宣传广告也蛮有名气，喜欢这项运动的上海人十有八九知道美丽乡村安吉有个"荷花山漂流"。

"游客最多的时候一天两三千人。"胡加兴脸上放光地说。

"那不像煮饺子似的！"我说。

"哈哈……你这个比喻贴切！"

"胡老板这个漂流搞起来后，把我们余村绿水青山的水平也一下子提升了一大截。"俞小平介绍说，胡加兴在余村的这个漂流项目是安吉乡村游同类项目中开办最早的。在安吉的崇山峻岭间，有许多可与余村溪流媲美的溪流河道。"但并不是落差越大、沟谷越峻险就越可以开展漂流。能够把漂流作为运动与旅游项目的关键一条，首先是水质要清澈干净，水温适中。我们余村的溪流能够做起漂流运动与旅游项目，从另一个角度也证明了我们这儿的山水生态环境达到了相当好的程度。"

于是，在余村漂流的带动下，安吉农民的漂流项目在几年时间里纷纷开展起来。现在，整个安吉有名有姓、在旅游和环保部门注册的漂流点就有10来个，其中有：龙王山漂流，全长4公里，途经30个弯道、56个滑道，真可谓峰回路转、刺激无限；深溪悬崖漂流，又称"江南红旗渠漂流"，系华东地区规模最大的高山渠道漂流，其情景恰似人间天河，妙不可言；石马湾漂流，是利用水库下游的水流开发的漂流点，沿途两岸绿树婆娑，鸟鸣虫唱，情趣无限；将军关漂流，130米落差，构成惊心动魄、层出不穷的险境，刺激非凡，适合年轻人和勇敢者探险；黄浦江源漂流，是安吉水质最好的漂流点，外加特设的五大闯关项目，更加趣味非凡……

整个安吉县域的漂流在给当地农民带来金山银山的同时，也让我们体会到绿水青山的价值。这让我想起了历史上两位著名的大诗人：白居易和苏东坡。杭州现在有那么大的名气，享有"天堂"美誉，很大程度上是因为白居易的"江南好，风景旧曾谙。日出江花红胜火，春来江水绿如蓝。能不忆江南？"和苏东坡的"欲把西湖比西子，淡妆浓抹总相宜"这些诗词。如今，堪比天堂的安吉，留给未来的会是什么呢？

伏案写作时，我特意搜索了一下网络，输入了"安吉""漂流"两个关键词，何曾想到，搜出来许许多多到余村或安吉其他地方玩过漂流的游客所写

漂流　潘学康摄

的漂流游记或日记，从中能强烈地感受到游人被安吉漂流深深吸引的乐趣。此处仅摘一位叫戴昕炎的小学四年级学生写的安吉"漂流日记"：

  一大早我们就自驾前往景色宜人、空气清新的安吉，经过三小时的车程，终于来到了安吉深溪峡谷——我今天漂流的地方。

  下午，我们买好了门票，沿着山路前进。山路两旁是连绵起伏的山峰，中间是一条小溪，在阳光的照耀下，水面波光粼粼，群山倒映在水里，看得我入了迷。不知不觉中，我们来到了漂流的入口处。

  我们穿上了救生衣，戴好了头盔，坐到了指定的皮划艇上，漂流马上就要开始了。

  我和爸爸、妈妈坐在一条皮划艇上。开始我们是在一个很平静的水池里，我非常兴奋，期待漂流马上开始。当漂流处的工作人员把一个挡板拿掉后，我们的小艇在瀑布边一下子像利箭一样冲到两米下的溪道里。此时我的心跳得很快，非常害怕，紧紧地抓住皮划艇两旁的绳子。只听见哗的一声，一米高的水花扑面而来，我们浑身都被溪水打湿了。又到了一个下坡，又一个大浪向我们袭来，溪水再一次把我们淋湿，并且小艇里也是水满为患。我们齐心协力将皮划艇里的水全部弄了出去。漂呀漂呀，又到了一个急流区，尖叫声连绵不断。和我同去的小伙伴都害怕地哭了。经过了小溪的九转十八弯，一路颠簸，我们短暂而又漫长的漂流终于到达了目的地。

  一场期待很久的漂流在紧张而又开心的气氛下结束。这漂流真是太有趣了！

  漂流对漂流者而言是一种放松、刺激、冒险和新奇的体验。很多人跟我说，只有亲历一次漂流运动后，你才会感受到前所未有的心灵与身体的特殊触动，有时这种特殊触动的体验，会解决人的许多问题。

"人是大自然的一部分，当我们真正回到自然界的时候，那些日常生活中所沾染的顽疾会在一定过程中获得释放并消失。因此，我们要特别感谢那些为自然界增添美丽的人，他们的努力和辛勤应当受到尊重与推崇。"一位自然科学家如是说。

陆

"当代陶渊明"史话

⊙ 绿水青山就是金山银山 ⊙

溪龙茶园度假村　金国华摄

到余村采访的第二天,我同随访的村干部步至村尾,远处二三百米外田间的一幢农舍和一片塑料薄膜搭起的菜棚,格外醒目地映入眼帘。

"这是金宝农场,主人是余村的'生态公民',我们俞氏本家俞金宝,这是他家的农场……"村干部俞小平一边说一边直奔而去。

"慢点慢点,刚才你说他是'生态公民'?"我突然止步,拉住俞小平,想澄清一件事。

"是。'生态公民'是前年一群'老外'到他家给他起的名。"俞小平的脸上露出了骄傲的笑容,"在余村,'生态公民'比过去'农业学大寨'时的

'五好社员'还吃香！"

"生态公民"，听词意很容易理解，但到底什么样的人和什么样的生活状态算是"生态公民"呢？令人很想探究一番。

"这就是'生态公民'俞金宝。"进了农场大门，俞小平指着迎面而来的一位身着灰色衣服的中年男子介绍道。

"果不其然，满身'生态'！"我打趣地跟浑身上下都是泥巴的农场主人边握手边开了个玩笑。

"不好意思，今天有两个葡萄棚要搭起来，身上弄得全是泥……"长着一对虎牙的俞金宝羞赧地搓着手，一看便是个老实本分的农民。

"这四周都是金黄色的油菜花和绿油油的菜地，就你一户居于田园之中，此乃真正的田园生活啊！"我看了看俞金宝的农场布置，原来是几间草叠土搭的房屋，很原始，也极生态，不由得触景生情地哼了句陶渊明的诗句："采菊东篱下，悠然见南山……"没想到，话音刚落，一间小木屋里立即飘出一串清脆之声："莫笑农家腊酒浑，丰年留客足鸡豚。山重水复疑无路，柳暗花明又一村。箫鼓追随春社近，衣冠简朴古风存。从今若许闲乘月，拄杖无时夜叩门。"啊，谁在吟诗啊！

"我的客人，杭州来的大学生。"俞金宝忙说。

"世味年来薄似纱，谁令骑马客京华？小楼一夜听春雨，深巷明朝卖杏花。矮纸斜行闲作草，晴窗细乳戏分茶。素衣莫起风尘叹，犹及清明可到家。"嗨，这是一个小女子的声音。

"你这里莫不是田园诗地！"听着琅琅吟诗声，我忍不住惊叹起来。

俞金宝有些不好意思："我没念几年书，听不太懂他们的叽里咕噜。住我这儿的城里人，都喜欢在这里一边看着风景，一边摘着葡萄，一边嘴里念念叨叨的。时间长了，两天听不到这吟诗声，心里就有些发慌，怀疑自己哪里

服务不周了……"

我笑了。俞金宝真是个老实巴交的农民,虽没有多少文化,但心像秤砣一样实在。

年轻时,俞金宝也是余村石矿上的一名苦力,开拖拉机运石。"一吨载重的车子,我们常常要装八九吨!石头装过头顶半米高,不开动车子看着都心悚,一发动,车子摇摇晃晃地在山道跑着,真不知道什么时候车上的石头就会砸到你的后背和后脑勺上……"到矿上干活时,俞金宝刚满23岁,明知干这运石的活危险得要命,但为了一天能多挣一两块钱,他也干起了这"在棺材边爬进爬出的活"。

"没办法。那个时候,为了挣钱,就是不要命。"俞金宝说,跟他一起到矿上干活的另一名拖拉机手,就是在运石途中被石头砸死了,一起死的还有一名帮手。

"后来我到了水泥厂工作。厂里干活虽说没有在矿上运石危险,但也不是人待的地方。"俞金宝说,"那更是短命的地方!"

"嗯?"我不懂。

"污染太严重。一天干下来,鼻孔里能倒出几两灰……我们村里许多人因此得了肺病,或者落下残疾,或者四五十岁就去见阎王了。"俞金宝想起往事,连连摇头、叹气。

"所以,后来村里关掉石矿、搬走水泥厂,我举双手赞成。"俞金宝不是个能说会道的人,但讲述亲身经历时,也能倒出一盆闪闪发光的珠子来。

"开始村里人确实很担心,因为我们余村过去是靠开矿办厂致富的,比起邻村,我们最差的人家也要算富的了!但,一关矿,一搬厂后,大家收入一下子低了很多。一时间,不知道前面的路往哪儿走。"俞金宝说,"后来村里向我们传达了当时的省委书记习近平的话,说绿水青山就是金山银山。我们是农民，不懂太深的道理，可习书记这句话我们懂啊，就是说，过去我们开矿办厂虽然能发财，但那样把山破坏了，环境搞坏了，人得病死掉了，结果什么都没有了！那种日子，即使口袋里装满了金子银子也没有用！习书记的话就是说，像我们余村这样的山村，如果山重新长绿了，水重新变清了，城里人就会来游玩，他们来了，我们就有了金子银子，生活就会更好……当时，我就是这样理解习书记的话的，这些年也是照着这句话做的，一直做到今天。"

"听说这儿连'老外'都喜欢上了！"

"是。杭州开G20峰会时，一批'老外'来我这里，都是欧洲人。听他们自己讲，以前一提中国的乡村，印象中都是些又穷又脏又落后的地方，哪想到他们一来就被我们村里的好山好水迷住了，而且都说在我这儿玩得开心、吃得放心，还夸我是'中国生态农民第一人'！他们来了又是拍照，又是摄像，很快就把我这里的一景一物传到他们的朋友圈和国家去了，我一下子出了名！后来就有'老外'接二连三地来。看着我的生意好，村里的人非常羡慕，说我命里注定福气好，因为我的名字里就有金银财宝……"老实巴交的俞金宝其实还有幽默的一面，他的话惹得众人哈哈大笑。

俞金宝的农场正房，是个"井"字形的中式庭院，看上去很土。"'老外'喜欢这个样！"俞金宝一笑就露出一对虎牙，显得格外憨厚。就在我直想摇头时，他拉开侧屋的后门，引我踏进他的"暖房"。这下惊呆的是我——此处真是别有洞天。塑料暖棚下，有古趣横生的小桥流水，有鲜花盛开的花圃，还有参天高大的松柏，有露珠滴翠的青竹，以及茶座、居室、观景亭……有与之连成一片的葡萄园、蔬菜园、茶园、竹林，甚至还有一条两岸盛开着油菜花的清澈河道。

"原来金宝农场的宝贝全在这儿！"凡第一次观光者，无不为眼前的这番

景象所感染。

"在我这儿,所有的东西都是生态的。吃的、用的,基本上都是我自种和自养的……"俞金宝自信地说,"来我这里,吃喝玩乐一切尽可放心,所有的东西都是有机和纯天然的,而且保证所有庄稼地里采摘来的、河里抓来的、棚圈里揪来的,都不会沾半点农药,绝对生态!"

"名不虚传的'俞生态'呵!"我抓过放在桌上的煮笋,边吃边夸赞这四季如春的生态房。

"除了地里种的、圈里养的,其他你们看到的,都是我女儿设计的。"俞金宝骄傲地告诉我,女儿在南京上大学,学的是园林设计。

"我说嘛,外行谁能设计得这么有品位,这么专业!"我终于明白是怎么回事了。

俞金宝的生态农场最出彩之处,是让他远近闻名并且大把赚钱的"金三宝"。

"金宝,你快亮亮家底!"村干部俞小平扯了扯俞金宝的袖子,农场主竟然满脸羞涩地喃喃道:"就是地里的这点白茶树、葡萄,还有山上那些毛竹……"他指了指青山上绿油油的竹海。

白茶、葡萄、毛竹,这三样东西确实是俞金宝的"三宝",因为它们是这位余村人致富和成名的金贵之物。青山上的毛竹,不仅可以满足俞金宝一家最基本的收入,还可以保证他开设的农家乐饭店长年有吃不完的鲜笋及竹园里养殖种植的鸡鸭等家禽和菌类,更主要的是能够让远方来的洋客人和城里人一年四季到余村来都有地可玩、有景可赏。这不是宝还能是什么?第二个宝是白茶树。白茶树是安吉人除毛竹之外最重要的宝,俞金宝自然知道这一点,自己的白茶园就是一个小银行,但这些都不是俞金宝的得意之作。

"葡萄园才是。"俞金宝说到葡萄,就像说到他在南京上大学的女儿,立即喜形于色。

"我的葡萄跟人家的不一样，他们是在路边摆摊卖，10块钱一斤，我从不拿出去卖的，是客人到我葡萄园里采摘后按斤算钱的……"俞金宝很得意这一点，关键是，"我的葡萄比城里和路边上卖的要贵，一般都在30块钱左右一斤，而且供不应求。"

"为什么？越贵越有人要？"我有些不解。

俞金宝憨笑中有几分狡黠："不是，是我的葡萄生态。"

"怎么说？"

"我的葡萄园里从不喷洒添加任何农药和添加剂，一般的葡萄种植都做不到，可我做到了，而且一直坚持下来，所以葡萄的口感和含糖量绝对与众不同。"原来如此，长着一对虎牙的俞金宝真不一般哩！

"可据我所知，凡是农作物，免不了有虫啊蝶啊的，你怎么除掉这些危害葡萄的'坏蛋'呢？"我的问题虽然有些幼稚，却是农民无法回避用农药的关键所在。

"你跟我来。"俞金宝说到这里，领我走了几十米远，进入葡萄园。

4月的葡萄园，新苗还不茂盛，不够壮观，这使廊架间显得有些空荡。俞金宝走到葡萄架中间，一边掐着葡萄嫩头，一边对我说："种庄稼少不了虫啊草啊，一般都靠农药来解决，但那样结出的果实里肯定会残留些药物，对人体多少有些危害。可不打农药，不施一些添加剂，像果树这类东西产量又不高，怎么办？尤其是像葡萄这些蛮娇气的植物，你还得经常松土除草，地里的营养不能被茂盛的杂草抢了去，但葡萄园里又是棚棚架架的，人在里面活动多了，有可能会撞坏果实……"

可不，这还是不小的难题呢！

"你怎么解决的？"我好奇地问。

"我在葡萄园里养鸡、养鸭,让它们吃虫子、吃草……"俞金宝说这话时一脸憨笑,"结果虫子除了,草除了,鸡鸭长大了,还能生蛋,可以给客人供应味道不一样的土鸡、咸鸭蛋什么的。它们的粪便又都留在田园里,成了葡萄的肥料,这不是一举三得嘛!"

原来如此!"俞金宝啊俞金宝,你太厉害了!你不发财谁发财嘛!"我听后,不由连连瞪眼惊叹。这个余村人太不简单,别看他一脸憨相,其实很精明。

"也不是什么精明。当年听了习书记留下的'绿水青山就是金山银山'的话后,我就想,我是一个农民,怎么才能把环境和生活变成好生态呢?农民种地,过去只是想着把粮食种出来,没人去想种的东西、吃的东西生态不生态,或者觉得生态不生态跟自己没关系。可后来不一样了,我们余村曾经靠开山挖矿挣钱过日子,后来矿关了、山封了,靠什么过日子?我们农民不能把绿水青山喊成一句口号,还得把它变成实实在在的能填满肚皮、能给儿子盖房子、能给女儿做嫁妆、能让自家过上好日子的真金白银啊!是不是?"

俞金宝其实很能说,尤其说起他自己的事,滔滔不绝。

"在村里的企业关停后,开始几年我自己也办过厂,在外地跟着人家学。后来听说村里的胡加兴搞漂流,人气旺得很,就有点眼红。于是就回到村里,也想着搞点既生态又赚钱的事。'绿水青山就是金山银山'在我们这些农民眼里,就是想办法让自己的地里、家里变得干干净净、清清爽爽、有滋有味,能让城里人到你这儿来吃喝玩乐,再开心地住上几天,就是人家一批一批地走了,又一批一批地来,你自己一口袋一口袋装钱的光景……不知我这样的比喻对不对,反正我是这样走过来的。"农民的话很朴素,但道理深刻。俞金宝用自己的实践和行动,抓住了"绿水青山就是金山银山"理念的根本。

"我感觉习近平总书记讲的'绿水青山就是金山银山',就是个生态问题,就是让不好的生态变成好的能够变金子换银子的好生态。"俞金宝说,"照着这个理解,我先把竹林管理好,让它一年比一年茂盛,跟村里的大竹山环境融为一体,让整个农场的空气新鲜、清纯;再利用竹林的优势,开辟一些游玩的小项目;再把茶园建设好,保证有较好的固定收入。在这个基础上,我开了农家乐,有了来自四面八方的客人后,我又开发了葡萄园。采摘的人一批又一批地来了,回城的时候总要带个十斤八斤回去,这样我的葡萄不用到市场上就已经卖完了……现在每年供不应求,利也不薄。"

这就是俞金宝的聚金蓄银之道。

"其实就是两个字:'生态'。我赚的都是生态钱!"在余村,在安吉,像俞金宝这样的农民,依靠生态赚生态钱的人很多,甚至可以说,在这块美丽的土地上,讲生态、行生态,将自己的生存与生活融于生态环境、生态学问之中的人和事,比比皆是,蔚然成风。

我在探访余村的日子里,走了安吉的一些地方,结识了许多令人敬佩的"安吉生态人"。任卫中是其中的一个。他在安吉可谓大名鼎鼎。

也许上海和安吉之外的人并不知道,"安且吉兮"之地还有一块金字招牌:"黄浦江源"。

我们对中国第一大城市上海的黄浦江都太熟悉了,但连我这样的"半个上海人"(我母亲的娘家和我的娘舅都在上海)对它的发源地也是不清楚的。是太湖,还是其他?初到上海的人,必到黄浦江。上海因为黄浦江才具备了"海派"的洋气与风情,因为黄浦江才有了激荡的历史声浪与文化内容。

小时候,没有想过黄浦江源头的问题,只知道上海有黄浦江、有外滩才那么美。我们年轻时总觉得,能把谈恋爱的对象牵到黄浦江边的外滩上,借着若明若暗的街头灯光,听着江上轮船汽笛声声,倾诉心中的那份羞涩,是最美最惬意也最过瘾的事,流连忘返,心醉人不归。那个时候,我们只是去享受黄浦

江给予不夜城的那种风情与浪漫，而不曾有人想过"黄浦江的母亲"是什么样，在何处。

现在的上海人，包括我这样的"半个上海人"都知道，黄浦江的源头在浙江北部的安吉。是谁想起了"黄浦江的母亲"？又是谁找到了"黄浦江的母亲"？上面提到的任卫中，就是这一事件的亲历者和推动者之一。

我称任卫中是"现代的陶渊明"，或者说是当代生态理想主义者。

那天，我被安吉当地人带到一个叫"剑山"的村庄，进了一个院子。那院子里有五栋楼，仔细一看，全是木结构和土制墙的房子。院子中央是一片菜地，那蔬菜都被一个个一米见方的"盒子"框着——别开生面的院子。

这时，一个50来岁的男子过来与我们握手。他说他就是任卫中——安吉民间生态第一人。他自我介绍后引我进了他居住的"正房"——一栋内有小天井的三层土楼。

黄浦江源　沈伟明摄

陆　"当代陶渊明"史话

"你看，我这房子没有用一根钢筋，全部都是土木结构。桌椅板凳、日常用品，也都是就地取材，还有我们农家养的植物。"皮肤黝黑、浑身上下沾着泥土的任卫中不像一个知识分子，倒像一个道道地地的庄稼人。他太太看上去比他年轻许多，但也是一副农妇模样，默默在一旁为我们倒水沏茶。

"为什么想起建这样的土楼呢？"我对任卫中这样的人格外感兴趣，因为当城里人都在抢着买别墅，乡下人不惜一切代价或到城里买高楼大厦里的商品房，或在自己家里建"铜墙铁壁"的小楼房时，他任卫中却格格不入地琢磨着建"猴子住的土楼"——乡亲们这样嘲笑他的行为。

"我这房子最早的已经建了 10 年了。"任卫中指着院子里的另一栋楼说。

"就是说，10 年前你就动心思住生态房了？"

"应该说还要早。"任卫中说。

"难怪人家说你是安吉民间生态第一人！"我有些敬佩他了，又问，"10 多年前，习近平指出绿水青山就是金山银山，你知道不？受没受他的话影响？"

任卫中肯定地点头："知道，而且我确实受习近平总书记这话的影响比其他安吉人都要大……"

"怎么讲？"

"因为在他讲'绿水青山就是金山银山'之前，他在 2003 年年初第一次到我们安吉时，就特别提到了'生态立省'，当时可以说没有一个比我听到这话受鼓舞更大的人了！习书记在提出'生态立省'时，具体到落实环节上，专门推出了一个'千村示范、万村整治'计划，那是真干啊！你说，我听到习书记的这个决策，能不受鼓舞吗？太受鼓舞了！那些日子我激动得睡不着觉，心想这下多年的梦想在习书记的决策下总算有望实现了！我告诉你，就在 2003 年这一年的春天，毛竹茂盛时节，我们安吉举办了首届'中国竹乡

黄浦江源生态旅游节'和'中国安吉黄浦江源生态文化节'。你应该注意到了这两个节都有'黄浦江源'的字眼吧,这事跟我有直接关系……"

"老任对发现黄浦江源是有贡献的,而黄浦江源的确定,可以说是安吉能够依靠绿水青山、美丽乡村资本实现快速发展的一个特别重要的因素,与持久保持如此美丽的生态环境有着千丝万缕的联系。"同行的安吉县干部这样评价任卫中。

"其实这是既在情理之中又出乎意料的事,我只是尽了一份心而已,换了哪个安吉人都会这样做。"任卫中说得平淡,可过程并不简单,这得回溯到他年轻时的安吉。

二三十年前的安吉县是浙江省的穷困落后县,任卫中的老家在剑山村十几里外的另一个山沟沟里,叫统里村,与其他村环境差不多,没有人关注过它。县里的干部说,那时他们到省里开会一般都坐在会场最后一排,不敢抬头看省里的干部,因为别的县市早已富得流油,他们安吉一年GDP不足几个亿,"连汤都喝不上"。

"我是个农村娃,从山村考到城里念书,按理说应该留下,但我一直不喜欢城市里的钢筋混凝土。没想到后来我们农村也开始到处大兴土木建楼房。最初对环境的破坏还只是伐竹伐木,破坏了一些绿水青山,后来则是把土房子都扒了,换成了钢筋混凝土的楼房,墙面也都贴上了马赛克,不知有多难看!不仅与山清水秀的环境格格不入,乡亲们拼死拼活挣的钱,甚至是一生的心血,还全都用在了为儿子讨媳妇所需的房子上。因大家不懂生态,为了房间好看,墙面不是贴瓷砖就是贴墙纸,哪知道这些东西如果质量不达标,会含有有毒物质,造这样的房子是真正的劳民伤财,得不偿失。于是,我从学校回到家乡后,就想建一个跟我们美丽家乡交相辉映的秀美村庄,住着舒服又健康。这是我的梦想。"任卫中说。

"我们安吉境内有条河流叫西苕溪，是安吉的母亲河。从 1985 年起，我就在这河上当了一名水上交警。许多人甚至不知道我们这个工作是做什么的，其实我当时拿的钱比同年龄的公务员要多出一倍，也就是说待遇很不错。可每天在河上工作，看到母亲河脏得臭气熏人、垃圾满河道的情景，心里真是难受。那个时候，西苕溪上游有两个造纸厂，污水都排在这条河里，日久天长，水质污染严重，水面上形成了很多泡沫，还有垃圾堆积在河床上。发大水的时候，它们就像小山一样在河面上滚动，看着都恶心……我整天生活、工作在这样的河道上，太痛苦了！所以，有一天我向领导提出不想干了。领导问我，你想干什么？我说，我要去建个比陶渊明住的'桃花源'还美的村庄。

1992 年，我到过一次上海，但很快又回来了。上海人的生活对我刺激特大，不是他们住在高楼大厦的生活吸引了我，而是他们每天喝的漂白粉气味浓烈的自来水让我有了许多想法。我当时在上海就想：虽然我工作的西苕溪水质被污染了，但上游的潺潺溪流依然清澈而干净，甚至喝起来有点甜。看到上海外滩上一瓶矿泉水要卖五六块、七八块钱，我就想，如果我们把安吉山上的水装在桶里运到上海，再卖给上海市民们喝，生意肯定好得不得了啊！那才是天然的矿泉水！哪里用五六块、七八块一小瓶嘛！只要一块钱一桶就够了，既能让上海的消费者喝上物美价廉的安吉山泉水，又能给安吉人民增加收益！为此，我还专门给《文汇报》写了一封信，希望上海与安吉建立一种联系，但没有回音。到了 1998 年下半年，我看到《文汇报》上刊登了一篇大学生出游考察生态的报道，我就动了心，拍了些安吉西苕溪上游的风景照片，托在上海工作的朋友寄给了带领大学生进行生态考察的上海师范大学的陶康华教授，想以此感动陶教授带他的学生到我们安吉来，可这事也石沉大海……"

但任卫中是幸运的。第二年，任卫中突然接到一封来自上海的信，信中说希望把安吉作为考察的目标。信是上海"绿色营"寄来的。

任卫中立即将信交给县里有关部门，并亲自给上海大学生考察队制定了一条旅游考察线路：溯西苕溪，探寻黄浦江源。

当年8月26日，也就是学校暑假最后一周，由上海10所大学的26名"绿色营"队员组成的安吉考察团开启了第一次上海—安吉特殊寻源活动。

"最激动人心和令人永生难忘的是第二天……"当年的考察队队员沈若愚，回忆起那次黄浦江源探秘的情景时，仍然难掩激动。"我们一队人中只有4个人用了整整8个小时才登上了龙王山的最高峰！"沈若愚说，"那情景太让人心潮澎湃！我们都是第一次看到黄浦江源清澈的涓涓流水，层层瀑布顺石阶滚滚而下，发出洪亮的声音，气势磅礴，势不可挡！周围，又是万千绿色世界和鸟语花香的田野风光，实在让我们太陶醉了！关键是，我们作为两千多万上海人的先行者，最先目睹黄浦江源头，等于说最先认到母亲了！而且见到了这么美丽无比的母亲，能不激动吗？"

大学生们回到上海后，将"见了黄浦江母亲"的消息一传播，把所有上海人的心搅动了！"安吉，安且吉兮"这几个字很快在上海市民中传开了。

黄浦江要认宗可不是件小事。一个月后，由上海师范大学陶康华教授等组成的"黄浦江源"课题专家组正式到安吉考察，并且初步确认龙王山的水流系黄浦江源头。查地图可知，黄浦江与安吉之间连着一个庞大的太湖，黄浦江的直接水源来自太湖。那么先确认太湖水与安吉的西苕溪到底是什么关系，才可以确认黄浦江源来自何处。这既是个实际问题，也是个学术问题，需要确凿的证据与充分的理由。

陶康华等专家经过严肃、周密、认真的考察后得出结论：太湖分别经望虞河、浏河、吴淞江和黄浦江流入长江，再至东海。黄浦江承接了太湖

60% 以上的水量，太湖 60% 以上的水来自苕溪，其中又有 60% 的水来自安吉母亲河——西苕溪，安吉西苕溪与黄浦江的主干关系一目了然，清清楚楚。

安吉，南倚天目，东瞰沪杭，青山逶迤，溪流婉转。浙北首峰龙王山矗立其弦，西苕溪自此发源，入太湖，汇黄浦，湖申眷连。为溯申域母亲河源，十八年前曾率众寻访安吉，悉其为保河山生态，行壮士断腕之举；再登仰天之目的千亩田湿地，一览翠山联屏，碧水相彰，往返驻足，感佩交加……十八年后的今天，安吉绿色发展理念日渐深入人心，美丽乡村营造更是遍地炊烟，最美县域建设已然初展年华。

这段话出自一本讲述安吉的画册《在这里邂逅最美县域》的序言，系陶康华撰文。

余村和安吉人民对陶康华教授的感激，除了因为他和其他几位教授、专家先后多次对黄浦江源进行反复考察论证之外，更因为陶康华教授亲手从上海老市长汪道涵那里得到了"黄浦江源" 4 个字的手书。这也让安吉之水是黄浦江的母亲有了一个"官方证明"，从此，安吉与上海变得"一家亲"了！

故事到此并没有完。在汪老九十寿辰时，陶康华特意将汪老手书的"黄浦江源"刻在龙王山上的照片制作好并作为寿礼送到汪老面前，并且告诉他：安吉正是因为有了"黄浦江源"这块金字招牌，接轨上海成为安吉发展的新战略后，县财政收入连年增速在 30% 以上。

"我们现在一提起黄浦江源，就会想到汪道涵先生和陶康华教授，但是，也不应该忘记任卫中，没有他的积极推介，也许安吉山水不会那么早地走进上海人的视野。"陪我采访的安吉当地同志这样说。

"我倒没这么想。"任卫中对这事看得很淡,"通过这件事,我的收获是结识了许多上海朋友,也认识到生态对一个地区、一个城市多么重要,更加坚定了我立志做个'生态村长'的信心……这是2003年的事。"

2003年的任卫中之所以那么明确和坚定地要当"生态村长",是因为他听到时任省委书记习近平第一次提出建设生态省的战略决策。

重视生态,把生态作为执政的战略理念,其实是习近平同志的一贯思想。2001年,他任福建省省长时,就有了"建设生态省"的构想。那时他针对福建的特点,非常明确地指出:任何形式的开发利用都要在保护生态的前提下进行。在他的推动下,《福建生态省建设总体规划纲要》当年即通过国家环保总局论证,福建成为全国首批生态省试点省份。此后,建设生态省的接力棒在福建一任传一任,森林覆盖率连续9年全国第一。

回忆当年习近平考察安吉时的情景,2003年任安吉县县长、后任浙江省委宣传部副部长的唐中祥说:"2003年4月,时任省委书记的习近平第一次到了安吉,那一次在安吉考察的就是生态,安吉的好山好水和一些地方的严重污染都给习书记留下了深刻印象,所以回到省城不久,他就在省委会议上正式提出了生态立省的重要战略决策,同时配套的还有'五百行动',就是从省到地级市到县里,每一级都要抽调不少于五百名干部到一线抓生态建设。直到现在,'五百行动'还在继续……"

"我就是在这次'五百行动'中从港航管理处水域执法工作岗位上出来,到了现在的剑山村。"任卫中说,"因为了解了习书记的生态立省工作安排,我就向县委组织部领导写信提出到村里去当指导员,这样我才离开了原来的工作岗位。"

"这一来就是十几年。虽然我的'生态村长'没有当成,但当了个'生态公民',也算对得起自己了!"他指指院子内的4栋土房,又从玻璃柜内拿出

初春时分的生态民居　安吉县委宣传部提供

一张证书自我安慰道,"你看看,这是清华大学聘我去讲课的证书。十几年弹指一挥间,最初是我自己摸到清华去听老师们讲建筑课,后来是他们请我去讲课,算我没有白努力。"

"任老师你现在可厉害了啊！全国各地的大学都聘你当教师,上门拜师的人你都接应不过来了！"安吉人对现在的任卫中好不羡慕。

因为别人搞农家乐或者种白茶、伐毛竹做竹业品,怎么着还是要靠流汗出力,赚的是苦力钱,大家看到任卫中赚的是省力钱：建几栋花不了多少钱的"土房子",竟然吸引了很多远道而来的大学生和大学教授,甚至还有洋学生、洋专家来他家东看看西瞧瞧,吃住在他任卫中家,临走时扔下一大把

钱——他赚的是省力钱！

瞧，他现在还弄起了一个教室，教的都是些名牌大学的学生。原来村里人叫他"任疯子"，现在都改口叫他"任老师"了。这一叫法上的改变，使任卫中由被人瞧不起的"泥土"，一下变成了黄澄澄的"金子"！

不仅乡亲们眼红，连我都感觉任卫中的"生态房"实在有些"那个"——钱太好赚了吧！

"说实话，这种土建筑成本确实低，而且也不像传统的乡村农舍不防潮、不防冻。我用泥土做墙，是有讲究的，工艺全是我自己研发的。如果用价格来计算，我的这些土房，一栋假如算200平方米，因为当初全是就地取材，或者用乡亲们扔掉的那些废木废竹等废材料，所以总成本大概在三四万元。房子冬暖夏凉，透光度好，墙体比一般的传统农家房甚至钢筋混凝土建筑都更具有防风防雨能力。"仔细察看任卫中的"土房"，会发现它很时尚，也很科学。"别小看我这土房子，有两栋的图纸还是欧洲专家与我一起设计的呢！"任卫中指了指5号房说。

难怪。这房子内部与外形都融进了方便与适合现代人居住的元素，初看很土，实际上很实用很时尚，有点"宜家家居"的味道。

"2006年，我就看到一则消息，建一幢面积200平方米的别墅，排放的温室气体超过100吨。目前我国农村每年竣工的建筑面积大约有几亿平方米，那是多大量的温室气体啊！像我们安吉这样的美丽乡村，如果让每家每户的农民建筑能够生态起来，这是多么大的好事，农民兄弟们不仅不用忙碌一辈子只够给儿子娶媳妇造一栋房子，还可以让自己生活在生态的居室环境里……"任卫中说完，又自我嘲讽道，"看来我当'生态公民'已经不成问题了，但要当'生态村长'恐怕这辈子成不了了。"

"这么悲观？"

"是。虽然通过这10多年的言传身教，也有一些人来向我学习和打听如何盖土房，但大多数人对我的看法仍然没有从根本上改变。他们说这土屋可以让城里人看，也可能赚参观旅游的钱，但让乡下人住这样的房子好像有些'退化'，大家不太愿意。"任卫中无奈地朝我苦笑道。

我本来想问问那位看上去比较年轻的任太太到底对丈夫的"土房子"事业有何看法，然而一直没有机会——在我跟任卫中交谈的时间里，她一直在院子里默默地忙碌。看其认真、卖力干活的样子，我打消了问话的想法，因为任卫中能够走到今天，如果没有家人的理解和支持，他的事业绝对不会是现在这个样子。

我相信，在任卫中家里，"生态公民"不仅仅是他一人，而是他的全家人。

在安吉，"生态公民"也不只是任卫中一个，有很多很多的村民自觉地争做各式各样的"生态公民"。

他们组成的生态大军正捍卫着自己美丽的家园。

柒

一根竹子半片天

⊙ 绿水青山就是金山银山 ⊙

竹林掩映下的清瀑　穆春摄

　　春到安吉，若问你最喜最爱之物，除了白茶，必定是满山遍野的挂着晶莹露珠儿的青竹及春天的新笋……

　　"修竹拂云当户耸，暗泉鸣玉绕亭飞；石笋嶙峋高接天，筼筜满岫涵风烟。"古人对1886平方公里的安吉之竹早有精彩、极致的评价。那俊秀挺拔、茂盛葱翠、接天曼舞、一派生机的青竹，是这块土地的"衣裳"。唐代大诗人白居易曾用"此州乃竹乡"5个字对安吉景观作了精确的概括。春夏之季，来此观新竹接天之景，纳清爽绿意之凉，是与竹共舞的最佳时节。而安吉人自古就有"食者竹笋，庇者竹瓦，戴者竹笠，烧者竹薪，衣者竹皮，书者竹纸，履者竹鞋"之语咏竹，竹融入了安吉人的生命与生活的方方面面。

　　竹，是整个安吉的"衣裳"，千百年来一直装扮和保护着这块富饶土地的丰腴与光鲜，而且给生活在这块土地上的子民提供了百食不厌的笋菜。正如苏东坡所言，对生活在南方的人来说，"可使食无肉，不可居无竹。无肉令人

瘦，无竹令人俗"。竹在南国，一年四季皆生趣，尤其是春天，在竹林里看着万千尖头的竹笋破土而出，其成长之神速会令你惊叹不已：一日长几十厘米，甚至可以听到小笋往上蹿长的声音……余村的一位老乡告诉我，他曾在自己的竹山上测试过，长得最快的一根新竹，一夜长了103厘米！我开始不信，后来向安吉的毛竹专家求证。专家告诉我：安吉林业局有人发现24小时内长了110厘米的毛竹。天！人和其他万物与竹相比，真显得有些微不足道。问题还不在于成长速度上的巨大差异，人们对竹子情有独钟的核心，在于竹的精神。一是竹有"竞将头角向青云，不管阶前绿苔破"的势不可当的生长劲，而且从来都是"咬定青山不放松，立根原在破岩中。千磨万击还坚劲，任尔东西南北风"。二是竹的"清廉"形象。元代吴镇有诗赞竹："虚心抱节山之阿，清风白月聊婆娑。"竹在深山幽谷抱朴守拙，虚心若愚，与清风白月相互吟唱交流，构成一曲天地间最动听的守节禅音。

中国近代有位名叫吴昌硕的著名金石书画大师，就是安吉人。吴先生的出生地鄣吴村，与余村一样，是个竹乡。曾任西泠印社首任社长的吴昌硕，自1844年出生在这个小山村后，其筋骨、气息与品质，皆在竹的熏陶中成长与成熟。山清水秀、修竹成林的乡土赋予了昌硕先生特别的灵气，他的一生始终秉承竹子挺拔、坚韧、谦和的品性，使其艺术升华到一种他人难以企及的高度。后人如此评价他："诗书画而外复作印人，绝艺飞行全世界，元明清以来及于民国，风流占断百名家。"（于右任《挽吴昌硕》）事实上，吴昌硕的艺术源自故乡竹的滋养。他一生视竹为钟爱之物，写诗赞竹，作画颂竹，借以表达自己钟情修篁、关心故里、志存高远的情怀。"岁寒抱节有霜筠，野火烧山未作薪。莫叹离披无用处，犹堪缚帚扫黄尘。"那天，我站在吴昌硕故居前，举目望向千米之外的那座俊秀茂盛、生机勃勃的竹山，仿佛重逢大师本人……不由感叹：人有竹子之气，一生高傲不俗；人有竹子谦逊之心，一

崛地而起　毛伟东摄

生处处有亲朋；人有竹子情怀，一生安泰丰足。人若如竹，通体是美；大地有竹，流光溢彩，遍地是金。

余村在"安吉大竹海"范围之内，因此竹景更加富有奇趣。清明时节我第一次到余村，只忙着欣赏山脚山腰间竞相蹿高的春笋奇景和采访，没能登高俯瞰小山村全貌。5月芒种时节再访余村时，村里的"秀才"俞小平已升任村主任，宾主皆怀好心境时，他领着我等沿刚修好的观景道，一路向余村的竹山群峰攀登。你无法想象安吉的一个普通山村，因为竹而美得叫你不肯移步，或者让你不想少行一步：往山的近处看，可见那些在春风中刚刚脱去

笋衣的新竹，它们像一个个活泼的青春少女，穿着格外鲜亮的新衫，亭亭玉立于众兄群姐之间，昂着高傲的头颅，临风起舞，婀娜多姿。在它们的身边，仍有无数吮吸甘露、破壳而出的"胖娃娃"，正探着嫩生生的小脑袋，拼命地追赶着"哥哥""姐姐"们的成长速度。再顺着这些青春之竹向大山的高处与远处看去，你所看到的群山完全是一幅幅油墨画，那亿万万翠竹因不同的光线照射，呈现出淡青与深绿的不同颜色。静止时，山是画；风来时，山是海——风有多大，海的波涛就有多大。那一天，我们登高远眺，似醉似梦，顿觉置身仙境，心旷神怡。从山上下来，俞小平带我们走了一条长达 2.5 公里的竹林幽道，这或许是余村最美、最销魂的地方：路两旁是丛草与鲜花，一根根青竹触手可及。它们向远方延伸，昂首整齐地排列着，欢快又毕恭毕敬地欢迎每一位光临的宾客。你信步于此处，才真正感受到踏入竹海的奇妙，那迎面袭来的阵阵清风，沁人肺腑。眼前的景致尽是青绿，只有小道与天连接的空间是浅白色的。这个时候，你那长期在混浊的城市里与电脑前疲劳不堪的眼睛，可以获得一次彻底的清洗与疗养。在这里，花上几十分钟时间，你会由衷地感叹一声：啊，何为享受自然，如此便是！

而在此处，无论是富者还是贫者，对"绿水青山就是金山银山"都会有全新的感受。

余村的整个地形三面环山，一面临水，只有中间一条狭长地带是平缓下斜，是人们居住与耕作的土地，青翠的竹子和大地就这样将余村装扮得像只玉制的巨箕。但在"农业学大寨"和"只讲GDP，不讲生态"的岁月里，山上没有竹子，而没有竹子的山就像个秃头的老妪。开采石矿和办水泥厂的那些年里，烟雾与粉尘使埋在山皮下的竹鞭都无法延伸其生命的根须。

当年，一个名叫陈永兴的小伙子在余村的第三水泥厂干活。从小喜欢竹子的他，无法接受竹山与他一样整天整年地被让人窒息的烟雾与粉尘压得喘不过气。后来他一跺脚，辞掉了水泥厂一个月有几十元工资的工作，跑到义乌小商品市场去找工作。人家问他从哪里来，他说安吉。人家说你安吉的毛竹很有名，为什么不弄点安吉竹席这类竹产品来卖呢？

陈永兴一拍脑袋：可不是嘛！

小伙子回头就往家乡奔。一打听，做竹席的竟然没几家！最后，陈永兴是从余村所在的天荒坪镇的一家乡镇企业那儿批发到一批竹席。把货运到义乌后，陈永兴借了他人的一席摊位，等候买家。哪知一等就是两个月，竟然没人来买！

"等我快要卷铺盖走人时，有一天一位台湾客人买走了我两条竹席，差点让我掉下眼泪……"陈永兴对我说。

那之后，陈永兴卖了三年竹席。在这一过程中，他发现家乡人开始需要家电产品了，于是他从义乌拉回便宜的电器，转手就卖出去了，而且赚的钱比卖竹席还要多。这让他改变了原先卖竹席的念头……这一转行就转大了，他竟然跟着哥哥跑到北京开起了大排档。

"生意好的时候，开过100桌！那北京啤酒批发价是8毛钱一瓶，我卖顾客3块钱，一个晚上光啤酒就能赚上几百元甚至几千元！"陈永兴说，"关键是在北京那些日子，让我学到了规模经营的经验。"他说。

首都北京，是多少人向往的地方啊。但在北京的日子里，每年春季来临，沙尘天气三天两头地出现……种树！历届中央领导都亲自拎着铲子，到郊区参加植树造林。陈永兴无数次听到北京人说："要是在南方多好，那里到处都是绿油油的树木和竹子……"

"真的是这样吗？安吉是竹乡，安吉的山上都有竹和树吗？"当人们散去之后，南方人陈永兴独自在回忆故乡。是啊，故乡似乎有竹有树，但也并非北方人所说的到处都是绿油油的。如果故乡到处都是绿树与青竹，那该多好

晒竹丝　王锦荣摄

啊！陈永兴突然归家心切：不行，我要回家去！回到老家去种竹子、去做竹业生意，让"竹乡安吉"名副其实！

那一天，不怎么会作诗的陈永兴在梦里吟诵了一首诗，至今他还记得那诗想要表达的浓烈情感，再三要求我用笔为他写成诗行——

我有一个梦想，
让地球生生不息，
每年800万公顷的森林版图不再消失。

我有一个梦想，
让森林基业长青，
每月 1.5 亿立方米的木材不再被消耗。

我有一个梦想，
让自然平衡和谐，
每天约 170 万平方公里的土地不再沙漠化。

我有一个梦想，
让环境永续绿色，
氧气不再枯竭。

我有一个梦想，
让每一个人都能参与其中，
采用 10 倍于树木生长速度的竹资源，
以竹代木呵护人类健康品质生活。

  这一年是 1999 年。陈永兴在这一年回到故里安吉，他特地跑到余村的水泥厂看了一眼，发现这里已经在悄然改变：原先供应水泥厂的石灰矿山已停止开采，山上也开始露出茁壮成长的新竹……而且，除了余村，安吉其他地方的秃岭荒丘也在一点一点变青泛绿。陈永兴对故乡的这些改变大为惊喜。为了新的事业，他用了半年时间，对余村和整个安吉的竹产业进行了细致深入的调研，最后一拍腿：做竹地板生意！

  有朋友嘲讽他：放着在北京那么多的钱不赚，几根竹子能赚得了什么

大钱!

陈永兴笑笑,说:留在北京当然能赚钱发财,但在家乡做竹业生意能让"竹乡"的山更青、地更绿,这肯定比身在异乡赚钱更有意义。

朋友们开始并不理解陈永兴的话,但看了陈永兴后来10多年里所干的事与他发达的事业,既敬佩又羡慕——

2000年春天,陈永兴租用一间4000平方米的厂房,开始生产竹地板。机器轰鸣飞转,3个月时间,仓库里堆积的竹地板有3000平方米!可卖给谁呢?"那时,我又一次像到义乌小商品市场推销竹席一样,背着竹地板跑上海、去安徽、走江苏……就靠着这最原始的推销手段走南闯北,可销量就是不理想。在我快要发疯的时候,杭州有家竹地板销售企业看我老实巴交地使笨劲,就到我厂里来看看,最后他们提出,你仓库里的货全要了!条件是:我们要派技术人员帮你一起改进生产工艺与产品质量。我一听简直就要跳起来了!我说:只要你们看得起,我陈永兴的厂门与车间对你们全天候开放!"陈永兴对初创时期的一些事记得格外清晰。

专业公司和专业人员的融入,使得陈永兴原先的家庭作坊式企业模式开始向专业生产与经营竹产品的联合体企业方向转变。

2000年至2004年的4年,是陈永兴练"内功"的岁月,他的企业月产能已接近10万平方米,永裕竹业的竹地板在业内小有名气,其过硬的品质已逐步赢得市场认可。"开始我的企业名称不叫'永裕',我想用我的名字永兴,结果到工商注册时,人家说'永兴'已经被人注册走了,所以我就用了'永裕'。也蛮好,永远富裕的意思!"陈永兴虽然只有高中毕业,但他的智商与情商都胜人一筹。

"安吉竹子甲天下,安吉的竹地板也应该在大上海和上海之外的地方呱呱叫!"陈永兴在生意场上是见过世面的人,所以当他的竹地板在业内与市场上叫响后，他便迅速把目光投向上海乃至海外。

在上海，永裕竹业的竹地板真的很快就"呱呱叫"了。这个时候，陈永兴再次找到一家合作伙伴，在上海的一家外商。这家外商曾经营过强化地板，见了陈永兴的竹地板之后，赞不绝口："OK！ OK！"这"老外"从没见过竹子做的地板，一高兴，就买走了陈永兴压在仓库的 3 万平方米的存货。

那些日子，陈永兴不管见什么人，都要笑一阵。因为他开心啊，幸福啊，满足啊！

你以为他是赚了钱而高兴成这样？错！

陈永兴可是个做大事的人，他才不会为赚一两次钱、发一两次财就乐得不知东西南北。他乐的是明白了要想把安吉的竹业做大，做到让全世界人都知道，就必须依靠先进的技术与设备，当然销售、管理也极其重要，但产品质量上不去、缺乏国际标准与规范的话，再大的雄心壮志，也只能属于自娱自乐。这个时候有人说，陈永兴已经变成"竹痴"了。

随着家乡余村所有的山丘上长满了青青的竹林，安吉也至少有三分之一的山丘已竹林成片。陈永兴觉得大干一番竹子事业的时候已到，于是投资 5000 万元建了永裕竹业的一个新厂区，引进了当时全县唯一的德国豪迈生产线。次年，永裕竹业的销售收入首次突破 1 亿元。关键是，这一年永裕竹业的产品不仅让欧洲人着实惬意地享受了一回"东方凉席"，而且获得了全球 FSC 森林体系认证证书，也就是说，拿到了一张进军国际市场的"绿色通行证"。

永裕竹业和安吉竹产品真正被公众认知，是在 2008 年的北京奥运会和 2010 年的上海世博会。当陈永兴得知北京奥运会的主题是"绿色奥运"时，兴奋得几天睡不着觉。他养足精神，重上京城——这回是带着自己的产品和安吉竹子的招牌而去。

"竹是圆的，你们居然把它压成平板了！跟木板一模一样，而且既环保，又凉爽，符合我们北京奥运会的要求！"北京奥运会组委会负责人拿着陈永兴的竹地板样品，左看看右看看，爱不释手。

"就它了！"

永裕竹地板一举成为北京奥运会国家会议中心唯一指定使用的专用地板，同时大会其他所需的地板也都用上了陈永兴的产品。

转眼间，2010年上海将举办世博会，组委会确定会上所用的筷子等必须是"绿色"产品。陈永兴再度出击，专门投入300多万元引进国外先进设备，研制了一种具有防腐、耐高温等性能的竹筷。为了确保符合世博会要求，陈永兴带着竹地板和筷子新产品，专程赴加拿大一家国际竹品检测机构进行检

安吉竹品　桂国华摄

柒　一根竹子半片天

测认证，最终永裕竹产品以绝对优势入选上海世博会场馆外露天景观的专用地板与嘉宾用餐筷具。

永裕竹业和安吉竹子，就是这样被中外高端人士及世界媒体一夜之间认识了！

"在2005年时，我就听说过习近平书记到安吉说的'绿水青山就是金山银山'这句话，更加坚定了做大做强竹产业的想法。那时恰逢我们永裕竹业的大发展期。可以说，永裕近10多年的快速、健康发展，就是坚定不移地遵循了他的这一理念，证明了他说的话就是真理！"在带着我参观永裕竹业的展览品时，陈永兴这样对我说。不是亲眼看见，你无法想象，一根竹子竟然能生产出几百种产品，有吃的、用的和穿的，几乎无所不能。这让我消除了第一次见安吉县委书记沈铭权时听他说"一根毛竹，吃光榨尽，可以收入一千元"所带来的疑惑。

正可谓"我种南窗竹，戢戢已抽萌。坐获幽林赏，端居无俗情"。

陈永兴的永裕竹业跟着安吉的大竹海水涨船高，从小到大。目前，公司面积已扩展到250余亩，其中生产经营用的建筑面积近10万平方米，拥有700多名员工，还有自己的"技术研究院"。"竹界国宝"张齐生院士是该院的挂职技术顾问。世界最先进的竹业设备、顶级的技术专家、每年300万平方米的竹地板产能、每年1000万根竹子的用量、云南和福建等重要竹源产地的原料基地和产品远销国际市场，使中国安吉的"竹子故事"越讲越出神入化。

竹子成就了一个人的事业。

竹子也让一方天地变得五光十色、多彩多姿、富足美丽。

说起安吉竹子，安吉人还要特别感谢电影导演李安。"安且吉兮"，安吉竹子出名，某种意义上可以说是"李安吉兮"。

看"安"字的古代象形字，意思是家有贤妻支撑，则幸福安守和安定；还可理解为家有勤劳女子，在外闯天下的男人方可安全与安心。"安"是中国人所追求的一种生活状态，安逸舒适是中华民族传统生活的一种境界，不求浮华，不求激烈，也不惧平淡寻常。"安"还是中国人对国家和世界生存状态的希望，唐朝数百年繁荣富强，选择的首都是"长安"——长治久安，乃国家之幸、民族之望。"安"，当然也是一种智谋与高远的奋进：幼竹长成参天大树，是因为它安于扎根在土壤之中；石砾被冲刷成光溜溜的卵石，是因为它安于河底。人又何尝不是如此，只有安于现实，静心思考与学习，方能"三年不飞，一飞冲天"。

"安"本身就是一种美。当你的面前有一幅窈窕淑女静坐在窗口低首绣花的图画时，你会是什么感受？此刻，美会涌进你的眼里，渗入你的心灵，露于你的表情……

安且吉兮。李安来之，安吉大吉兮。

电影导演李安曾对着世界各大媒体说：是安吉的好山好水，让《卧虎藏龙》扬名天下。安吉人则这样说：是李安让全世界认识了安吉和安吉大竹海。我的看法不同，我认为准确的说法应该是：安吉的竹子和安吉的人让李安出了大名。难道不是吗？如果没有安吉诗意般的大竹海，如果没有仙境般的安吉竹浪托起周润发与章子怡腾龙舞凤的打斗戏，那些外国电影评委能看懂中国的古装戏剧情？《卧虎藏龙》能获奥斯卡奖，戏中的"景"远超过了"情"，这就是为什么李安先生说是安吉的好山好水让他和他的电影扬名天下。其实，李安还少说了安吉最重要的一"好"：人好！

安吉确实有好山好水，但更好的是安吉人。

没有安吉好人，怎可能有李安后来的《卧虎藏龙》如此之好？包括许多安吉人，并不知道《卧虎藏龙》最初并非想与安吉的竹海结缘。李安拍《卧虎藏龙》最早选择的是杭州的九溪十八涧作为拍摄地。

李安是大导演，让《卧虎藏龙》借安吉大竹海一举成名；但李安心里清楚，没有安吉人的"导演"，他或许到现在都不知道安吉还有那么美的竹海，那么好的山水。

李安导演的"导演"是安吉人。我在中南百草原采访的时候，见到了安吉县委副书记、政法委书记赵德清。当地领导都很重视我的采访，特意按照我的采访时间，赶到中南百草原和我见面。哪知我的采访在这个晚上达到了一个小高潮，赵德清书记竟然就是"绿水青山就是金山银山"理念产生时的现场亲历者和李安导演的"导演"！

"是这样。"赵德清回忆起十几年前的事，仿佛就在讲昨天刚发生的事一样，"习近平同志任浙江省委书记后到安吉调研，这是2003年4月份的事。当时我是县委办公室主任。习书记第一次到安吉，考察的是我们安吉的生态建设。他说他在福建工作时就想到安吉来看看，因为安吉的毛竹很出名。这一次习书记来安吉考察，我作为现场的一名工作人员，印象特别深刻的有几件事：一是他在白茶之乡溪龙讲了'一片叶子，富了一方百姓'这话；二是考察安吉后，就浙江'生态立省'提出了很多高瞻远瞩的战略性思考……"

关于"一片叶子，富了一方百姓"的论述，我在另一章中有述。而关于习近平同志考察安吉的生态建设后就提出"生态立省"这个问题，我特意查阅了中共中央党校出版社出版的习近平著作《干在实处　走在前列——推进浙江新发展的思考与实践》一书，在该书中，有一篇是习近平同志于2003年9月24日在浙江全省"千村示范、万村整治"工作座谈会上的讲话。讲话中有这样一段话：

实践证明，"千村示范、万村整治"作为一项"生态工程"，是推动生态

省建设的有效载体，既保护了"绿水青山"，又带来了"金山银山"，使越来越多的村庄成了绿色生态富民家园，形成经济生态化、生态经济化的良性循环。

"千村示范、万村整治"是习近平任浙江省委书记后提出的一项实践"三个代表"重要思想、落实科学发展观的实际行动，是着眼统筹城乡建设发展、精心部署、真抓实干的龙头工程、基础工程、生态工程和民心工程。据曾经在习近平身边工作过的浙江省委相关同志介绍，2003年4月从安吉回来后，习近平同志便着手"生态立省"战略的准备，几个月后就正式提出了"生态立省"的口号。而在10月30日召开的第三届中国环境与发展国际合作委员会第二次会议上，习近平在书面发言中指出："不重视生态的政府是不清醒的政府，不重视生态的领导是不称职的领导，不重视生态的企业是没有希望的企业，不重视生态的公民不能算是具备现代文明意识的公民。"与此同时，习近平在《求是》杂志上发表了《生态兴则文明兴》的重要文章，专题阐述了浙江推进生态建设、打造"绿色浙江"的战略思考，奏响了"生态兴则文明兴、生态衰则文明衰"的时代新旋律。

2005年，时任浙江省委书记习近平来到余村考察，当时的县委办公室主任赵德清负责接待工作。因为他担任过余村所在的天荒坪镇党委书记，并在书记任上关闭了部分水泥厂，对余村的情况比较熟悉，也比较有感情，因此，他专门向省委办公厅争取到了电视拍摄的机会，并安排安吉县委报道组的同志参加了会议。

当时的赵德清还没有想到这样一个举动会记录下习近平同志第一次提出"绿水青山就是金山银山"理念的珍贵史料。他只是出于工作习惯，连夜组织人员校对了发言录音。在认真听了几遍习近平同志说的"关闭矿山是高明之举,绿水青山就是金山银山"之后,他敏感地认识到这是习书记对安吉生态文明建设的认可,更是对安吉推进生态文明建设的鼓励。随后,他要求县委报道组认真领会习近平的讲话精神,通过本地媒体向全县人民传达。

8月18日,由当时参会的安吉县委报道组陈毛应执笔的《希望安吉提供更多更好的经验——习近平同志在安吉考察侧记》在《今日安吉》上刊出,向安吉人民传达了省委书记习近平"绿水青山就是金山银山"理念和鼓励安吉走好"生态立县"道路的殷殷期待。

"那个时候,安吉的生态文明建设已经有了一些效果,全县上下经过几届县委班子和政府的不断努力探索,认识和行动上基本达到了统一,实际工作的部署与推进也是得力的,但也确实遇到了想象不到的压力。比如,为了确保安吉的生态,我们关掉了一批造纸厂等污染企业,辞退了一批引进和合资的不符合生态要求的项目。那个时候,全国县域经济主要看工业生产和GDP,由于安吉的发展重心放到了生态建设和文明建设上,结果GDP和财政收入下降得比较厉害,县里主要领导到上面开会或汇报工作时就非常狼狈,在经济发展上没有话语权,提拔任用也受到极大影响。早期抓生态建设的安吉领导是承受了很大压力的,现在回过头再看看当时县里的那些领导同志,真是觉得他们那种敢于担当、勇于挺身而出、坚持走'生态立县'之路的精神极其可贵。安吉有今天,与他们的历史性功绩分不开。"前后在县委办公室副主任、主任岗位上工作了10来年的赵德清以见证者的身份这样说。

此时,一同前来的安吉县委宣传部陈旭华部长催促道:"赵书记,你得把怎么将李安引到安吉的事好好讲给何作家听听。"

赵德清清清嗓子,开始了他的"重要经历"讲述:"1998—1999年时,我在港口乡当党委书记,搞了安吉第一个旅游景区——中国大竹海,并连续

搞了两届生态文化节。搞第三届的时候，听我一个同学说导演李安准备在杭州拍一部武打片，还要冲刺什么奥斯卡奖，说里面的武打场面要到杭州的九溪景区的竹林里拍。一听李安要到竹林里拍戏，我就心头动了一下：如果能把李安拉到安吉拍这部电影就好了，可以好好宣传一下我们安吉的竹海了！我的'私心'一下就膨胀起来了！我悄悄问同学：有没有可能让李安到我们安吉看看，说不准他就喜欢上了我们的竹海。同学笑笑，说：那就试试啰！还添了一句：好导演对好景致特别在乎。我一听赶紧说：那你无论如何想办法把这个关系接上。就这样，过了一段时间，李安手下的工作人员便来到了安吉；又过了一个星期，他的副导演来了；再过十几天，李安亲自来了。那天我特别激动和紧张，跟在李安身边陪他看我们的竹海。哪知他才看了10来分钟，就朝助手一挥手说：走吧！我一看这情形，心都凉了，这可怎么办？我心里苦啊，赶紧上前拉住李安，有些乞求似的说：李导，您是大导演，您得说一句话，我们安吉的竹海到底哪个地方您不中意，我们可以帮助您解决，您尽管说出来。谁知李安回头深深地看着我，说：还有什么说的，就这么定了！过些日子我们过来拍！"

"哈哈……"没等赵德清说完，我们在场的人都哈哈大笑起来。

"看看人家大导演的风度！"众人七嘴八舌地议论道。

"确实。"赵德清摆摆手，继续说，"后来李导他们在安吉共拍了22天。周润发、章子怡、杨紫琼等演员都来了。李导拍得很顺利，临走时他的助手跟我算账，说按规矩，他们用我们的场地，要付酬金，说给我们60万元。在当时，对一个乡来说，60万元差不多是一年的财政收入，而且我当时主政的港口乡的财政已经负债200多万元！李安的这60万元等于是'救命钱'呀！"

"还不赶紧多要点呀！"有人插话。众人跟着起哄："对啊，多要点！至少要他100万元、200万元的！"

赵德清笑而不语，摆摆手，又摇摇头。"最初一刻，我跟你们想的一样，但一转眼立即放弃了原先的想法。回头我跟李安的助手说：谢谢你们的好意，这60万元不要了！人家觉得奇怪，问：为什么？是不是钱给少了？我赶紧说，不是的不是的，我是想能不能将这钱换成你们电影片尾的协拍者名单上的一句话：安吉县政府和拍摄地安吉大竹海……我说这话时心里十分忐忑，怕他们拒绝。哪知人家哈哈一笑，一口就答应了！后来的事大家都知道了，《卧虎藏龙》得了奥斯卡奖，我们安吉竹海就出名了……"

"我没说错吧，赵书记是李安导演的'导演'！"宣传部陈部长很真诚地赞扬道。

在场的人齐声对赵德清这位曾为安吉大竹海作出特殊贡献的幕后"导演"表达深深的敬意。事实上，安吉的绿水青山能够变得如今这样美丽，与安吉一届又一届领导的心血、智慧，以及敢于担当的精神有着直接的关系，没有他们无私无畏的贡献和扑心扑肝的努力，安吉的美丽也许仍在"深闺"藏着，或者被彻底"毁容"了。不是吗？这样的事件与事例并不少见。这也是我今天格外喜欢安吉这个地方的原因。

这个时候，当我再次举目望向一片片郁郁葱葱、随风荡漾的安吉竹海时，心潮就变得澎湃，心情也变得复杂：如果我的江南故乡如今都能像安吉一样山清水秀，地美村丽，该有多好啊！那千千万万奋斗一生的游子，在老了和死去前回归故里时，将会是怎样的快慰与安然！

安吉安吉，安且吉兮，吉兮……

记得到余村的第二天，采访完村里的老支书胡加仁后，他便与俞小平等其他几位村民带我来到当年他们工作的窑矿旧址，给我讲述他们在"绿水青山就是金山银山"理念发表前后十几年的亲身感受。

旧窑矿址在余村的南边，需要绕过村前的那座青山，再沿一条石子路向山的深处走10来里路。我们很快就到达了一个小水库，它在当年是余村作物灌溉和生活饮用的水源。在开矿烧窑的岁月里，这个水库曾经被极度污染，余村人深受其苦；现在这水库是村里的备用水源，而且由于水质特别干净、清澈，阳光下宛如一面镜子。

"水库的变迁，从一个侧面也反映了我们余村从传统农业到工农并举，再到绿水青山的美丽乡村建设之路。"老支书胡加仁的一句话总结得非常到位。

"这就是以前我们村里的矿窑——冷水洞石矿。"胡加仁指着快被丛草与竹子遮蔽的两口破落的窑井说，"当年这里很热闹，天天炮声隆隆，烟雾弥漫，全村主要壮劳力都在这里干活，每天三班倒……"看得出，胡加仁对这里充满复杂的感情。

"窑矿一开始我就来了，先是当点炮手，后来当烧窑工，最后当矿长……无论干什么，都是每天把脑袋系在裤腰带上。你想想，当点炮手，就是开山爆破。村里什么都没有，弄点火药，再在石头上凿几个洞，把火药放进去，然后用点火棒一点，就赶紧拼命地躲起来……轰隆轰隆地几响过后，漫山遍野的飞石乱滚，弄不好就砸在头上！遇上哑炮，你点炮手就得去看呀！这危险到底有多大，完全是听天由命啊！"

胡加仁说着说着，眼里噙满了泪花。

我相信，当年开矿烧窑的一幕幕情景，让这位外表刚强的村干部至今回忆起来仍然有许多悲切。

"窑工确实不好当，你得掌握温度，早晚都要测温。有几次窑温失控，矿石塌下，整个窑穴倾塌，那半生半熟的石头就崩裂开来，烧得满山湾的石头都熔化了。"老支书说。

"有没有烫伤人呀？"我急切地问。

"还用问……"胡加仁的答话像大山在低泣。

在场的人都沉默了。

俞小平说:"我小时候,耳朵边尽是大人的叮嘱,说听到山上的哨子声就赶紧回家。因为那哨子一响,就是要炸山开炮了……"他用手做了个姿势,说,"我和伙伴们经常在对面山上的竹林里玩,一听到哨子声,就拼命地往家里奔。有时候跑得慢一点,就听身边石头呼呼地飞过来,那石块大得像篮球一样,砸在跟腿一样粗的毛竹上,那竹子一下子就烂了!我们回头看见,吓得腿都走不动了……"

"那个时候,你们余村的孩子真不容易啊!"我想象着小时候的俞小平们在竹林里听到矿山上的哨子声后惊恐万状、抱头逃命的一幕,是何等的危险与悲怆!为了活命,为了孩子能上学,为了老人能治病,改革开放初期的安吉人与全国其他地方的人民一样,经受了无数辛酸与艰难。

那时,余村竹林"生不如死",新嫩的笋芽刚刚探出地面,被飞石一击,就结束了生命。可比起它们的"父母",这又算得了什么!每一次炸山,就意味着一批竹子被撕劈砸断而躺下,直到腐烂……

那时,余村的人又能好到哪里去呢?在矿山工作被砸死或炸伤,就连躲在家里也会被浓浓的烟尘呛得喘不过气来……

"矛盾啊,我们对矿山、对水泥厂是又爱又恨。爱,是因为它能给贫困的村民弄点钱来;恨,是刚弄到手的钱不是花在了医院,就是害怕明天不知什么横祸又要降临。"胡加仁对天长叹三声。

"终于有一天大家有点觉悟了,知道不能再靠开矿、开水泥厂这些污染企业赚点钱去换山秃、水污、人病的局面。尤其是习近平书记来余村对我们说了'绿水青山就是金山银山'后,我们就彻底吃了定心丸,更加坚决、坚定地关掉矿山、水泥厂这样的污染企业,决定重新恢复绿水青山,走发展生态

经济和经济生态并行的道路。十几年来，我们一直沿着习近平总书记指引的路走到现在，越来越感到这条路走对了。现在，我们准备把这个矿山旧址改造成矿山公园，让游客到这儿体验一下我们余村的今昔……"老支书指着矿窑前的一片正在施工的空地说。

这时，一道夕阳照射过来，霞光沐浴下的矿山旧址，被染上了一层金灿灿的光芒。我凝视着"矿山公园"4个字，忽然有个灵感冒了出来："支书，习近平总书记的'绿水青山就是金山银山'理念是在你们这儿发布的，十几年来，余村的巨变最有力地证明了'绿水青山就是金山银山'，所以我建议：把'矿山公园'改为'矿山遗址'。这样，可以让一代又一代人从余村的历史变迁中真切地感悟到习近平'绿水青山就是金山银山'理念的英明与真谛！"

"好啊！这一改，意味就大不一样了！"胡加仁连声称道。

"太好了！"俞小平和众人频频点头称好。

我一边凝视着昨日的矿窑旧址，一边又贪婪地吸着竹海深处的阵阵清新空气，不禁想起李商隐的一首诗——

嫩箨香苞初出林，
於陵论价重如金。
皇都陆海应无数，
忍剪凌云一寸心？

古人早知青竹"重如金"，我等为何今方醒？但毕竟已醒，也算是好事一桩。安吉人醒得早，所以他们富美在先、幸福在先。

余村现在的土地被郁郁葱葱的竹林覆盖，流光溢彩的青山也让流下来的每一滴山泉变得清纯和甘甜。

余村的竹林是安吉大竹海的一部分，安吉大竹海则是我国四大竹海之一。由于它地处太湖近邻、苏南中心，又距杭州、上海、苏州等名城只有一两个小时车程，旅游和生态的优越性十分明显，有人称其是华东的两大"肺片"之一（另一为太湖）。清代王显承早有诗描述安吉："遥怜十景试春游，东岭迢迢一径幽。"

安吉的植被覆盖率高达75%，故安吉是天然的绿色世界。万亩竹海风景，并不只因李安的《卧虎藏龙》出名才蹿红，但凡到过大竹海的人，无不赞其天然之美。只要你有机会到大竹海走一走，身心必因获得一次"清洗"而感到格外舒畅与轻松。当你漫步在幽静的竹海中，感受清风摇曳、竹影婆娑的情景时，会恍若置身于仙境。

其实，一般人对竹子的认识是极为肤浅的。在安吉的一家竹品展览厅，我才第一次有了"竹品"与"竹业"的概念。原来青青的竹子真的可以生金——

一只鸟巢形竹编灯罩，标价10000元；

一只灯笼形竹篮，标价2800元；

一块两米见方的竹毯，标价30000元；

一件竹纤维男式衬衫，标价600元；

…………

"你们能将竹子做出多少种商品？"面对琳琅满目的竹品，我问女店员。

"哎呀，我可不知道竹子到底能做多少种产品呀！不过，我这儿有300多种商品全是竹子做的……"姑娘羞涩地回答。

后来在县城，竹产业局的一位工作人员向我介绍：余村竹品展厅展出的仅是安吉竹品的一部分，如今安吉的竹品开发已经到了"你只要想得到，我

就能做得到"的地步。

"上天入地，无所不能。"余村和安吉人这样自信于他们的竹品开发。我知道，当今世界竹产业日薄西山后，五成企业亏损，三成企业无利，唯安吉2632家竹业企业逆袭，全线飘红。2013年，全县竹产业年产值达到100亿元，每年增长20%以上。

在县城的一家安竹百货店，我轻轻按下遥控器，那百叶窗帘便自动升降。令人称奇的是，这款百叶窗的帘片虽然取材于竹，却轻薄如布，绿色环保，防火、防腐、防霉、防变形，不仅遮光节能，而且隔音隔热。主人告诉我：这款竹子做的百叶窗帘的关键技术是"S"形帘片。一般的帘片都是平面板，连接处总有缝隙，而"S"形帘片如同石棉瓦一样严密无缝，帘片的竹皮厚度只有0.015毫米。为了开发这款产品，企业自行设计出专用的热压机、成型机、分片机和油漆生产线，这款窗帘2015年投放市场后立即受到国内外客商的青睐。

"现在我们天天加班都供不上货！"这款窗帘的品牌叫"雪强"。雪强公司如今已成为世界上最大的窗帘企业之一。"我们为了'S'形帘片这项发明专利，前后用了8年时间，花去6000多万元费用，仅开模具就花费800多万元……"董事长陈玉强说。

再说说从余村水泥厂走出的陈永兴的竹地板，他的一款用于内装饰的富氧炭竹地板，是用特殊工艺将竹炭粉粘在无纺布上形成竹炭膜，然后将膜粘在竹地板上，其主要功效就是"会呼吸"，当湿度超过一定标准时，竹炭会吸潮、防潮。与此同时，竹子的吸音功能也是其他材料难以比拟的，此产品一经问世便备受客户喜爱。据称，安吉人在一根翠竹上获得的国家专利就达1753项，其中911项是发明专利。

安吉人正是利用竹子的自然属性和科技创新，以竹代木，以竹代钢，以竹代塑，来引领低碳消费和绿色时尚，抢占国内市场。值得一提的是，安吉竹产业除了新技术引领外，如今已进入了"全竹利用时代"，形成了由竹质结构材、竹质装饰材、竹日用品、竹纤维产品、竹质生物制品、竹工艺品、竹笋食品和竹机械等八大系列组成的一条完整的产业链，有着独有的价格优势和竞争能力。上游的废料成了下游的原料，竹身青表层做竹凉席，中间黄层做竹地板，竹地板的废料碾成竹粉，又成为室外竹材的上等原料。

"让片片绿色自然发光，让根根竹子变成金条。"安吉人用这两句话做足了竹子文章。诚如国际竹藤组织总干事古珍女士所言：世界上有竹子的地方都需要利用安吉成功的竹业技术，世界上喜欢低碳消费的人都会买安吉的竹产品，竹子在安吉人手里简直就变成了"金条"。

安吉已经把山上的竹子变成了金条。毫无疑问。

捌

一片叶，一个神

⊙ 绿水青山就是金山银山 ⊙

绿色绒毯般的茶园　陈俊华摄

在余村采访的日子里,我总喜欢在早晨或者细雨之中,独自在村舍边与乡间的小路上走一走,尤其喜欢顺着弯弯的小径往山的深处漫步。那个时候,面对身前身后的美景,脑海里总会跳出"风烟俱净,天山共色。从流飘荡,任意东西""水皆缥碧,千丈见底。游鱼细石,直视无碍"等古人的诗文。

余村虽小,其美溢满。

前面说过,余村的三面是山峦,那青山常年郁郁葱葱、如诗如画。山和平地通常没有分界,只是看上去山上的颜色略显淡些,这略显淡些的颜色便是安吉著名的白茶。有田地的农户几乎都有茶地,这是村民们的命根,也是余村和整个安吉的命根。白茶与这里的竹子,是余村人,也是全安吉人的"左心右肺",所有生息在这块土地上的人的呼吸与心跳全仗着它们……

浙江的白茶是绿茶的一种。它像位飘忽不定的仙女，雍荣华贵，又深居山林，独寻清逸。现在的白茶很贵，甲级清明茶500克售价在七八千元，有的甚至超过万元。在上海拍卖市场上，安吉白茶曾数次拍出1克1000元的"天价"。

清明时分一杯茶，雨天凭窗读华章。

茶是中国第一大饮品，南方人喜欢喝绿茶，绿茶中以杭州的龙井茶为至宝，但这些年你会发现，江南一带不少有品位的人已经悄悄进入了品茶的另一种境界，开始喜欢喝白茶了。有人甚至说，安吉白茶是绿茶中的上品。

我们知道，龙井茶之所以出名，除了其本身的特质，还与一个流传久远的"十八棵御茶树"的传说有关。有人说，是清朝乾隆皇帝到了龙井村摘得那十八棵茶树上的叶子回京后的"偶然"，才有了今天大名鼎鼎的"国茶"龙井。其实，白茶之珍贵与龙井茶相比绝不逊色。

宋徽宗赵佶就是个"白茶迷"，他不仅喜欢白茶，而且还是个茶论家，著有《大观茶论》。宋徽宗当皇帝很失败，晚年成为阶下囚，可即使被掳到遥远的黑龙江依兰县，囚室内，他仍沉醉于茶道之中，故今天我们得见《大观茶论》。此书中专有"白茶"一论，曰：

白茶自为一种，与常茶不同。其条敷阐，其叶莹薄。崖林之间，偶然生出，虽非人力所可致，有者不过四五家，生者不过一二株，所造止于二三銙而已。芽英不多，尤难蒸焙，汤火一失，则已变而为常品。须制造精微，运度得宜，则表里昭彻，如玉之在璞，它无与伦也。浅焙亦有之，但品不及。

赵佶皇帝没当好，但对茶道的论述可谓精到至极。

读者请记住，此处所述的所谓"白茶"，并非"绿、红、青、黑、黄、白"六大茶类中的白茶。安吉白茶，其实是绿茶中的一种"白茶"类科，故它高贵而稀少。

"绿茶中的白茶"，听起来蛮拗口，还是来听听我国著名茶学家、茶业教育家陈椽先生是怎么说的。陈先生在他的《茶业通史》中说："白叶茶的特性是，在最初发芽的第一生长期中出现缺乏叶绿素的白色或黄色幼叶。这白叶随着叶的展开渐以生脉为中心，生长恢复成绿色。白叶生长及硬化时的残留有白色部分，但在下一个生长期（相当于夏季）以后，大体上会变成正常的绿叶。翌年春茶期再度出现白叶，第二年以后，这些白叶再度变绿叶，如此周期反复。"我的同行、茅盾文学奖获得者王旭烽女士是文道和茶道"两栖"专家，她在请教中国农业科学院茶叶研究所老所长、当代茶业专家程启坤时，老先生对她介绍：安吉白茶即绿茶，其品种属"白叶茶"一类，就是宋徽宗《大观茶论》中所指的白茶。安吉白茶具有奇异的生化特性与品质特征，因而具有特殊的保健功效和利用价值，是不可多得的优质保健饮料。因此，安吉白茶受到越来越多的行家与普通饮茶者的喜爱。

中国的传统文化中，对茶的论述可谓精辟，而从中延伸出的茶文化及茶生活更是丰富多彩、博大精深。

论茶人士中，陆羽算是最杰出的一位，他的《茶经》可谓茶道中的"圣经"。他的诗篇《六羡歌》，是茶诗中的"诗经"。此诗如此曰："不羡黄金罍，不羡白玉杯。不羡朝入省，不羡暮登台。千羡万羡西江水，曾向竟陵城下来。"其诗之美，可让人窥见中国唐宋时茶道茶论已相当普及，甚至盛极一时，而茶又让中国的传统文化升华至一种高雅的意境。你听，在杭州当过"市长"的白居易就为茶而迷醉："食罢一觉睡，起来两瓯茶。举头看日影，已复西南斜。乐人惜日促，忧人厌年赊。无忧无乐者，长短任生涯。"

如今，白茶已经成为安吉主要的经济作物。小小的余村是一个缩影版的

安吉，安吉是一个扩大版的余村。安吉全域面积1886平方公里，"七山一水二分田"。十分之七的山地加十分之二的田地，除了连绵的竹林以外，便是白茶田，它们使浙北太湖的这片热土变得异常珍贵，举世瞩目。

2005年8月15日视察余村之前，2003年春，时任浙江省委书记习近平曾到过安吉视察，而就是那一次之后，他在省里提出了"生态立省"的战略。当时，安吉的干部介绍，因为小小一片白茶叶，这里光棍村的汉子娶上了媳妇，泥腿子的农民开上了轿车，穷山恶水变成了美丽乡村……习近平听后不由感慨道：一片叶子，富了一方百姓。

安吉白茶的发展史和繁荣史，恰恰一步步印证了"绿水青山就是金山银山"！

"闻道新年入山里，蛰虫惊动春风起。"喝着安吉"白茶祖"十三代守护人——桂家媳妇沏来的正宗安吉白茶极品，我想起唐人卢仝的那首《走笔谢孟谏议寄新茶》中的句子："一碗喉吻润，两碗破孤闷。三碗搜枯肠，唯有文字五千卷。四碗发轻汗，平生不平事，尽向毛孔散。五碗肌骨清，六碗通仙灵。七碗吃不得也，唯觉两腋习习清风生。"

我去朝拜"白茶祖"的那天，正好是清明节。

古诗云："春立云烟腾上下，清明茶韵醉乾坤。"清明和谷雨时节，是南国新茶采收的最佳时节。其间采制的茶叶嫩芽，是新春的第一茬茶。此时的江南，气温适中，雨量充沛，因而清明茶色泽绿翠、叶质柔软。其焙出的茶叶香味醇郁、优雅纯正，是一年之中茶的佳品，尤其是绿茶。此时捏一小撮茶叶放入杯中用热水冲泡，那一片片扁平秀直的茶条，顷刻变成一芽、一叶的小花，在杯中怒放，散发出一股股沁人心脾的芳香。入口后滋味鲜爽，醇厚回甘，可谓是：美酒千杯难知己，清茶一盏却醉人。

在余村，在安吉，一路听到的关于安吉白茶的故事和传说太多太多，而

这片山水滋养了千年"白茶祖" 曹震摄

且近乎神话。单单习近平总书记当年称赞安吉"一片叶子，富了一方百姓"这一句话，就足够我们去领略和品味安吉白茶的前世今生了！

村民告诉我，那漫山遍野绿油油的白茶树，并非像竹子一样自古野生成林，而是从他乡迁来。"我们安吉30余万亩白茶树，只有一个老祖。现在全国有百万亩安吉白茶的'儿孙'，只有一个如今还健在的安吉'白茶祖'……"余村人都知道这个并非秘密的当地神话。

"就在大溪，离我们余村十几里路。"俞小平对我说，"如果你想去看看，明天就去。"

"明天正好是清明节。这一天去朝拜'白茶祖'，恰时恰情！"我听后兴奋不已。

现在的安吉乡村公路四通八达，从余村一眨眼就到了大溪。早在那里迎候的大溪村支书陈军年轻活跃，加之又是文学爱好者，对我的到来表现出格外的热情，听说我要去造访"白茶祖"，就好像有人要给他老祖母送礼那么高兴。

"那就别坐车了，边走边看，更能享受我们大溪的风光和呼吸新鲜空气！"陈军立即领着我等直往一条坡度较陡的山路上行去。山路旁是一条哗哗作响、水质清冽的溪流。"这就是大溪，我们村的母亲河。"陈军指着坠宕弯曲、时疾时缓的溪道介绍说。

大溪不愧其名，溪流虽不大，但潺潺流水声可把四周的大山震荡，仿佛在提醒众山神大溪的存在。通往大溪深处的一个自然村落沿溪而建，一幢幢农舍多数被改为农家乐，生意自然很好。尤其是半山腰有幢小楼格外别致，内部、外廊都很时尚，让我们大开眼界的是，其运送食物竟有自己的微型小轨道。据说，这里吸引着全国各地的年轻人前来游玩和住宿。

"再走一二百米就到了……"走在前面的陈军已经这样说了两三次了，让我们怀疑他的"一二百米"到底是山的高度还是路的长度。

"这个地方叫横坑坞，过去是一个生产队的名字。"陈军兴致勃勃地介绍他的美丽家乡，"你们看，现在这里的生态多好！这得感谢习近平总书记当年提出的'绿水青山就是金山银山'理念。要是在过去，我们只能看到溪流两边光秃秃的山头了……现在你们看，林木茂盛，野猪都常有出没！"

已经感觉后背有些汗湿了。有人提议是不是歇息一下。我没有停步，内心一直像有一股要去见自己久别的母亲一样的情感力量在支撑着我的腿……坚持！再坚持！

终于，陈军指着前面的一座两层的旧农舍，说："到了。"

"'白茶祖'在哪里？"在距农舍百十来米时，我和其他几位外乡人有些迷茫地问，因为大家想象中的高大的"白茶祖"并没有出现在眼前……

"喏，这就是'白茶祖'！"陈军走到一块像农家晒谷场的平地上，指指

千年白茶祖　安吉县委宣传部提供

上端的一丛被保护起来的茶树说。

原来它就是"白茶祖"啊！见到那齐腰高、一米多见方的一丛密密匝匝的茂盛的茶树，每一个第一次到场的人都轻轻地叹了一声。这叹息既有惊奇，也有几丝意外。不过，我的内心突然有股感动的热流涌出——这"白茶祖"跟我八十又五的老母亲如此相近：平平常常、朴朴实实，淡然中却有几分高贵之气。如果不是茶树上方一块写着"白茶祖"3个红色大字的石碑，很难有人识得这棵千年茶王。

"白茶树一般都不高，树身一米左右。这棵茶祖算是相对高大些了。我们小时候就知道它，但并不知道它是今天富了一方百姓的茶王！"陈军说，以前这里也搞"农业学大寨"，把整片的山垦成梯田，种水稻、小麦、玉米等，唯独在不多的荒山和深谷处还残剩些毛竹与茶树。"这棵与众不同的茶树就是这样留下的。因为这里有 800 米高的山峦,一直以来只有一条羊肠小道。'白茶祖'就是这样幸运地活到了今天……不过,主要还是因为有桂家十三代人守护着、保护着它。"

"走,去喝桂家的白茶王!"陈军一挥手,我们走进了"白茶祖"旁那栋两层楼的农舍。一看就知这是 20 世纪 70 年代的建筑。"别小看这个地方,它自古就是个驿站。再往上走,历史上一直有挖矿人,所以这里也叫桂家厂。"

"厂"在这里跟"场"意思差不多,一块平地。

"来,喝喝今年的新茶。"刚刚在桂家屋前的茶亭里坐下,一位五六十岁、服色鲜艳、涂着红唇的大姐端来清香的茶水,客客气气地让我们品尝。

"这可是最正宗的白茶王啊!"陈军说。前些年在上海拍卖场上的白茶可是卖到了 1 克 1000 元啊!

"那你说我们现在喝的这杯茶值多少钱?"有人当场问陈军。

陈军摇头,笑道:"应该是无价。"

哈哈哈……一阵欢快的笑声在山间回荡。我们喝着安吉最珍贵的清明白茶王,顿时感觉置身于"闻得朝朝茶香,但见处处诗题"之仙境。

"野泉烟火白云间,坐饮香茶爱此山。岩下维舟不忍去,青溪流水暮潺潺。"不知谁在一旁吟诵起唐代诗僧灵一禅师的诗句,惹得我们一行皆端起茶杯望向脚下的大溪清流。

"此乃绝境!"望清溪美景,饮极品新茶,让人飘飘然。关键是,这手中托着的沁人肺腑、清肠洁胃的"无价"好茶,不仅一生可能仅此一回有幸品赏,而且人家"白茶祖"的主人根本就分文不收——白送我们痛饮!

"这是我们祖传的习惯。清明节前第一茬茶叶焙好后,都是留起来招待客人的,自己是舍不得喝的。"说这话的正是桂家大姐,她叫潘春花。

"春花"，名字好啊！虽然眼前的春花已青春不再，但作为"白茶祖"的守护者，她与众不同。她衣着时尚，尤其是那两道眉，画得又黑又弯，特别醒目。耳垂上吊着亮晶晶的银环，很是特别——山里如此打扮的年长农妇可不多见。

　　"我们的春花大姐几十年来可一直是大溪村的村花，'白茶祖'有她护着，万年长青哩！"村支书陈军的表扬，令春花大姐笑逐颜开。

　　"来，跟我们大溪村的春花照一张相！"我提议请春花大姐与我一起站在"白茶祖"后留影，她竟然像小姑娘一样腼腆起来。

　　"第一次跟作家拍照。"她说。

　　陈军告诉我，潘春花的男人前年去世，"现在就她一人守在'白茶祖'这儿……"看着头顶已有缕缕白发的春花大姐深情地用双手轻拂"白茶祖"枝头老叶的情景，我的心头涌起一丝忧伤：什么时候她也走了，谁来陪守这千年"白茶祖"呢？

　　春花大姐似乎并不像我们那么忧虑伤感，笑眯眯地忙里忙外给我们加水。这当口，我跨进了桂家的堂屋，里面其实空荡荡的，只有墙上两幅很粗糙的宣传画格外醒目，上面介绍的是桂家十三代守护"白茶祖"的简史。在我认真读着宣传画上的文字时，春花大姐走到我身后，轻声轻语地说，她男人的祖上在安徽徽州，姓赵。赵家原来也是旺族，后来因在京城当官的同族人落难，被株连九族，满门抄斩。所幸，有一个人恰好在外做生意才幸免于难。大难不死的他，一直朝安徽与浙江交界的浙北山区方向逃亡。哪知半路被官差截获，盘问其姓名，赵氏怎敢说出真名实姓，万分焦急之中抬头望见远处一棵老桂树，惊吓之余张口就吐出一个字："桂！"

　　桂花树救了赵氏，他从此改姓为"桂"，并落脚于安吉大溪横坑坞的深山老林之中。

捌　一片叶，一个神

"桂家老祖们到我男人这一代已经整十三代了！我们都是以种茶为生。祖上有个规矩：分家不分茶。"潘春花说。她 20 世纪 70 年代初嫁到这里后就一直跟着男人种茶树、卖茶叶。"'白茶祖'最早有两丛，产量有限，所以珍贵。桂家人丁兴旺时有三五门兄弟，孩子长大后要分家，但这两丛白茶树上采撷下的茶叶从来只共享而不分，并由家族年纪最大的长者保管，随需取之，族人从不为此闹矛盾。现在你们看到的这棵"白茶祖"，是在 2011 年的一场大雪中救下来的，原来它还要茂盛呢！呜呜……"春花大姐说到这里，突然哭泣起来。

"那场雪太大，把'白茶祖'的许多树枝都压断了！后来桂家人只得忍痛把死枝残枝割下，所以现在我们看到的'白茶祖'才这么小……"陈军不知什么时候也进了桂家堂房。

原来如此，我这才理解了春花大姐为何哭泣。桂家对"白茶祖"的感情实在太深了。

"之后，桂家的后代一个个搬迁到山下或镇上去了，唯独大姐留在这儿。"陈军意味深长地看了一眼他们大溪的老村花。

"你没有想过搬到山下去？"我问春花大姐。

她没有言语，只是摇头。片刻，她的眼里又噙满了泪花。

"等我不干村支书时，就上山陪大姐和'白茶祖'！"陈军的话让春花大姐破涕为笑。

"我也愿意。"我竟然也跟着脱口而出。潘大姐惊讶得两眼瞪得大大的，张开双臂拥抱了我一下。"我和'白茶祖'欢迎你来。"我看到她的双眸再次盈满泪水。

彼时彼刻的我以为，能在风景秀美的溪流旁陪伴这棵让一方百姓富裕的"神树"，其实是一种超然的惬意和福气，何尝不可呢？

"云鬟枕落困春泥，玉郎为碾瑟瑟尘。闲教鹦鹉啄窗响，和娇扶起浓睡人。银瓶贮泉水一掬，松雨声来乳花熟。朱唇啜破绿云时，咽入香喉爽红玉。明眸渐开横秋水，手拨丝簧醉心起。台时却坐推金筝，不语思量梦中事。"从桂家堂房出来，再品几口白茶佳茗，想象有一天带着家人居于此处，过着与世隔绝的世外桃源生活，不免随口将崔珏的《美人尝茶行》吟出。正是"清茶素琴诗自成，品茶听雨乐平生。滚滚红尘多少事，都付南柯无迹寻"。那种脱了尘缘杂念的心境是何等的舒畅与宁静！

回去的路上，我突然记起春花大姐讲的故事里有两丛"白茶祖"之说，便问另一丛"白茶祖"哪儿去了？

"据说1958年建人民公社时，有人将其中的一丛搬到山下的公社大院，植入一只大缸内，没多久茶树就死了。"陈军说，他听村里的老人讲过这事，"唉，'白茶祖'哪能搬来搬去的，还植在缸里，怎么受得了！"

"如今，我们看到的这丛'白茶祖'就成了千古一枝的独苗苗了。它孤傲地独居于深山之中，接受着沧桑岁月的磨砺与考验，更在期待有人能将它的枝根再繁衍一个千秋……"

"这是它的夙愿！"这时的陈军像是"白茶祖"的虔诚"信徒"。

"我们可真是把'白茶祖'当神仙呢！每年在头道茶叶采摘时都要在这里举行祭礼仪式，期望老祖给新一年的白茶带来丰收与福祉。现今村里的百姓一半靠茶叶致富呢！"陈军说，大溪村共有800亩白茶，年产茶叶20吨，"人均茶方面的年收入在万元左右，这是全村百姓的'压柜金'！"

在安吉，无论是余村，还是大溪，抑或是其他地方，白茶就是这里的"金山银山"，就是百姓致富和保富的"压柜金"，这种意识可谓深入人心。

那天从"白茶祖"处回到余村，再走进农民们精心护植的白茶田，仿佛换了一种感觉：那一垄垄青绿成片的茶地，在阳光照耀下格外青翠，呈现有章有序的轮廓，不用想象和夸张，其状如一根根巨大的琴弦……那是浙北美丽乡村大地上由习近平总书记当年"一锤定音"的琴弦，谱写了"绿水青山就是金山银山"的时代旋律。

是的，走进茶田，你轻贴齐腰高的茶树，再俯身平视那齐刷刷的树尖，就会发现那是一种万马奔腾的生机：所有准备勃发的嫩芽犹如站在比赛的起跑点上，等候阳光照射的那一瞬……

朝霞斜射，呈淡白色的嫩芽们开始蠢蠢欲动，随后在一阵带着暖意的春风吹拂下，飘逸地起舞……呵，那时，你会看到亿万片闪着金光的叶子，随风飘扬，舞姿各异，或像歌唱，或像吟诵，那情那景，太诱人太壮丽……突然间，我感觉那金光闪闪的叶子变成了一个个活脱脱的神仙，一个个让这片土地上生金出银的活神仙！

是的，安吉白茶，就是活神仙，为之倾情、倾力的所有人也都被这舞动的活神仙带起，蜕变成众神仙了。安吉人告诉我，往前推几十年，他们还并不熟

茶园"五线谱" 金国华摄

悉白茶这位"神仙",只知大溪的横坑坞那座深山里有棵千年"白茶祖"孤守于小溪边上,独吟着那"思悠悠、恨悠悠,恨到何时方知休……"的生命咏叹调,盼着光秃秃的荒山能够早日簇绿载青披新装。

千年的守望是寂寞的,但守望一旦变成希望,大地将处处呈现生机勃发的景象。

从安吉的千年"白茶祖"到今日之"白茶仙",是谱写在这块土地上的一曲最动听、最壮美的乐章。40年前,有人铺开了一张谱曲的"白纸"——1976年12月,安吉县林业科学研究所(简称安吉林科所)成立。如果没有这个基层科研机构,安吉"白茶祖"或许仍然孤守在那条小溪边哭泣。

"一片叶子,一个神仙"的故事,就是从那时开始演绎的。

起步的道路崎岖艰难。在"以粮为纲"和"农业学大寨"形势下的安吉,谁提种茶树和茶叶生产,谁就会被戴上"走资本主义道路"的帽子……

必须提一下林盛有这个人。

他是当时湖州市林业局茶叶科科长。在安吉林科所成立前一年,林盛有带人先对大溪山中的那棵"白茶祖"进行了科研考察,第二年安吉林科所成立,省里和湖州市里就有了在浙北进行茶种选育的科研任务。林盛有把"浙北地区当地茶树品种选育试验课题"的部分任务交给了安吉林科所里唯一的技术员刘益民,其实就是让刘益民对大溪村的那棵"白茶祖"进行"传宗接代"的科学试验。

刘益民的任务是找两个农民进行插苗试验的日常管理。这两个村民,其中一人叫盛振乾,他和他的后代参与了将安吉白茶从"祖"升级到"仙"的过程。

从这个时候开始,大溪边的桂家不再清寂,因为时不时有头戴草帽、手持工具的知识分子来看望"白茶祖",对它进行各种各样的测试。吃饭的时候到了，桂家媳妇潘春花就给这些人做饭炒菜，如同一家人般亲近。

茶树的人工繁殖一般有3种方法：扦插、嫁接、插种。第一年先试了插种，结果发现茶树返祖了，没有了白化这个物理特征，这意味着绿茶中的特殊品种白茶又变回去了，变回了原绿茶；然后试了嫁接，也基本失败，且费时费力；最后林盛有和刘益民他们选择了扦插。

1982年4月，在大地一片春意盎然的日子里，课题组再度簇拥到"白茶祖"身边。他们先是虔诚地向它三鞠躬，然后轻轻地从它身上剪下537枝茶穗，移至安吉林科所预备好的地里进行扦插，结果成活了288棵——这些并没有算上盛振乾后来在他自留地里"偷偷"扦插的那几十棵"私生子"。

1983年，安吉林科所将成活的茶苗移植到良种对比试验小区，种植了82丛，成活了75丛。次年，白茶项目被安吉县科委列入"星火"计划，种植规模发展到有五亩三分地的第三代白茶母本园，种植的白茶性状表现出稳定性。至此，"白茶祖"正式有了"子孙"！

当时，林盛有和刘益民等特地到"白茶祖"跟前烧了三炷香，一是报喜，二是代表那些准备"遍地开花"、各自"成家立业"的白茶后代向"老祖"致以感恩之意。当然，更多的是企盼白茶像故事里的"神仙"一样，扶助安吉人民甚至全国人民走上致富之路……

据说那一天，潘春花给林盛有他们做了6个大菜：预祝白茶在安吉和祖国大地上"六六大顺"。

诚然，一切名贵的东西都有其名贵的道理，其中最核心的就是它的珍稀性。安吉白茶之所以珍贵，道理一样，且还富有个性：它吃安吉的水、吸安吉的空气、根植于安吉之土。不同茶树对环境都有不同要求，安吉白茶的珍稀性关键在于它还需要一套完整而缜密的工序，即技术人员靠自己长期反复试验得来的"看家本领"——这是很难有人学得走的东西，其宝贵和珍稀性

就在于此。

第一代"白茶仙"已经离开了这个世界,但他们的灵魂与精神在余村和整个安吉大地上随处可见。尤为令我肃然起敬的,是那些因白茶而富裕起来的安吉人始终没有忘却为安吉白茶成功繁衍下去的几位功臣。

在安吉林科所的白茶试验基地,有一块竖起的黑色石碑异常醒目,那上面写着如此一段文字:"安吉县林科所,白茶基地,珍稀种实验五亩三分,1987年—1990年种植。实施人:刘益民。"

在安吉,人们称刘益民先生为"白茶之父",足见他在家乡人民心目中的地位。刘益民长期任安吉林科所茶叶研究室主任,从1979年到他退休的1995年,16年的时间里,他把自己的精力全都花在了白茶的培育和试验工作上,"白茶祖"的"后代"能够扦插成功,刘益民是第一功臣,这中间既有他孜孜不倦的科研精神,也有他作为农业栽培者的劳动奉献。刘益民之所以特别受到安吉人民爱戴,是因为当安吉和全国许多地方的百姓一年年分享白茶带来的丰厚收益时,刘益民却一直过着极其清贫的生活。退休后的刘益民为了推广白茶技术,从没有停止过自己的工作,却从不为自己谋一分利益。刘益民晚年的生活艰辛,七十余岁的他患有肺气肿和萎缩性胃炎,连说话都有明显的气喘症状。即便如此,刘益民从不因自己的生活和身体状况而放弃,总是专心、专注地为茶农们解决问题。当很多因白茶致富的百姓前来感谢他时,刘益民总是淡淡一笑:"我不过是个技术员,能看到自己的这一片叶子在安吉甚至中国其他地方长得茂盛就知足了……"

"白茶之父"去世后,葬在了他当年培育出第一代白茶苗的土地里。那墓碑也是普普通通,碑文讲述的是刘益民生前培育白茶的过程,没有一个修饰或夸张的词。

站在刘益民生前曾经躬着腰、跪着双膝、流淌过汗水的安吉土地上,我浮想联翩：莫不是这位"仙人"与林盛有等第一次跪在"白茶祖"前祭奠时就已立下誓言，愿如一片平平常常的白茶树叶一样，为人类的口福留一缕清香，而自己宁愿淡然地消亡于天地之间？他们和这"白茶祖"的品质与胸怀何等一致！

难怪安吉人都这样告诉我，他们家家户户每年都要在清明前后准备采摘茶叶的那天以不同形式祭奠茶祖，这已经是一种植根于安吉人心田的文化。"这就是为了怀念和记住像刘益民这样的'茶仙'们为白茶作出的贡献。"一位大伯很朴实、很真诚地对我说。

安吉林科所就在白茶之乡溪龙。溪龙土地上的故事很多，在这块土地上，流传着每一个与安吉白茶相关的重要人物的动人故事。而溪龙之所以有名，很大程度上是因为这个地方有一片非常"土"又非常高贵的大山坞。

中国茶界，尤其是白茶界，几乎无人不知"大山坞"这3个字，就像在茶界无人不知安吉一样。大山坞是溪龙乡下属的一个村庄，"大山坞白茶"则是安吉白茶第一品牌，它也是注册最早的安吉白茶品牌（2000年注册），如今它的品牌价值有3亿多元。然而这还不是最主要的，最主要的是这"大山坞白茶"和大山坞村皆与一个人联系在一起。他就是当年同林盛有、刘益民一起从"白茶祖"身上剪下小枝条后，帮助安吉林科所进行扦插试验的农民——溪龙乡黄杜村大山坞自然村的盛振乾。

安吉民间称盛振乾为"白茶大王"。此人的"白茶奋斗史"有点传奇：年轻时在生产队当队长，因为爱喝茶，所以在"农业学大寨"时就经常自己上山去采野茶，然后把茶树枝扦插在自留地里。没想到这一次次试下来，竟然有了些扦插茶树的本领。乡亲们高兴，盛队长家有茶喝，味道还不错，关键是不用花钱去买，盛家茶叶白送着喝。后来，要茶叶的人越来越多，当队长的盛振乾一想：与其这样，干脆队里辟出一二十亩地种茶叶如何？乡亲们都

赞成，说起来也不算违反当时"以粮为纲"的政策，于是盛振乾就与乡亲们一起，把大山坞的茶树一亩一亩地种了起来，一直种了20多亩。规模一大，茶叶自己村里吃不完，就卖给其他村的人，村里因此也有了不薄的收入——大山坞村民应该是安吉第一批靠"一片叶子"尝到甜头的农民。

盛振乾自然是将"绿水青山"变成"金山银山"的第一位"茶仙"了！

时间到了1980年，湖州市林业局的林盛有和安吉林科所的刘益民手中有了立项的"浙北茶树良种选育培植"科研计划，便决定将大溪桂家守护的那棵"白茶祖"进行"子孙"扦插，并想找安吉当地有种植茶树经验的农民来实施具体的培育劳作，于是他们理所当然地找到了种茶老手盛振乾。

有人说过，中国人的名字里面有很多重要信息，与这个人一生相关。你看看林盛有这个名字，这个在湖州从事了一辈子林业工作的科技工作者，对安吉白茶业而言，是名副其实的开拓者和缔造者。茶业归林业口，有林者盛，盛才会有——林盛有，安吉白茶到了这样的科技人员手中，从开头就是一种吉祥气象。第二位刘益民，他一生做的事都是有益于人民的，令人感叹！

盛振乾，大山里的一个农民，竟然出生时得了"振乾"之名！振乾，一生必定要做一番震荡乾坤之大业啊！

"我们可从来没有想过老爹的名字还有这么深远的含义啊！"那天在溪龙乡大山坞茶业大楼，第一次见到名声显赫的盛家三儿子盛勇成，他听我这么一说，嘴巴张得好大。

1981年8月的一天，盛振乾第一次跟着林盛有和刘益民来到横坑坞见了"白茶祖"。盛勇成说："父亲生前不止一次对我们说过，那天他见到有千年树龄的'白茶祖'时，像是见了佛祖，又激动又虔诚，胸口像有只小兔子在跳个不停……"盛勇成说，父亲看到好茶树就心痒难耐，当时就想剪下几根回家扦插培育试试看，但顾虑到林盛有、刘益民两位技术专家在场，不好意思

捌 一片叶，一个神

当面说出口，所以后来他专门一个人再次去了趟横坑坞，向"白茶祖"的守护人桂家再三恳求，剪了一丛枝条带回家，随后悄悄将"白茶祖"的枝条扦插在他的野茶树地的一角。

安吉人工第一批白茶苗的培育从此以两种方式在溪龙乡拉开帷幕：一种是光明正大地在安吉林科所的试验田里进行，一种是悄悄地在盛振乾的自留地里进行。而这两种扦插竟然都成功了！一个特别重要的原因是：这两批扦插苗都是同一个人培育的，他就是盛振乾。后来人们称盛振乾是"安吉白茶大王"，仅凭此一点，无人有异议。

其实，盛振乾是一个经验丰富的茶树种植者，他既有农民对土地的那种熟悉，又有种植茶树的实践——在扦插白茶树苗之前，他已经有近 20 年的野茶种植经验和对茶树培育的理解与心得。所以，在一变十、十变百、百变千的扦插成功之后，在安吉林科所尚未决定是否大面积推广之时，盛振乾已经在 1993 年那一年率先决定种植 10 亩白茶树。这个举动，在安吉白茶史上可以说是革命性的，因为它意味着安吉白茶从科研阶段成功转化到了正式种植阶段。

这一年，大山坞的 10 亩白茶喜获丰收！盛振乾声名鹊起！他在大山坞成功推广白茶大面积种植，就像给安吉白茶举行了一次"成人礼"！那一年，湖州市农业部门的专家正式向省里报告："浙北地区当地茶树品种选育试验课题"圆满成功，且新品种"安吉一号"品质超群。

这时的盛振乾推广白茶的热情与干劲前所未有，并且受着两头鼓励，一头是渴望靠茶叶致富的广大村民，另一头是林农业科研部门的支持与肯定。

1995 年，盛振乾已经不是老夫妻两人干了，几个儿子也跟着干了，大山坞的一半村民也跟着、学着他干了起来。这一年，他自家种了 50 亩，加上村里其他村民的种植面积，应该在百亩以上。100 亩白茶树，对今天的安吉

来说，根本不算是一件什么事，但在20多年前，它就是一件惊天动地的大事，因为这对过去"只出光棍，不出粮食"的黄杜村来说，可谓是翻天覆地的巨变！

"我们黄杜村，在同一片土地上由光棍村变成如今的富裕村，靠的就是这块绿油油的茶树园……"盛家老三说，他父亲亲手培育的安吉白茶如今欣欣向荣、名扬四海，最生动、最具体地证明了习近平总书记讲的"绿水青山就是金山银山"。

1999年，盛家的白茶已经达到300亩，盛振乾也因此成为第一户承包农场的白茶业主，盛家茶园也成为浙江省农业农村厅安吉白茶的示范基地。这一年，他盛氏家族也有了第一个品牌"大山坞白茶"，并于第二年正式注册。"大山坞白茶"一问世，就一鸣惊人，尤其在上海，形成了喝白茶的热潮，安吉白茶一时誉满黄浦江两岸。

聪明的安吉人借上海人对安吉"黄浦江源"的认可，又推出了安吉白茶特色茗茶。2001年，首届安吉白茶节隆重举办。盛振乾和他家的"大山坞白茶"出尽风头，因为当时正规的安吉白茶就三家，盛振乾家的、安吉林科所的和安吉白茶公司的，其他的都是不成规模的零散户。在三家正规的白茶产家中，盛家的茶园规模最大。

一生与茶树结缘的盛振乾于2008年去世。他是含笑走的，因为那个时候他已经完成了把"安吉白茶做成仙"的夙愿。那年盛家不仅有自家80亩的"一号茶园"，而且还在外面建了4个基地（现在是8个，共1200亩）。最让盛振乾开心的是，他从当生产队队长起就想看到大山坞村民家家户户富起来的光景，如今全部看到了，而且不仅仅是他的村庄，还有大山坞之外的道场坞、洪家坞、朱家坞、石坑坞、阴步坞、畚箕坞、茶思坞……还有大坞里、木竹塔、九里庙、张家上、外黄杜、里黄杜、下思干……

大山坞茶业公司的大厅口，放着盛家那些驰名中外的白茶，中间是一幅盛振乾老人生前的照片，他笑盈盈地看着所有人，他默默地注视着他的白茶的今天与未来，他在喃喃地诉说着他心头的那份满足和希望……

"哈哈……那些当年与我一起'战天斗地''比学赶帮'学大寨的穷兄弟、苦哥们儿，学着我老盛种白茶……那一片小叶子，飘到你们家的院里，落在你们的田地里，栽在你们的山岭上，转眼都变成绿油油的一垄又一垄，一片又一片。收获之后，焙炒之后，你们的口袋跟我的一样，装满了金子银子……我们的日子就像满山的青竹节节往上升呀！"

"我老盛这辈子没白活！习近平书记2003年到安吉表扬我们'一片叶子，富了一方百姓'，这就够了。我老盛笑着到天堂，去当个安吉白茶仙。我要坐在天上看着安吉白茶陪着父老乡亲们天天过着幸福日子啊……"

盛振乾在安吉百姓心目中，真正变成了茶仙……

在"安吉名片"中，其实不止白茶一个产业。比如安吉人一直津津乐道的安吉转椅及相关产业，从无到有，发展到今天的"绿色家居"……

只是于我而言，品牌形象和产业规模均已蜚声中外的安吉转椅，吸引力仍不及安吉白茶。写作期间，一杯安吉白茶清香四溢，更值得品味……

茶，能让黄土变成金；茶，能让俗人变优雅；茶，自然也能让世界变得生机勃发。有茶相伴的日子，一定是温润的。但，颂扬茶好的还有一句更诱人的话，叫作"佳茗似佳人"。其实应该倒过来说，"佳人似佳茗"。这话是苏东坡说的。

中国人在喝茶上有博大精深之道，早在千年之前就有茶道。会品茶的人，一般来说都是有些品位的人。而好茶入口，能齿颊留香，口舌生津，沁人心脾。那种饮后小苦回甘的皆为好茶。像安吉白茶等茗品，其叶子如月色清丽，泡在杯中，亭亭玉立，犹如玉兰朵朵，叫人爱不释手，可谓"三漱不忍咽"。

好茶，还得有好水，好水甚至是好茶的关键。

没有好水，安吉白茶再好也不可能成为茶中极品。有句古话，叫作"女人是水做的"。安吉白茶有今天，同样离不开恰似好水的安吉女人。

在安吉，论起白茶娇美时，总会有人时不时地将它与"仙子"联系在一起。乡下的茶农和茶客们没有那么深厚的文化底蕴，但他们对美的直观理解有时超越了文绉绉的骚人墨客。包括刘益民、盛振乾这一代"白茶仙"，他们将清明前后的白茶泡进水中后，看到那一叶叶青茶如一个个美女亭亭玉立、婀娜飘逸，不知如何形容是好，皆叹其"像仙子一样啊"！

安吉白茶在安吉人口中，何止一道茶，那就是一群美若天仙的"白茶仙子"。

"白茶仙子"在何处？白茶仙子处处有！

不去安吉，你自然不知安吉之美；领略安吉这第一个"中国美丽乡村"之后，你才会明白为什么中国第一个"美丽乡村"是安吉而不是其他地方。行过几次安吉后，我渐渐明白：安吉不仅拥有别处难以媲美的山水，还有那些美好的女子……

到安吉，你不去大山深处的白茶之乡溪龙走一走，等于没去"中国美丽乡村"。在溪龙乡，有一家"帐篷客"酒店，坐落在一片景致极美的茶园中间，被茶山包围。那茶山上的茶树，轮廓清晰，远看似蓝色大海的波浪，近看如团团绿色锦绣。如果站在山头，拿着相机往茶园的任何一个方向照去，镜头里都会出现叫你喊出声的万千美景。

茶园通道上插着一块牌子，上面写着"仙子茶园"。

仙子茶园其实是几片连体的丘陵组成的一片茶树林。由于山体错落有致，所以这里的景色足以让摄影者和影视剧导演流连忘返，醉倒不起。据说现在仙子茶园既是一块安吉白茶的优质茶品生产基地，也是一个影视基地，每个月都要接待几拨拍电影、电视剧的剧组。

"帐篷客"酒店也是溪龙乡的特色企业之一。"当时我们看中了这块茶园与湖景，稍稍进行了一些改造，引资在这里建了这个有乡村特色的酒店，现在生意好得不行！一般的客人要提前几个星期才能订上。"当地的乡干部骄傲地告诉我，他们每年可以从这家外包的酒店获得 100 多万元的收入。"净赚的！一不影响环境，二给茶园也带来了宣传效应。许多人看到这里的茶园像天堂一样美，二话不说，就要多买几斤白茶带回去，你说这种钱我们赚得舒服不舒服？"

这天中午时分，在溪龙乡食堂吃饭时，一位"仙子"突然出现在我的面前。

"来来来，我们的'白茶仙子'，坐，坐！"溪龙乡党委易书记忙向我介绍从门外"飘"来的一位身着旗袍的中年女子。在一个大山里的乡村，竟然会有皮肤如此细腻的女子，令我大吃一惊："你就是宋昌美？"

"就是就是！"女子一脸笑容地落座，然后有些意外地问，"你怎么知道我的名字呀？"

"在北京时，我就已经知道你这位大名鼎鼎的'白茶仙子'了……"我说出实情，因为到安吉采访前，我已"背"了不少有关安吉的资料。

"喔哟，难为情了嘛！我有什么名气呀！"宋昌美的声音与她的外表一样美，十分悦耳。

从一份安吉白茶的"群英谱"上，我知道了这位当上党的十八大代表的"安吉仙子"的有关事迹，但绝没有想到安吉茶妇竟然如此美丽，容貌上不仅没有半点岁月沧桑留下的痕迹，反而有着连十分讲究保养的城市白领都没有的细嫩肤色……"你是因为喝安吉白茶才这般年轻漂亮、肤色细腻？"我这话引来全桌一阵欢笑。

"她是代表我们安吉茶农去参加全国党代会的,而且还给习近平总书记带去了安吉白茶……"坐在我身边的安吉白茶协会秘书长赖建红女士向我透露。"宋代表,说说你当时给总书记送白茶的事。"赖建红说。

"是这样的。"宋昌美将几个方盒摆在眼前,向我介绍说,"总书记当年就是在我们黄杜村讲的'一片叶子,富了一方百姓'的话,我作为安吉茶农的代表去北京参加党的十八大,非常荣幸,就特意制作了这份礼茶……想表达对总书记的一份情意,并向他汇报。"

"这份是给你的。"细声细语的宋昌美把礼茶盒递到我手里。

"太珍贵了!太珍贵了!"我接过茶盒,看着全部用安吉毛竹精心制作的方盒,深感荣幸。

交谈中,我知道了这位"白茶仙子"的事迹——

宋昌美现在是安吉县溪龙乡女子茶叶合作社社长、党支部书记。她与"白茶大王"盛振乾在一个村。不过她家与盛振乾家不一样,盛家在黄杜村已有几百年历史,宋昌美的父母是1958年才从江苏高淳迁移到安吉来的。

"那时逃荒到这儿来的。"宋昌美说。黄杜村在大山里,虽然也是穷村,但靠山吃山,再穷也能到山上挖些竹笋把肚子填饱。

"我父母虽然穷,但从小教育我们要有志气。"宋昌美说,"我们宋家在黄杜村是搬迁时间不长的外来户,小时候也会受到本村人的欺负和白眼,所以我那时就有一种愿望,长大后一定要孝顺父母,不让他们受人欺侮。"

"我们黄杜村因为有了盛振乾老伯,所以成为安吉白茶的主产地。现在家家户户靠白茶过上了幸福生活。我算是比较早地跟着盛家学种白茶、卖白茶的农户,从跟白茶结缘那天起,我们的路就是一直上坡的……"我注意到,皮肤细嫩如少女的宋昌美说到自己的人生经历时,语气中含着极强的刚毅。

"在种白茶之前,我在集体茶场搞管理,那是22岁之前的事……"她说。后来她嫁给了黄杜村的张乐平，也就成了生产队队长盛振乾管的社员了。"1992年，我们本村的盛家已经种了10亩白茶，光卖茶树苗赚钱都赚得让乡亲们眼睛发红，所以我和村里的人一样，也跟着学起种白茶来，哪想到这一步迈出去就一路往上走……"宋昌美说。

盛家的茶业成功，是因为盛振乾从小就热爱种茶栽茶，又有当生产队队长的十几年里带领农民成功培植野茶树的丰富经验，加上有4个儿子相助，别说在黄杜村，就是整个安吉也找不出第二家能与其比试白茶产业开发实力的了。但十几年下来，甚至连盛家都不曾想到的是，本村的张乐平媳妇宋昌美领导的"溪龙仙子"白茶产业现在跟盛家的"大山坞白茶"产业平起平坐了！

"我自己也没有想到嘛！"宋昌美坦言，"人家盛家要人有人，要技术有技术，要人脉有人脉，我宋昌美什么都没有呀！"

黄杜村的茶农种白茶比任何地方的茶农都容易，因为有盛振乾在身边，何时出了问题，田头直着嗓门喊一声就能解决。即使盛振乾忙得顾不过来也不要紧，田挨田、地贴地，盛家怎么做，我跟着做就是了。所以，黄杜村是整个安吉白茶种植普及最早最快的一个村。

光种茶而不会炒茶等于白种茶，而好茶坏茶的关键是炒制技术，尤其是绿茶，其制作的过程要经过杀青、揉捻、干燥三道程序，要使茶叶既有香味，又在炒后泡水时保持叶子的青绿，炒制火候的把握极其重要。一个好茶品种，背后必须有一套过硬的炒茶本领。宋昌美聪明伶俐，头脑活泛，深知茶道的奥秘。自家地里种白茶的第二年，她就在盛振乾的介绍下来到杭州中国农科院茶叶研究所开办的茶叶炒制培训班学习。

"一个培训班45个学员，除我之外全是男生。他们多数是集体企业派来的，唯独我是个体企业来的学员。那个时候个体户还是很受排斥的，我是硬

着头皮挤到这个班的。"

"炒制技术不是那么好学的,一天下来,胳膊像断了似的,你还得把握节奏、轻重适度,讲究着哩!"宋昌美说,"才学了几天,我的手指已经破皮出血,然后溃烂……但我是自己掏钱参加学习的,再苦也得忍着。最后我在这个班成绩得了第一名。"

宋昌美带着满心希望和信心回到家乡,跟丈夫一商量,决定大干一场。"你瞧,盛家今年已经种了 10 亩白茶,少说也能赚几十万元哪!""我们哪有钱买苗种茶嘛!"丈夫张乐平为难地说,"你看看我们家这两间破草房……"

宋昌美温情地一把搂过男人,说:"只要你支持,我就不相信人家做得成的事我们做不成!"

第二天,宋昌美跑到镇上的银行,说要贷款。

"贷多少?"

"两万元。"

"你拿什么贷?"

"这个……我也不知道呀!"宋昌美被银行的人问住了,她只听说如果有人想创业,银行就可以帮忙把钱贷给你,以后等发了财再还给银行。

哪有这么简单?得有抵押。银行的人问她:"你家里有什么值钱的东西作抵押?"

宋昌美想了半天,最后摇摇头:"其他没有,就两间草房。"

银行的人看看她,又问:"你是哪个村的?"

"黄杜村。"

银行的人立即拉长了脸,也拉高了嗓门,说:"算了吧,你们黄杜村没有一家的房子是符合我们银行抵押条件的……"

宋昌美终于明白:人家不给她贷款,原因是她家太穷,人家不放心。

"那个时候，不仅是我们黄杜村穷，安吉多数乡村的百姓都穷。"宋昌美说，"我一生气，就与男人一起，带着孩子离开了安吉，到湖州去打工……一去就是近4年！"

那段时间里，宋昌美的男人在外打工，她带着孩子在亲戚家隔壁开了个杂货铺。几年下来，夫妻俩省吃俭用，积蓄了10来万块血汗钱。宋昌美身在湖州，却一直念念不忘白茶的事，尤其看到盛家的白茶生意越做越红火，村里种白茶的人也多了起来，而且收入丰厚，不免心动。最重要的是，这时乡干部也号召本乡农民种白茶。"给这补贴那帮助的，这种情况下，我跟丈夫商量，干脆回去再种茶卖茶吧！"宋昌美说。

于是一家人带着打工挣来的10万元钱，重新回到黄杜村。这一回，她宋昌美完全变了个人，从两手空空的农妇，脱胎换骨成为名震茶业界的"溪龙仙子"。这个过程，宋昌美用了10来年时间，不长也不短。"每一步都是上坡的路，虽然苦累一些，但一路往上走的感觉是充实和快乐的……"宋昌美说。

一位只有小学文化的农家妇女，不可能像诗人一样把这一过程描绘得如诗如歌，也不会像小说家那样把所有精彩、曲折的细节掰开揉碎，再用丝一样的细腻文字叙述出来……她只能是粗线条、轮廓性地讲给我们听：她先用10万元的本钱承包下一块面积10亩的荒山地，然后又是种茶又是炒茶。当然，这个时候制作出来的茶全是和盛振乾家一样的白茶。

黄杜村人在种茶上的本领已经超绝了，那本领是盛振乾摸索出来的，安吉其他地方无人可比。但茶的质量好坏，最后落在炒制上，这功夫就是种茶之外的另一种本领了。在这个环节上，宋昌美显示了她的优势：技术必须高超，还得精细、用心、用情。她总结出的这四点，也成就了她的茶叶成"仙"！

"那些年里，村里人忙着到县城、省城去卖茶，她却一回回跑到杭州去向师傅讨教炒制经验。"村里人说。

大家后来发现，宋昌美的炒功超过了所有人。她的茶，色、香、味独树一帜，有股清香与缥缈的"仙"气……

"第一次我把炒好的茶拿出去卖时，也不知道到底能卖多少钱一公斤。"宋昌美对当年做第一笔生意时的情景记忆犹新。她说："客户是个部队的同志，他问我多少钱一斤，我愣在那里半分钟没回答上来，心想：到底这茶能卖多少钱一斤呢？那时好的龙井一斤也就卖五六百块。我只知道头回卖好东西必须把价往上开，不然以后就上不去价了。我想想自己这些年为种茶来回折腾、辛辛苦苦的过程，就一咬牙，说：一斤1500元！价钱是这么报出去了，心里想的是，你压到1000元是我的实际心理价。哪想那个部队同志愣了半天，反问我：你说1500元一斤？他意思是根本不相信茶叶会有这个价。但我不能反悔呀，就点点头：嗯，就是1500元一斤！他就不再怀疑自己听错了。于是就说，那我泡一杯，看看你这茶到底好在哪里，怎么这么贵。我说，泡就泡，但我们说好了，泡了后你感觉好喝，你就得买我这茶。那部队同志笑了，说好啊，我喝了认为好，就买。茶泡好后，那小叶片在水里像小仙女似的，妖妖的美，又散出清清的香……那部队同志喝上一口，我看到他眼睛都亮了，再品一口后，就有些醉了！我就赶紧问他：怎么样，好茶吧？他连连称道：确实好茶！比其他的茶都好！那你买吧？我怕他对1500元一斤的价钱反悔，就催他。他问：你有几斤？我说共带了五斤。他说我全要，并且一下从口袋里掏出7500元现金给了我……我当时开心得不知说什么好。接钱的一刻眼睛都湿了，又担心客人看见了，赶紧背过身帮他包装茶叶……"

宋昌美的"生意故事"讲得绘声绘色、精彩传神。

这一回的生意给了宋昌美极大的自信心。从那时起，不管是想跟着她种

捌 一片叶，一个神

茶树的邻居，还是想买她茶叶的客户，她从不跟人家多费口舌，只做一件事：先泡杯茶让人家喝，喝完了再谈和茶相关的事。

"阿美，你真成白茶仙子了啊！"有一天，邻居大姐端着宋昌美刚刚炒出的新茶泡了一杯，品着品着，双眼竟然美美地闭了好大一会儿。双眼再睁开的瞬间，脸上仿佛光芒四射。

从此，宋昌美这"白茶仙子"的美名就在黄杜村和整个安吉叫开了。20世纪90年代后期，"白茶仙子"是人们对宋昌美的赞誉，到了2000年以后，"白茶仙子"成了对安吉白茶和安吉茶女们的尊称。

"我们后来每年都要评选安吉'白茶仙子'，以表彰为白茶产业发展作出贡献的安吉妇女们。"县委领导告诉我，宋昌美是第一届的"白茶仙子"，也是安吉"白茶仙子"中的"头牌"。老百姓口中的"头牌"，也就是第一的意思。

"第一次评选'白茶仙子'是在2004年。揭晓那一天，真是万人空巷，安吉历史上很少有那样的热闹场面……'我们的阿美可为咱黄杜村争光啦！'"乡亲们谈起宋昌美，都跟讲自己家的儿媳那样自豪。年底，宋昌美不仅成了安吉"白茶仙子"，还光荣地入了党。

"做了党的人，再品品习近平总书记说的那句'绿水青水就是金山银山'，好像就是他在鼓励我宋昌美一定要带着乡亲们把白茶这件事做得体体面面，让农民兄弟姐妹们快快过上好日子一样……"宋昌美说。2005年，清明茶卖完，宋昌美再次扩大茶园，达百亩之多。也就是在这一年的8月15日，习近平同志到了余村，发表了"绿水青山就是金山银山"的重要讲话，宋昌美是从当地报纸上看到这则新闻的，虽然当时她还是个新党员，但她心头马上升起一个愿望：让乡亲们和我一起种茶致富！

对农民来说，种茶并不太费劲，但能不能卖掉、卖个什么价，学问可就

大啦！许多农民很难迈过这个坎儿。

"阿美就背着我们的茶叶，跑杭州、走上海，挨家挨店地帮大伙儿推销。"黄杜村的乡亲说。

"有一回阿美卖茶叶太累了，途中困得在车上睡着了，结果身边的茶叶被人偷走了……阿美回来什么都没说，赔本的钱算在自己身上……"另一位大姐对我说，"阿美的心就跟仙子一样美，我们的事托给她做，放心。"

2000年，宋昌美为自己的白茶注册了"溪龙仙子"商标。"溪龙是安吉白茶的主产地，我是这块土地上的媳妇，所以我用了家乡的这个地名。'仙子'，既代表了我们安吉白茶的品质，也有我对自己的一份严格要求，因为仙子在人们心目中是美的化身，我宋昌美做生意不能不求产品的质量美，还有待人接物的行为美。"宋昌美这样向我解释其产品商标的含义。

宋昌美是个女子，她也是个"仙子"。她在白茶界也很霸气：种的白茶要美，美到拍电影的、拍电视的都往她家的茶园里跑；卖出的白茶要美，美得每枚茶叶都能亭亭玉立、令人心醉；做白茶生意心灵更要美，美丽乡村出来的人里里外外都要讲究最美……

"若不美，'白茶仙子'就枉有虚名；若不美，白茶只能一季春色好风光，其他日子没人搭理。若不美，绿水青山就变不了金山银山，老百姓的幸福日子也不能地久天长。""白茶仙子"宋昌美的一整套"美学"理念，支撑她十几年的白茶事业步步上坡，越做越大，且把自己从里到外变得越发美丽——这也神了，阿美生意越做越大，整天忙得四脚朝天，可你看她的皮肤，越发光亮、细嫩，真成仙了啊！

"不是都想成仙吗？走！明天跟我一起到北京去，保证你们也会发现自己美得让人馋！咯咯咯……"宋昌美和姐妹们这么打趣。

后来，她真带着十几位安吉"白茶仙子"去了北京专门招待外国元首的

钓鱼台，在那里举行了一场安吉白茶质量追溯暨品牌推荐新闻发布会。茶农到钓鱼台国宾馆举行新闻发布会，这真是破天荒的事。第二天，安吉茶女们看到自己上了"洋文"报纸和外国电视

井然有序的茶市　曹震摄

后，个个喜得眉飞色舞。

"你们自己看看是不是也都美得成仙子了啊！"宋昌美把报纸上的大照片给姐妹们看。

可不，我们都美得成仙子了啊！姐妹们捧着报纸，高兴得又蹦又跳。

"一人美了不算美，一个村庄美了才是美；一人富了不算富，全村全乡富了才是真正富！"2012年党的十八大召开，作为安吉茶农代表，宋昌美带着亲手炒制的"溪龙仙子"白茶，进京向习近平总书记汇报这些年安吉人民如何将绿水青山变成金山银山的桩桩件件农家事……见到总书记的那一刻，她激动得热泪盈眶。

"宋代表自北京参加党的十八大回来后，变得越来越美，越来越像仙子……"这句夸宋昌美的话来自安吉县白茶协会秘书长赖建红女士。赖建红真正的身份是安吉林科所的茶叶专家，她同样是安吉人心目中十分敬佩的

"白茶仙子"。

当我提出请她讲讲自己的故事时,赖建红连连摆手说,如果要说安吉的"白茶仙子",叶海珍才是。

于是我知道了另一位让安吉人都竖大拇指的"白茶仙子"叶海珍。

叶海珍现在是安吉县政协主席,以前大家称她为"白茶乡长""白茶县长"。

当年习近平同志第一次到安吉视察,蹲在黄杜村的田头,一边欣赏着绿油油的白茶树,一边揉捏着一把茶叶,听着叶海珍讲述茶农们如何依靠白茶致富的故事,不禁感慨道:一片叶子,富了一方百姓。

1995年,安吉白茶处在科研阶段,这一年,叶海珍出任溪龙乡乡长。这个在安吉东北角的小乡,人口仅有8000人,人均收入1000来元,是典型的穷乡僻壤。

"那时我才三十出头,从另一个乡调到溪龙乡。一同调任的有乡党委书记、专职副书记和我这个乡长,我们3个人是不约而同到溪龙报到的。"叶海珍在接受我采访时,对当年到溪龙乡任职之初的情景记忆犹新,"这是全县又穷又小又偏的一个乡。乡域内没有一条水泥马路,小车开进乡里,往后一看,50米外就见不着人影了,尽是飞扬的尘土。"

真的没有一条改变乡亲们苦日子的路吗?初来溪龙的叶海珍,用了3个月时间,走遍全乡,苦觅致富途径。一日,她来到黄杜村的盛振乾家,主人给她泡了一杯自家产的茶。但见杯中的茶叶状如凤羽、色若玉霜,似片片翡翠起舞,若颗颗白玉沉底。叶海珍忍不住端起茶杯,慢啜一口,顿觉鲜爽甘醇,清香四溢;再将茶水含住细品,即刻舌齿生津;再下咽润胃,通心通肠,好不舒畅!"这是什么茶呀,这么好的味道?"叶海珍不禁问道。

"自家种的白茶。"盛振乾将新来的女乡长领到自己宅后的一片茶林,介绍说，这是他从大溪乡的"白茶祖"剪枝扦插成活的白茶树，刚才泡的茶叶就是从这些茶树上长出来的。

"除了你家种外，还有其他人家种吗？"叶海珍问。

盛振乾点点头："有，但不是太多。"

"为什么？"

"一是怕茶叶卖不掉，二是大家对白茶没感觉……"

听了盛振乾的话，叶海珍禁不住一边抚摸着有生以来第一次看到的白茶树，一边沉思起来。

次年的一天，溪龙乡党委和政府领导带领乡、村两级干部到本县的余墩村参观学习千亩早园竹基地建设经验。在清风吹拂的一片竹林面前，叶海珍突发奇想：余墩村能种千亩早园竹，溪龙乡能否发展千亩白茶基地呢？之后，她带着这一课题，进行了3个月的调研。最后，她的结论是：溪龙发展白茶产业应该可以。

要种白茶，少不了一个人，这就是黄杜村的盛振乾。

对，找他去！

干什么事都有一股风风火火劲的叶海珍，又一次造访盛家。

"老盛伯，我想在我们乡里种1000亩白茶，你觉得可能吗？"叶海珍劈头第一句就这样对盛振乾说。

"什么？1000亩？你要种1000亩白茶？"盛振乾瞪大了眼珠子半天没动一下。之后，他连连摇头："不可能，不可能！"

叶海珍根本没有想到盛振乾会有这么大的反应，问："为什么呀，老盛伯？你不是给我浇冷水吧！"

盛振乾这回缓过气了。他认真看了一眼瘦弱的年轻女乡长，反问："你知道从我们那年在'白茶祖'那里剪枝后，到现在有多少年了？"

"上次你不是说10年了嘛！"

"是啊，10年。可你知道，到现在我们总共才种了多少亩白茶吗？"

"20来亩？"

"是啊。10年才弄了20来亩。可你现在要搞1000亩！得多少年？你想过没？"

叶海珍："我想……三年完成！"

"三年？那不是天方夜谭呀？！"盛振乾从小板凳上跳了起来，脖子上的青筋都鼓了起来："你你……你们当领导的，得得……从实际出发呀！"

叶海珍苦笑，然后重重地点点头："是的，老盛伯，我们就是从实际出发，从溪龙乡的实际出发……你想想，溪龙乡这么穷，又没有其他优势产业，靠什么让百姓脱贫致富？没有其他项目呀！所以我就想靠你的白茶，让所有的人与你一样富起来，最好明天就富起来！老伯你说，我这是不是从实际出发？"

盛振乾被叶海珍的话问愣了，但回过神后，他又摇头，喃喃道："这种白茶可不像种白菜，没那么容易。"

"如果像种白菜那么容易，你说我还会来请教您老人家吗？"叶海珍把自己坐的小板凳往老人身边挪了一下，靠过去握住他一双满是老茧的手，恳切地说，"你得帮我呀，老伯，得帮我……"

看到膝前年轻女乡长双眸里闪着的泪花，老人的心软了，说："那我……试着看看能不能帮你。"

"谢谢。谢谢盛伯！"此刻的叶海珍眼眶真的发热了，又问，"老伯你一个人育苗能干得过来吗？"

"家里几个儿子现在都学会了，他们也已经可以带徒弟了。可……"盛振乾说着，又吞吞吐吐起来。

"有问题你先提出来。"叶海珍看出老人的心思。

"你要我育那么多苗,得很多成本哪!"老人终于说出了实情。

"你现在一枝卖多少钱?"

"一般六七毛。"

"成本呢?"

"近4毛。"

"好。我想法给你10万元定金……"叶海珍起身说道。

从盛家走出的年轻女乡长,仰头无声地问天问自己:10万元钱,你在哪里啊!

什么叫穷乡?溪龙乡便是。堂堂一乡之政府,竟然不知何处能拿出10万元资金,还能不说是穷乡?我记得,同样是20世纪90年代中期,苏南地区的一些乡镇已经有不少跨入"亿元乡"的行列了,而近邻的安吉溪龙乡,竟然拿不出10万元急用款!

"那个时候,我们安吉多数乡镇的日子都很难过,尤其是我所在的溪龙乡。"叶海珍回忆道,"后来我从县矿产公司借了10万元打给了盛振乾。为了这件事,我在乡里注册了一个林溪白茶开发有限公司,这样便于操作。我自己任这公司的董事长。"

"育苗的事算有了着落。我又问盛振乾:你能不能教农民扦插和管理白茶,他连连摇头,说他连斗大的字也不认得几个,教人绝对不成。没办法,我只得另想招了……"叶海珍无奈地长叹。

在安吉地盘上被弄得走投无路的年轻女乡长,只得把目光投向省城杭州,那里有个权威的中国农科院茶叶研究所。人家会理我们吗?去了再说!

到茶叶研究所还算好,副所长答应了她的请求,但有个条件。研究所工作已经很忙了,再派人出去不容易,更何况大家都在讲效益。"技术人员也得

吃饭不是?"副所长说,"既然是培训,你们得支付5万元咨询费!"

叶海珍倒吸了一口气:哪里再去弄5万元呀!但她咬咬牙,把想说的话咽了回去,改口道:"所长,我们乡实在穷得叮当响,能不能……少一点。我代表8000多农民兄弟先谢谢您。"

副所长是知识分子,叶海珍一求,就不好意思起来:"那就……两万元行不行?"

"行!"叶海珍真想哭一场,但她没有,只是握着副所长的手,一个劲地连声说谢谢。

其实,两万元也是她后来去借来的。如今百亿元产值的"白茶之路"就是这样艰难地迈出了第一步。

"说好了啊,老盛伯,1000亩啊!你负责供应好茶苗,我负责1000亩白茶的种植推广计划!"回过头,叶海珍又跑到盛振乾家,再次与"白茶大王"敲实"君子协定"。

"我这儿保证不出问题。"盛振乾郑重地点点头。

叶海珍办事虽然风风火火、力求立竿见影,但考虑问题却很周到、步步扎实,自身性格又坚韧不拔。"事情比我想象的要艰难得多。农民们根本不愿种白茶,没有一个人愿意的!你都想不到动员他们种白茶有多难!"在我面前的叶海珍,回想起往事感叹道,"换了现在这年龄,我真的会打退堂鼓。"

"都是为了乡亲们能够过上好日子。"带着自己的心愿和理想,叶海珍首先找到了盛振乾所在的黄杜村支部书记盛阿林,动员他带领乡亲们先"领"上一二百亩指标。哪知盛阿林一听就摇头,说:"盛振乾家是种茶专业户,过去移植野山茶就有本领,我们可不一样,几百块买来一堆苗,到头来活不成几棵,弄不好还赔本,怎么推广?"

"你是村支书,你不带头谁带头?"叶海珍急了。

捌 一片叶,一个神

盛阿林说:"乡长,不是我不听你的话,实在是我们没有本钱和底气种呀!"

无奈,叶海珍又跑到另一个村去动员。回答比盛阿林更斩钉截铁:不会种,也种不了!人家还反问她:谁能保证真把白茶种出来,就卖得出去?如果卖不出去,我们就不是穷的事了,是能不能活命的事啊!

女乡长听完这样的话,眼泪直在眼眶里打转:难道是我的"白茶梦"真有问题?是我被盛家的一口茶弄糊涂了?叶海珍想来想去,最后还是摇头。那白茶确实好喝,真要大面积种出来,肯定能卖高价,能让茶农富裕起来!回到家,叶海珍拿出那天盛振乾送给她的一小包白茶叶,认认真真地泡在杯中,然后又细细品味,品着品着,叶海珍就感觉那股清香劲、舒服劲令她心旷神怡……安吉有此茶,才称得上"安且吉兮"。叶海珍甚至觉得,过去大家光在字面上理解古人对"安吉"二字的阐释,其实配上这白茶叶,才是完整的"安且吉兮"!

"我就不信,好酒谁都认,好茶就没人认?"第二天,叶海珍带着从盛振乾家采的白茶到了杭州,来到中国农科院茶叶研究所进行物理测试,她想看看安吉白茶到底有没有健康价值。这一测试,让叶海珍当场笑出了声:安吉白茶的氨基酸含量达6.25%,比普通绿茶高出两倍以上。评价茶叶的品质,就是看氨基酸含量。大家知道,人的生命主要靠蛋白质,而蛋白质依靠的就是氨基酸。

"这么高的氨基酸含量,加上口感、观感又都这么好,可以说,你们的安吉白茶无可挑剔。"中国农科院茶叶研究所的专家告诉叶海珍,"剩下的就是看你们自己的本事了。"

这回叶海珍是带着满满的信心回到安吉溪龙乡的。

但溪龙乡实在太穷,当叶海珍再一次找到黄杜村支书盛阿林时,人家一

脸苦笑地对女乡长说:"我哪里有钱买茶苗呀!当村干部的都已经三年没拿到一分钱工资了啊……"

叶海珍无言以对。但千亩白茶发展计划绝不能半途而废。怎么办?继续动员,做工作呗!那段日子里,叶海珍几乎天天在黄杜村跑东家走西家,一户一户地游说,一个人一个人地讲述种白茶如何如何的好,可是竟然没有一个人接她火一般的热心。到底这是为什么?她想不通。

穷呗!乡里干部说。

推广种白茶就是为了改变穷日子呀!她还是不明白。

是啊,你的好意大家都明白,但溪龙人实在是太穷了!穷得什么都怕。

听罢这样的话,叶海珍欲哭无泪。夕阳西斜,血红的晚霞照在安吉母亲河西苕溪上,美不胜收,如诗如画。坐在溪边的叶海珍久久地凝望着自己生活和工作的这块热土上的美景,竟然陶醉了……也许是西苕溪的美景让叶海珍产生了激情,也许是心中的"白茶梦"让她萌发了灵感:搞股份制如何呢?

对,既然一家一户种植有困难,那么就来个"强弱合作"、联手经营!这样不就可以解决盛阿林他们的难题了吗?

叶海珍心中有了这个想法,脑子里立即又闪出一个人:方忠华。

"乡长找我?"方忠华是后河村的党支部书记。此人在任村支书之前,长期在外做生意,但叶海珍了解到,方忠华不仅生意做得好,而且还是在村里很有群众基础的共产党员。此时的叶海珍,已经被"白茶梦"逼得有些心急火燎。见到方忠华后,她便把自己想在溪龙乡实现"三年推广千亩白茶"的雄心壮志一一道来,并且希望方忠华伸一把手,帮助黄杜村人一起把种白茶的事轰轰烈烈干起来。

"叶乡长,听你一席话,我真的被感动了。"方忠华说,"你身为一个女同志，还不是我们溪龙人，但你为了我们溪龙父老乡亲能够过上好日子，这么呕心沥血推广白茶，我还有什么可说的！明天我就去黄杜村找盛书记！"

"太好了！"叶海珍好不兴奋。

之后，方忠华和黄杜村的盛阿林很快结成了合作种白茶的"股份制"伙伴：一个出钱，一个出地，率先种下了 50 亩白茶苗。

这个开端让叶海珍对推广白茶信心倍增。接着，溪龙乡党委和县政府给了茶农们政策上的支持：凡愿意种白茶的农民，每亩可以获得 100 元至 300 元的补贴。

自此，村民们种白茶的心气渐渐高起来，一直到"三年种白茶千亩"的计划在溪龙乡提前实现。

1999 年，叶海珍出任溪龙乡党委书记。前几年的风雨兼程，让这位女干部有了当安吉"白茶仙子"的梦想：溪龙乡要建万亩白茶基地，成为安吉的"白茶之乡"！

两年时间，在叶海珍的全力推动下，万亩白茶基地在溪龙乡成功建起。

采访叶海珍之前，我已经到过溪龙乡。当我把溪龙乡茶农、茶商们的话说给她本人听时，任县政协主席的叶海珍淡淡一笑说，"仙子"不敢当，但"疯子"是一个。

"溪龙白茶达到万亩以上后，全县的白茶种植也跟着上来了。这个时候，市场怎么走法，百姓种了白茶能不能卖得出去，能不能赚到钱，能不能靠白茶富起来，这些事就全都堆在我面前。怎么办？我就想：我们溪龙乡既然是白茶的发源地、主产地，就应该形成一个自己的特色市场。于是就有了建白茶广场和白茶一条街的想法。我把这个想法跟县里领导一说，他们都支持我们溪龙乡建成白茶之乡。干吧！我是那种说干就干、干起来再说的人。唉，后来我才体会到什么叫'闯'……闯的路真是难啊，难到很多时候你根本就

不想干下去了。"

为了白茶事业,叶海珍可谓鞠躬尽瘁,事无巨细地亲力亲为。到北京出差时,她到茶叶市场的马连道走了一趟,一下子被市场上用安吉白片充当安吉白茶卖的混乱情况气得双手直抖。于是后来就有了独一无二的安吉白茶"母子商标"的创新举动,有了安吉白茶原产地的国家认证,有了安吉参加制定的国家标准《地理标志产品安吉白茶》(GB/T20354-2006)……

在叶海珍的力推下,溪龙乡种植白茶树的热情和"黄金滚滚"而来的生意感染了周边的乡镇,他们纷纷效仿溪龙乡农民种白茶,形成了前所未有的安吉白茶热。

2001年,安吉适时举办了首届白茶文化节,溪龙主场人山人海,一片喜气洋洋。毫无疑问,叶海珍与安吉白茶成为整个文化节的主角。不久,从上海拍卖现场传来好消息,这一年从"白茶祖"上采摘的50克"头茶"拍出2.5万元的天价!

听到这个消息,叶海珍和安吉茶农们激动得直想哭。这意味着什么?意味着安吉的每一块绿油油的白茶园都将变成"金山银山"!祖祖辈辈过苦日子的安吉人能不激情难抑、百感交集吗!

2005年,有记者问黄杜村党支部书记,种植白茶后村子有什么变化,他说了一串数字:黄杜村在种白茶的10年前,人均年收入大约1000元;2004年村里的收入是3000万元,人均2万多元,10年20倍的增长!

正如2003年4月,在黄杜村,当习近平看到农民们通过种植白茶,家家户户盖起了楼房、买了小汽车,口袋里还有鼓鼓的钞票时,有感而发道:一片叶子,富了一方百姓。

一片叶子,真的富了一方百姓。

一片叶子,又何止富了一方百姓!

这个时候，叶海珍已经升任安吉县副县长。8年里，这一片美丽而外表柔弱的"叶"，在安吉大地上茁壮生长，由最初的1000亩，到3万亩，到现在的30万亩。这片"叶"后来还飞出了安吉，飞到了全国各地，播种下创造上百亿产值的一片片广阔无垠的绿地与一座座青山……

安吉的每片白茶叶、每一个茶农，都是"绿水青山就是金山银山"理念的实践者与证明者。

玖

鲁家村是个奇迹

⊙ 绿水青山就是金山银山 ⊙

鲁家村之恋　潘学康摄

安吉人都知道，余村作为老典型，从20世纪80年代开始，对安吉其他乡村的影响力就一直存在。自从走上"绿水青山就是金山银山"的发展道路之后，余村每走一步，都有一批周边的乡村盯着，明里暗里一直在学习与模仿。鲁家村就是其中之一。

去过安吉鲁家村的人都会有这样的感叹：这里学余村、走"绿水青山就是金山银山"之路，建设"美丽乡村"，真是创造了奇迹！

现年41岁的左伟伟是土生土长的鲁家村人，他在谈起自己村庄的变化时也用了"鲁家村是个奇迹"这句话，让我感到好奇。

左伟伟当过兵，身体很壮实，2015年回村创业之前在县城开了一家汽车修理厂，生意不算差。"我没有想到自己会回到村里办农场，更没有想到居然办了一个做梦都不曾想到的野猪与猎犬农场！"左伟伟坐在他的农场门口，俨然一个"山寨王"。他手中执着一根鞭子悠闲地在空中甩着，口中自嘲道："我在部队只当过班副，没想到退伍数年后，竟然成了'猪军长''犬司令'……"

若以为左伟伟的"猪军长""犬司令"是调侃的话，那就大错特错了。内行人都知道，在中国爱犬界有个CKUDC杜高大俱乐部，名气很大，能入此俱乐部的成员，家里必有一条或数条名曰"杜高"的猎犬。"杜高"这个名字有点像中国的人名，其实它是一种非常名贵又极其凶狠的阿根廷猎犬，是世界上最凶狠的八大猎犬之一（我们熟知的藏獒并不在其中）。20世纪20年代，阿根廷育犬专家安东尼奥·瑞斯·马丁那兹先生用西班牙獒、拳狮犬等杂交培育出强壮而凶狠的杜高犬。经过一代又一代培育训练，杜高犬渐渐成为忠于主人、善良待客，能独立拼杀又具有团队精神的优良狩猎犬，因而备受阿根廷人的青睐。随着近年中国人生活水平的不断提高，杜高犬越来越多地进入中国家庭。普通人养不起它，一只杜高犬售价要10万元，强壮优秀的杜高犬则值几十万元。如此"高贵"的存在，也使得它有了一个专业俱乐部：杜高俱乐部。

像杜高犬这种猎犬界的"尊贵者"，犹如一名拳击手。那么，谁来证明中国爱犬者手中的杜高犬是最好的、最具战斗力的呢？

"我！我的野猪场是经过专业部门批准的中国少有的几家杜高犬战斗力测试点之一，所以人家称我是'猪军长''犬司令'！"想象不出当过兵又整天与犬为伍的左伟伟说这话时竟然还有些腼腆。

左伟伟是前年看到自己家乡的绿水青山和日新月异的变化后才回村的。从小爱犬的他回村后向村干部说出了自己的想法，很快，村里就批准了位于他宅基地后面的80亩山林地作为其农场承包地。

"以野猪来测试名犬的战斗力，定期举办'名犬运动会'，以此吸引游客、致富全家、贡献社会，是我看到鲁家村建设成'美丽乡村'后产生的一个梦想。想不到仅仅用了两年时间，我的梦想竟然已经实现了大半……"左伟伟手指农场后面的那片山林，说他正在设想，要将那片山林纳入自己的猪犬农场,这样就可以做成安吉首个户外狩猎休闲品牌项目,使野猪养殖产业链进一步延伸,成为现今丰富多彩的鲁家村乡村旅游的重要一站。"因为我的农场而让鲁家村的美丽光环多一道色彩,作为鲁家村的一员,我感到自豪!"

左伟伟的眼里溢满了浪漫与诗意。中国很多农民的眼里缺少这样的情感意蕴,但鲁家村的村民不一样,这里的每一个人都被自己的美丽家园和幸福生活熏陶得眼里充满了浪漫和诗意。

鲁家村就是这样一个奇迹。

以前,这个距离县城与余村差不多远的山村,论条件、资源,都比不上余村。当年,余村遵照习近平同志的指示,彻底关停了矿山和水泥厂,义无反顾地走上了一条生态立村之路,渐渐成为远近闻名的富裕村、幸福村、文明村。但直到2010年前后,鲁家村还只有脏乱差的环境和贫丘薄地,甚至连像样的毛竹园都没有。600多户人家、2200多人口、16平方公里的面积,就这么一个摊子。在2011年全县187个行政村的卫生检查中,鲁家村是倒数第一。仅此一点,就可以看出鲁家村当年的样子了。说到经济,更是一个亏欠大户,账上吊着150万元的债务。

而这个时候,余村和其他一大批乡村已经成为"美丽乡村",村民都过上了连城里人都羡慕的好日子。

"倒数第一",对一向要强的鲁家村人来说,刺激实在是太大了!

名曰鲁家村,实际上这里没有一户姓鲁,原因是当年这里是战争遗留下来的空壳村。后来,外乡的手艺人尤其是木匠们一户一户地迁移到此,这些以木工为生的新居民崇拜他们的祖师爷鲁班,于是就将村庄命名为鲁家村。过去的鲁家村人靠外出做手艺为生,自家门口的土地和山丘反倒无人问津,渐渐变得杂草疯长、竹木乱生,看上去山不像山,田不像田,宅前宅后更是脏得一塌糊涂。久而久之,谁也不把心思用在家园建设上,反正离县城也近,

出去弄口饭也能糊上全家的嘴。"村民们各打各的算盘，鲁家村的尊严就是被这种想法害得'体无完肤'。"村民朱仁斌用这样的话形容。

听说过余村也去过余村的朱仁斌，有一日从县城自己的店里回到村中，看着自己家周边脏得发臭的污水塘和自己家荒废的丘陵与水稻田，以及比自己家更脏、更荒废的邻居家与整个村貌，这位体校毕业的农家子弟脸上一阵阵地发热：在外面生意做得再大、钱赚得再多，如果连自己的家乡都拿不出手让外人来看的话，能算一个成功人士吗？

那一阵子，朱仁斌连续几天待在老宅里没出门。新一届村委会正在改选，他是一名党员，有领导找他，希望他回村工作。朱仁斌需要作出选择：继续在外做生意，还是回村当村干部。

"余村与我们相隔一座县城，如今人家的日子像在天堂，我们鲁家村这个破落相让我感到无地自容啊！"老支书吴金龙把朱仁斌叫到自己家，语重心长地跟他谈了一上午。

"明天我就回县城把店关了，回村跟你和大家一起干……"在这一刻，朱仁斌作出了自己的选择。

之后，他当了近5年的村委会主任。这期间他才有机会了解和思考鲁家村的每一块山丘、每一块土地，也了解了每一户村民在想什么。因为了解了家家户户心里惦记的、期盼的事情，朱仁斌自己的想法也变得越来越多。无数个早上，他独自跑到村头的山丘上，看着太阳从东边升起，再回头看看笼罩在晨曦中的村庄，遐想着那些秃丘变成了金光闪耀的山，那些民舍变成了银光粼粼的河，还有山川之间如跃动的丝锦般的田野，憧憬着村民在如此美丽的景色下尽情享受生活之美的未来……

2011年年初，朱仁斌出任村支书，也就是说，从此他成了鲁家村的领头人。"我有机会了！可以按照自己的想法和大家商量怎么干才能最好最快地把鲁家村建成美丽乡村。"朱仁斌这样说。

习近平同志 2005 年在余村调研时提出了"绿水青山就是金山银山"理念之后，安吉全县一直坚定不移地贯彻落实并进行了创造性的工作，比如，把"美丽乡村"建设作为抓手，在全县范围内每年推出有关创建"美丽乡村"的具体措施。环境整治和卫生检查是改变农村面貌与生活陋习的关键。2011年新年刚过，安吉县的"美丽乡村"建设再掀热潮。前一年排名"倒数第一"的鲁家村能不能打个翻身仗，新任村支书朱仁斌有了想法。

"不治脏乱差，谁会来鲁家村投资？"朱仁斌的第一招是每户发一只垃圾桶，所有的生活垃圾从此必须放入垃圾桶内，违者点名批评、上榜公布。有干部群众揶揄说：一只桶改变得了几辈子的生活习惯？难！

"就是因为难，所以要有些强制性措施，还要派人监督。"朱仁斌叫上村支部妇女委员和新选出来的各村民小组的保洁员，挨家挨户，早中晚各检查一次。开始，有一半村民按规定将垃圾投放在桶里；过了几天，多数村民按规定将垃圾投放到了桶里；不到一个月，所有村民按规定将垃圾全部投放到了垃圾桶内。这个时候，朱仁斌让妇女委员带着各村民小组的成员走出家门，沿村子边走边看各家各户的门前屋后，村民们笑逐颜开，道：干净了，干净了，看着顺眼了，舒服了！

乱扔污物垃圾的陋习改了，朱仁斌接着动员大伙儿整治宅前屋后的环境。这下活儿多了，工程量也大，有些村民就不愿意干了，一是嫌麻烦，二是有的家庭人口少，整治起来很费劲。朱仁斌在支部会上说：百姓感到难办的事，村里就要想法子解决。最后统一意见：由村里派专业整治队伍，按"美丽乡村"的统一卫生与环境标准来整治，用工全部由村里承担。

几十天下来，所有村民的宅前屋后都变了样。大家看看自己的家园，瞧瞧别人的房子，再看看熟悉的村庄，都满意地笑了。地面一干净，人心也就

舒服了，最主要的是村民们开始有了因是鲁家村人而自豪的荣誉感。

年底，全县村级卫生环境检查评比名次一公布，鲁家村的村民们高兴得热泪盈眶，他们竟然得了第一名！

"只要大家心往一处想，力气往一处使，余村能做到的，我们鲁家村也可以做到！余村有绿水青山、金山银山，我们鲁家村也要有！"朱仁斌当过体育教师，动员能力和鼓动方法很有一套，这回他"拳打脚踢"全用上了。

鲁家村人仿佛头一回有了尊严与荣誉感，而这份尊严和荣誉感很快就化作了他们改变家乡落后面貌的强大动力。

朱仁斌的"富村"第一招见到了实效。2011年5月，安吉县建设"中国美丽乡村"再掀热潮，这回县里提出的是"美丽乡村"提升版：精品村。所谓"精品村"，就是县里新定出的"村村优美、家家创业、处处和谐、人人幸福"4个大类别下设的45项"美丽乡村"精品村建设考核指标。据说，凡被县里列入"美丽乡村"精品村规划的，通过验收符合这些考核指标的，每个村将给予300万元奖励性补贴！

"300万元，我要啊！"朱仁斌是生意人出身，脑筋活泛，一听说这么个好事，欢天喜地地对村支委们说，"鲁家村穷了十几代人，我们再不能放过这一回'美丽乡村'建设的好机遇了！"

"那300万元也不是现在就给我们呀！得干好了才有。"有人摇头，"村里的账面上只有600元，外头还有150万元的欠债，怎么个干法？"

"余村人也是通过一年又一年的奋斗，才有了他们现在的金山银山，我们鲁家村人虽然现在不如人家，但总不能像掉坑的水牛一样不迈步嘛！"朱仁斌这回真着急了，"鲁家村再赶不上这一波'美丽乡村'建设，我们可就太对不起子孙后代了！"最后，村干部的手都举了起来：困难再大，鲁家村也不能掉队！

玖　鲁家村是个奇迹

"形象非常重要，没有一个像样的鲁家村，就没有一个富裕的鲁家村。"朱仁斌坚信这一点：要让鲁家村变成到处是金山银山的新村庄，就得把破破烂烂、寒寒酸酸的鲁家村打扮成漂漂亮亮、绿是绿蓝是蓝的风情乡村。

鲁家村距县城是"一眨眼的工夫"，离杭州、上海等大城市也就一两个小时车程。像余村一样，把鲁家村建成一个适合城市人游乐的乡村旅游景区，以此造福村民，是鲁家村支委朱仁斌等定下的奋斗目标。

既然把鲁家村定位为乡村旅游景区，那么客人进村的第一站该是"村委会"——未来的"游客中心"。

"拆！建一座至少让人看了舒服些的新房子！"从小过惯苦日子的朱仁斌深知村民们挣的每一分钱都不容易，但为了村民们明天有更富裕的日子，他提出拆掉20世纪60年代盖的村委会旧房子，建一栋稍稍像样的新楼。"鲁家村需要一块金字招牌，花些血本，值！"朱仁斌果断地决定。

鲁家村游客集散中心　安吉县委宣传部提供

精打细算，反复核计，新楼招标价定为 300 万元。工程书挂出去后，无人问津。

怎么回事？这结果让朱仁斌垂头丧气。一细问，人家朝他笑笑，说：你鲁家村穷得剩下什么货色，谁人不晓？别说 300 万元，就是减一半，我们给你盖好了房子，你们也未必能付得清工程款啊！到时我们扒你的皮也没有用呀！

这，这，这……朱仁斌急了，他拿出自己的一张 50 万元的存折，对招标的那几位熟人说："我朱仁斌拿自己的家底做抵押还不行吗？如果村里付不出工程款，我给你们！"

看朱仁斌这么认真，村委会新楼的招标项目很快尘埃落定。

"就是这座楼，现在它可值钱哩！"采访那天，朱仁斌指指挂着"游客中心""商务周转中心"等许多招牌的两层村委会楼房，非常得意地告诉我，前些日子有人愿出 600 万元的价格买下它，村里没有同意。

如今的鲁家村，已是个热闹繁华的集市，地处中心地带的村委会楼址寸土寸金。600 万元这个价，换谁都不会卖。

2011 年的朱仁斌和鲁家村人其实有点像在"赌"，除了用"空头支票"改造村委会的"招牌楼"外，他们后来抛出的"纸上画饼"更绝——

"鲁家村要什么没什么，怎么个招商引资？我就跟深圳一家著名的设计公司签了份协议，请他们帮助我们做了一份 4D 鲁家村旅游景区图，这可以说是全安吉县乡村一级最好的设计，那图上的新鲁家村美得如诗如画，应有尽有，真正的中国版美丽乡村！"

再好的设想，没有上级的支持就是"水中捞月"。朱仁斌清楚这一点，于是在有些眉目后，他立即怀揣设计方案跑到县里。朱仁斌最想找的是当时主管"美丽乡村"建设的县委副书记陆为民，但到了县政府大楼后，朱仁斌心里有些发毛：陆书记能管我们这么个无名小村的事？

"是鲁家村的吗？来来来，到我办公室谈……"正在朱仁斌犹豫不决时，陆为民副书记出现在办公楼走廊上。

朱仁斌赶紧答应，并跟着陆为民进了办公室。

"我看你们的方案和设想都很好，就这么干！"听完朱仁斌的汇报，又看了方案，陆为民副书记立即拍板道。让朱仁斌想不到的是，县领导还极其耐心细致地帮助他分析问题。比如，鲁家村在建设"美丽乡村"中需要处理好村域与镇域甚至县域之间的协调统筹关系，要引进有实力的工商资本，注重连片打造、整体开发，让百姓能实实在在地得到实惠。

"谢谢陆书记，您的一番话，让我茅塞顿开。我回去一定按照您的意见好好干！"朱仁斌紧紧握住陆为民副书记的手，感激地说道。

万事俱备，只欠东风。现在就剩下怎么干了！

"不管怎么干，你都是真金白银投进去，这个设计方案得花不少钱吧？你上哪借的东风？"我笑着问他。

"知道我花了多少钱吗？300万元哪！你问我这笔钱是从哪儿来的？"朱仁斌瞪大眼睛，像魔术师似的冲我一眨眼，然后张大嘴巴哈哈大笑起来，笑得楼里的人都过来看他们的朱书记是怎么回事。

"没事没事！你们只管忙去。"朱仁斌止住笑后，对同事们摆摆手，继而又跟我说，"我当时确实一分钱也没了。但我就是拿着这份设计图，借了回东风，实实在在地'借'回了300万元……"

到底什么情况？我的好奇心也跟着上来了。

"是这样。"朱仁斌说，"有了电脑上那美不胜收的新鲁家村未来图之后，我先向20来位在外做生意的鲁家村人每人发了一份'顾问'邀请书。你问这有什么用？用处可大了！外人可能不知，我们鲁家村虽然村子不像样，有

能耐的人却不算少，但他们都在外面谋事。这回我想建设新鲁家村，怎么也离不开本村的这些能人啊！所以我想了一招，邀请他们做村里建设的顾问，一则确实需要这些有能耐的人一起谋划，二则是希望他们有力出力，有钱出钱。当顾问挂个名，主要的还是希望他们带着钱来见个面。结果全都来了！"

朱仁斌大笑。

"开始他们各自也就带了一两万块钱，算是给我一点面子，但后来看了新鲁家村的未来设计图后，一个个不是心潮澎湃，就是心花怒放！问我，咱们鲁家村真的能建得这么好吗？我说，当然啦！如果你们敢打赌，我可以立字据，不出五年，鲁家村完完全全就是图纸上这个样子！大伙见我这么有底气，全都兴奋得嚷嚷起来，说一定要为家乡作点贡献，于是原来准备出一两万元'意思''意思'的，立马变成你掏20万元我就出30万元……最后一点，整整300万元！"

精明的朱仁斌大获全胜！

他把这300万元全部支付给了设计公司，他手上可就真的只有这个好看、似乎能闻到香味的"大饼"——鲁家村最美乡村景区规划图PPT。这份PPT对朱仁斌来说，是招商引资的秘密武器，而对那些投资者来说，就是一张看得见的"支票"！

"现在大家看到的鲁家村的一座座'金山银山'就是这么起来的！"朱仁斌自豪地告诉我。

"来来来，老陈，你给何作家介绍介绍……"朱仁斌确实是个能人，干什么事都雷厉风行。与我说话的当口，他把要找的人都叫到了跟前。

老陈即万竹农场场主陈贤喜，是从外乡到鲁家村投资竹业的老板，现在已在鲁家村投资近2000万元。"我以前在县城搞观赏竹销售，卖到全国各地。"看得出，陈贤喜是个不善言谈的生意人，而这样的商人做起事来一般都很踏实。

"2014年，有人向我介绍鲁家村，说这里可以搞家庭农场。我抱着试试看的心思来到这里，哪知朱书记一下就把我'拉下了水'……"陈贤喜瞄了一眼在一旁开心大笑的朱仁斌，说，"本来我就图这里离县城近一点，想不到朱书记见我有意到鲁家村来搞吃、住、游一体的竹园农场，就把村里最好的300亩地划给了我，而且还向我保证：以后我的竹子销售全由村里来负责。天下哪有这么好的事！我就毫不犹豫地跟鲁家村签了投资建农场的合作协议，一直干到今天……"

"没亏吧？"朱仁斌笑呵呵地问陈贤喜。

"赚大了！"陈贤喜脸都红了，连声说，"要谢谢朱书记！"

半个多小时后，我们来到了陈贤喜的万竹农场，那一块地确实是在鲁家村的"心脏"地带，有山有水，山上的竹是陈贤喜的宝贝，有百余个不同品

田园诗般的万竹农场　方力摄

种，奇形怪状，可谓美不胜收。"竹业界有句话，叫世界上的名竹看浙竹，浙竹就看安吉竹。我这里光安吉竹就有 40 余种……现在农场的竹子主要供游客观赏和销售给各地的竹子爱好者。"陈贤喜一谈起自己的竹，如数家珍，表情也变得丰富了。

"生意这么好啊！"到鲁家村的那一天是 4 月 22 日。陈贤喜的万竹农场正在试营业阶段，但我见他的观赏竹林与竹宴农家乐已经人山人海，不由得惊呼起来。

"多数是村里旅行社拉来的团队客人，一部分是我的熟人……"看着自己兴隆的生意，陈贤喜满意地说，"正式开业后，估计会有现在一半以上的客人。"

我有些好奇，提了几个问题。

"你这儿不卖门票吧？村里给你一些门票收入吗？"

"给的。按照我的农场规模，村里把门票收入的 1% 给农场。"

"游客到你这儿消费，村里收什么费吗？"

"不收，全归我。比如游客吃饭、住宿、临走时带走点竹笋什么的，收入都归我。"陈贤喜又补充一句，"正式营业后，我们会上缴一定比例的餐饮跟住宿税……"

"觉得合理吗？"

"非常合理！村里为我们搭建了这么好的生意平台，又把基础设施搞得这么好，否则哪有人到这偏僻的地方来看你的竹、买你的货嘛！"

"下一步还有什么打算？"

"我想在鲁家村建一个世界上最好、最全也最大的有上万个品种的观赏竹园，供游客们在这里休闲养生，享受安吉乡村的美竹生活。"陈贤喜又用了十几分钟的时间给我绘声绘色地讲述了他的美竹美景图，令我陶醉又痴迷。

第一年，朱仁斌就这样左手翻右手、右手滚左手，一连"套"来了1700多万元资金，给全村基础设施进行了一次彻底的"整容"，把原先谁也看不上的鲁家村"丑小子"一下子变成了安吉县城边人见人爱的"美猴王"！当然，日后，那些应声入"套"的人也个个成了盆满钵满的"金主"。

"美猴王"有七十二变的能耐。2012年春节，长年在外地做生意、打工的鲁家村人回来与亲人团聚，结果许多人竟然找不到自己的家了！通过1700多万元的投入，在朱仁斌等村支部、村委会干部的带领下，留守在家的村民齐心合力，苦干一年，把整个鲁家村里里外外、家家户户都换上了"新装"：以前的泥巴路改成了宽阔的柏油马路；摇摇晃晃的土坯房改成了小楼房；又臭又脏的露天厕所改成了明亮干净的冲水厕所；房前屋后的垃圾统一入桶，每天还有专人管理……这一切，鲁家村人过去见过吗？没有。"那你不认识自己的家嘞！"老汉对自己外出打工的儿子说。婆婆告诉儿媳说："以后不用愁孩子进不了城里的幼儿园，咱村里的幼儿园比哪个地方的都强！"

"大家今天看到的只是个开端，鲁家村要建设成'美丽乡村'的精品村，还需要有特色。既然要有特色，就不能千篇一律、一个模式。"朱仁斌在村干部会议上扳着指头说，"我们安吉农村最突出的就几样东西：竹子、白茶，还有农家蔬菜与养殖。这些东西，我们鲁家村有，其他村也有，如果鲁家村只在这些方面下功夫，再好的前景也就是比别村的日子稍稍好一些而已。更何况我们总共才16平方公里的面积，弄不好大家就相互模仿做那么一两件事，结果是全村人富不到哪里去，风险一来，倒下的却是一大片……这样的发展路子我们不能走。我们要走差异化的特色经济、特色产业的路子，我们要建最具特色的美丽乡村旅游观光景区！"

村民们并不清楚"特色"是啥东西，于是朱仁斌告诉大家：比如我们已经把一块好地给了陈贤喜去搞竹经济竹文化了，就不能再引一个同样的竹业

企业项目,否则这两家就很可能在竞争中相互消耗,最后全都败下阵来,最终吃亏的是鲁家村。差异性,就是所有在鲁家村投资的项目,内容和形式上要不一样,各具特点,百花齐放才能春满园。

"朱书记这个点子好,我们双手赞成!这样下去,我们鲁家村用不了几年时间,就一定是个美丽的大花园,游客们想看什么花都有!"村民们频频点头称道。

"差异"二字,话好说,但真要做到、做好也不是件易事。

陈志琴,安吉县天子湖镇人。她在鲁家村经营的家庭农场是当地做得最成功的一家特色农家乐。"我做的是蔬菜经济,就是种菜……"陈志琴说。

采访她的这一天,陈志琴身着一身红衣,很艳丽。她羞涩地笑着说:"今天是周末,来的外乡客人比较多,我穿着红衣服,客人有事容易找到我……"原来如此!

陈志琴说,她是2013年进鲁家村的。"以前我在县城做白茶生意,还开过一家废品收购站。朱书记他们到城里作宣传,说鲁家村要办农村特色旅游,有优惠政策招商。我对家人说,我去试试,结果一来就谈成了。他们给我一块150亩的好地,连成一片的地。朱书记说,你这地就种蔬菜,观光蔬菜,开农家乐,你只要负责把蔬菜种好,客源由村里负责拉来。当时我是半信半疑,心想,哪有这么好的事情!"陈志琴说。

"结果呢?"我关心这个。

"好啊!"陈志琴笑道。这时,她的手机铃声响起,她躲到一旁接电话。然后,她不好意思地对我说:"实在抱歉,家里有事忙不过来让我回去……一会儿你到我那边看看,我再跟你聊几句吧。"

"不能影响你做生意啊!赶紧回吧!"我忙说。

陈志琴匆匆而去,留下一个未果的答案,反令我兴致倍增。

鲁家村的小火车　安吉县委宣传部提供

　　离鲁家村旅游景区正式开园越来越近，各家农场的事情也多了起来。
　　"要不，我们坐小火车边走边聊？"朱仁斌的提议让人更加兴奋。
　　早就听说过鲁家村的小火车。这是安吉"美丽乡村游"中独一无二的旅游项目。乘着小火车，观赏乡村风景和社会主义新农村面貌，这是鲁家村的

一块金字招牌。

　　从村委会小楼到小火车站的路上，正好经过鲁家村客服中心和家庭农场产品展示和销售中心。在那里，有一顶流光溢彩的八人抬的大轿，据说是鲁家村的"镇村之宝"，是村里的一位手艺人花了十几年工夫精雕细刻而成的，

玖　鲁家村是个奇迹

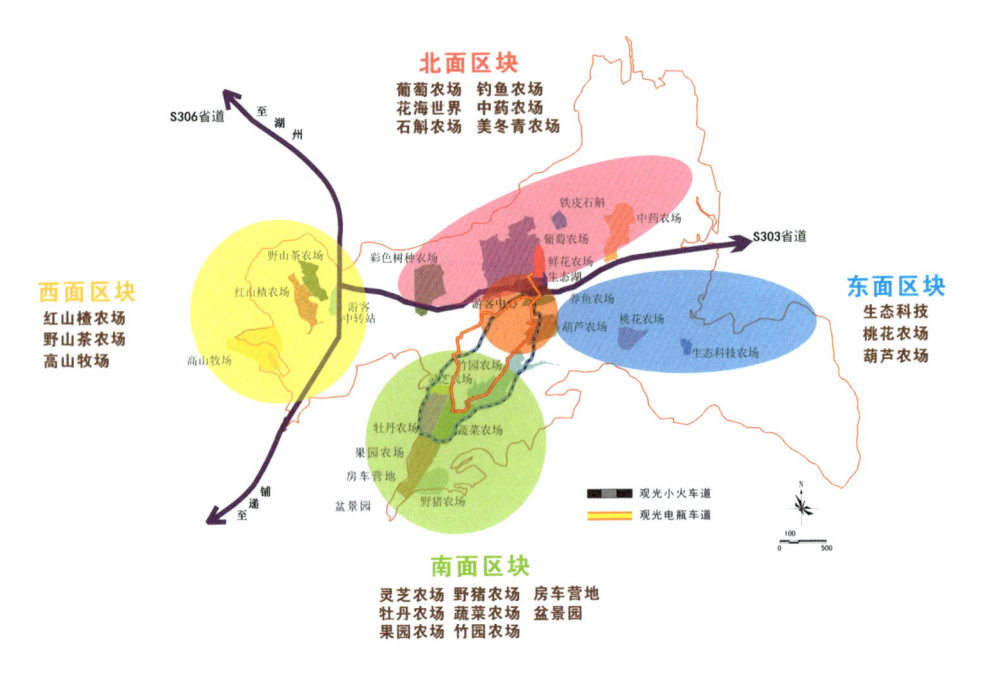

鲁家村十八家农场规划图　安吉县委宣传部提供

曾有外地人出400万元想买，但鲁家村人不卖，说这是他们鲁家村人的精神象征。现今他们搞"美丽乡村"建设，用的也是这"制大轿"的精神。

流光溢彩的大轿，既传统，又时尚，很有鲁家村特色，每天吸引着众多游人。

在客服中心的家庭农场产品展厅，放置着琳琅满目的山货与农产品，足有几十种。从山鸡、山茶、野果到各种新鲜蔬菜、天然药材，应有尽有。

"都是我们18家特色家庭农场和村民自家的东西，保质保量纯天然。"朱仁斌书记这时当起了鲁家村销售员。

"18家？"我好不惊奇。

"是啊，18家！不多不少18家！"朱仁斌越说越来劲了，"你瞧这块'安吉鲁家休闲农业专业合作社'牌子，是农业部部长韩长赋与时任浙江省委书记车俊一起来挂的牌子，全国独一无二。"

黑字白底的牌子，十分醒目。外加旁边那堵写着"中国农民梦 最美的农场"10个大字的数10米长的砖墙，以及绿树成荫、水秀花锦的村庄中心停车场，鲁家村的现代化农场景区形象赫然呈现在我们面前，那气势，那精致，那美感……美不胜收。

"为了实现差异性，从2013年起，我们对所有在鲁家村内规划的项目，全部实行公开招标和严格的审查制度：一是看规模，少于200万元投资的一律不进；二是必须是适合和有利于美丽乡村家庭农场型观光旅游的项目，而且每个项目不重复，有差异的才允许落地。几年来，村里已经落地的农场有18家，除了陈氏竹园、陈氏蔬菜农场和猪犬农场外，还有葫芦农场、红山楂农场、葡萄农场等，其中最大的引进项目是深圳一家公司投资3亿多元的鲜花农场。这18家农场全部建成，我们鲁家村就是一个集旅游、观光和餐饮、住宿于一体的真正意义上的乡村休闲景区了！预计每年接待客人在200万至300万人……"朱仁斌朝我伸伸手指，说，"希望那个时候，我们村年收入能超过一个亿，农民年人均收入达到5万元左右。"

谁能相信，几年前还是一个毫无优势的穷山村，转眼间就成了一块产金出银的宝地！鲁家村的变化，其实靠的是一个理念，一个把绿水青山当作金山银山进行开发利用的理念。

朱仁斌在这方面堪称一位精明出众的能手。"我靠'绿水青山就是金山银山'理念，用1700多万元的基础资金，撬动了30亿元的有效投入，这就是鲁家村建设'美丽乡村'的全部秘密。"

深圳那家在鲁家村投入3亿多元的公司，就是开始时给鲁家村搞设计的单位，当他们完成对鲁家村美丽乡村景区的设计后，发现这个地方的未来太诱人、太有商业价值了，公司老板竟然被自己的设计打动了！"这么美好的蓝图，与其让别人抢占商机，不如我们干！"

投资3亿多元的鲜花农场项目就这样落地鲁家村。朱仁斌和鲁家村村民笑得合不拢嘴。

"呜——"在朱仁斌一声"走"的吆喝中，小火车徐徐启动。坐在平稳而敞亮的车厢内，近看沿途景物，远望青山白楼、烟云袅袅的风光，好不惬意和舒心！

"在乡村搞一项3000多万元的小火车项目，你是怎么考虑的？"想象不出朱仁斌为何有这么好的见识。

"当时我们是这样考虑的：一是如何让游客到了鲁家村后尽量走遍18家特色农场，观景、品尝特色菜、尽情游乐；二是18家农场地段不一样，游客进村后如果自由活动，就可能造成有的地方拥挤不堪，有的地方却很少有人能走到。4.5公里长的小火车行驶路线可以把全村18家不同特色的家庭农场串联起来，游客也能游遍鲁家村所有景点。而且，后来我们发现，单单小火车本身，由于它平缓舒适，又在乡村田野与民宿间穿梭，不管是城市的游客还是农村的老人、孩子，都很喜欢。这小火车现在成了我们鲁家村的一个特色旅游项目，尤其一到节假日，小火车还得加开班次哩！"听得出，朱仁斌对自己的小火车格外珍爱。别说，坐惯了飞驰的高铁，再坐一坐速度如马车的小火车，真是别有一番滋味。

小火车行驶在鲁家村的一个个家庭农场之间，有模有样地在一个个小站上停上几十秒，然后再驶向下一个车站。每个车站的站名都是鲁家村的小地名，颇有乡土味道。小车站旁还有一堵墙，上面刻着内容不同的中外名句，游人可以一路走，一路兼学些知识。用朱仁斌的话说，这叫边玩边学，边看

边长知识。

　　小火车起始站旁是新整修的鲁家湖，那绿坪与鲜花簇拥下的湖面，在微风的吹拂下，层层涟漪向对岸散开，打碎了湖面上文化礼堂的倒影，白墙黑瓦立即化为一团水墨写意图；再往前，小火车的右侧，是连绵起伏的长满竹子的青青山丘，嵌在山腰间的小阁楼像一枚枚珠宝异常醒目耀眼，举目向上望，让人有种想上去住上几天当一回仙人的冲动。

　　清明时节，细雨纷纷，小火车拖着长长的汽笛声，穿梭在山丘与农田之间，近处雨滴露湿，远处烟云眉黛……好一派"春雨细如丝""万物尽熙熙"之景！

　　"呜——"又一声小火车鸣笛，阳光透过白云，照射在一片金黄色的油菜地上，成百上千的蜜蜂似乎早有准备，瞬间像仙女散花一般停落在金黄色的花海上……其情其景，怎能不叫你驻足看个热闹！

　　"快进来尝尝鲜！进来——"突然，有位身着红衣的女子过来招呼我们。仔细一看，原来她就是刚才采访到一半就跑了的陈志琴！

　　"这里就是你的蔬菜农场？怎么成了土灶农家乐啦！"不敢相信，陈志琴的家此刻成了"大办酒席"的自助餐露天厨房。你瞧，七八个土灶，被"自己动手，丰衣足食"的游客团团围住。院子内十几张桌子，满满当当尽是客人。桌上、灶台上，摆满农家新鲜菜肴，有鱼有肉，更多的是地里刚摘下来的竹笋、毛豆、菠菜等时令菜。看得出，围着土灶的都是城里来的游客，他们或是一家老中少三代，或是小夫妻两口子，或是一个单位的同事，从切菜、烧铁锅到炒菜、煮米饭，全是自己动手，好不热闹！

　　土灶，如今的城市人在生活中早已远离它了，但用它做出来的菜肴与米饭，味道就是不一般，香喷喷十足的农家味！陈志琴靠这赚钱，真是别出心裁，简单又好玩。

"租一个土灶150元，蔬菜也都是我家种的。一顿饭菜，七八个人吃，300块钱全下来了。我赚的就是一个土灶钱……情况好的时候，一天也有3000块纯收入，比我只卖菜好。我的菜地现在全部供应农家乐还不够，准备向村里再租些地，把农场再扩大扩大……"陈志琴说，她没有多少文化，来鲁家村前虽然做了一二十年生意，还不如现在一年赚钱多、赚得踏实。

"鲁家村靠搭建特色生态观光农业旅游平台，创了牌子，这些农场主乘着鲁家村的美丽大船，赚轻松愉快的钱，感觉越往前奔越有劲头！"

"呜——"小火车的汽笛又在长鸣，鲁家村最大的一个家庭农场——鲜花农场就在眼前，我们已经远远地看到了盛开的鲜花，也闻到了名花贵卉的醉人香味……

拾

请你一起诗意地栖息在此

⊙ 绿水青山就是金山银山 ⊙

西苕溪鹭洲　潘学康摄

　　安吉有条母亲河叫西苕溪，此河被古人定名为"溪"，是因为它是从山里流出来的。其实，西苕溪很宽阔，溪面宽处有百余米，如此浩浩东流之水，若放在北方，必称江河。但南方的江河与北方的江河相比，完全是两种性格。它温和，不像黄河那般咆哮与雄浑，更没有挟沙带泥的洪流，它有的是清柔之气、灵秀之美。尤其像西苕溪这样从如诗如画的天目山脉流出的南国"大家闺秀"，它的高贵与款款而出的行色，决定了它与众不同的特质。看，天目之水，从山岩间点滴而出后，先以细长的水流湿润斑驳苍苔，后成涓涓清水，轻轻地在石间和草丛里蜿蜒而出，再欢蹦乱跳地向下奔跑……遇崖壁则成瀑布，逢平塘则仰天缓行，或在崖边成潭，或在平塘变湖，缓缓道来无数传奇故事。水流经过安吉黄坝圩时，与从老石坎水库涌出的南溪、从南天目

山峰北另走独径的大溪，以及从险峻的天荒坪上飞下的浒溪，一起汇合成一股巨流，这便是西苕溪。

这位从安吉走出的"大家闺秀"，借山青天蓝之色，婀娜多姿地向东缓移步履，入太湖，至黄浦，直与大海血肉相融，引来历代文人墨客的千年绝唱："自有天地有此溪，泓渟百折净无泥。我居溪上尘不到，只疑家在青玻璃。"出自元代赵孟頫《题苕溪》的诗句，让江河两岸的才子们对它流连忘返。"漫有兰随色，宁无石对声。却怜皎皎月，依旧满船行……"北宋文坛大家米芾当年送好友而路经苕溪，为其境其趣所陶醉，写下长诗《苕溪诗》，更是千载流芳。

苕溪之西的部分在安吉境内，自黄坝圩至湖州西门的雪水桥，横穿安吉大半个县域，是苕溪最美的河段，自古承载了两岸百姓的出行。尤其是船航，数千年长兴不衰，至今仍是安吉人与外乡人必游的好河段。

谁说民间无高人，山涧尽是龙潭戏！原来西苕溪之所以曰"溪"，并非不够江河之气派，而是浙北安吉人从来都是以那份谦虚的天性来言说自己的美山美水。

西苕溪之美，是我在安吉境内看到的万千美水之中那种犹如成熟女人之美，是丰腴、圆润又有骨感的美，这可能就是当地人称之为"母亲河"的缘故吧！

但我知道，西苕溪今天的美，是在2008年之后复得的。之前的若干年里，尤其是在20世纪后二三十年间，"母亲河"被沿岸大大小小的污染企业和缺乏环保意识的人当作了一条垃圾大沟，任意扔脏投污，溪水由黄变浊，臭味熏天，溪面上尽是污秽杂物，人畜粪便、死猪猫尸随波逐流，惨不忍睹……

然而今天，当我在西苕溪上驾舟游访时，不禁感叹这真是千年古流、万载青溪！它活脱脱就是个青春水神，其面丰腴饱满，色蓝润天；其流缓急有序，时欢时静；其身弯如舞女，直似壮男。最令人惬意的是你伸手掬一捧清水，喝进口中，不仅有几分甜，还有一缕香味绕颊……

"12 年前，习书记到余村后的第二天就来到了我们这里，就站在这个地方，他亲切而语重心长地对我说了和在余村说的同样的话：保持了这绿的水、青的山，就等于有了金山银山。"站在我身边的崔世豪拉着我来到如今的西苕溪中南百草原的漂流码头。我们俩前后不出半米的距离，一并站在这块清流湍急的露岩上，崔世豪颇为激动地指指脚下，连声道："就这里！就这里！"

就在这里——习近平同志再一次向安吉人民阐述了一个不朽的真理。

12 年前的此地此处，12 年后的此地此处，同一个人见证并成功实践了一个时代性的断言。土生土长的崔世豪，在 12 年前拿出自己辛辛苦苦挣来的一个亿，像燕子叼泥筑巢般建了一个将动物园、植物园、游乐园融为一体的，面积超过 5000 亩，市值过百亿元的"百草原"——它丝毫不逊于北京、上海这些一线城市的公园。

"开始是叫'百草园'，后来变成了'百草原'，离离原上草，一岁一枯荣，哈哈哈……"崔世豪是个性格豪爽的人。他说，后来他又在"百草原"的前面加了"中南"二字，意寓中国南方的"百草原"。"我们南方没有草原，可我喜欢草原，而且是那种百花盛开、百鸟飞翔、百兽争王、百将夺冠、百岁长命的百草原！有水有山的安吉，加上一个堪比北方大草原的百草原，就是我心中的天堂！哈哈……"他三句话里总有两回豪爽的大笑。

崔世豪告诉我，农民心目中最理想的地方与境界，就是"天堂"。然而"天堂"到底是什么样，似乎谁也说不明白，谁也不能清晰地描绘。

"不是杭州与苏州那样的天堂，住楼房、走立交桥，连新鲜的空气都很难得的城市，那不是我们农村人要的天堂。我们心目中的天堂，应该是我们宅

前屋后和家的四周，以及眼睛所能看得到的远的青山、近的绿水，是抬头可见的林间飞鸟和马儿奔跑的大草原。"很小的时候，崔世豪就听爷爷奶奶这样说。

"虽然今天这个世界变了，人们追求洋房、别墅，享受网络、手机、汽车、飞机的便利，但对我们这些祖祖辈辈生活在乡村的人来说，'天堂'的概念仍然是'宅前屋后和家的四周，以及眼睛所能看得到的远的青山、近的绿水，是抬头可见的林间飞鸟和马儿奔跑的大草原'。哈哈哈，我这个人比较'土'，所以想法与爷爷奶奶辈的人差不多。但我现在发现，我的想法竟然是对的，习近平总书记在余村说了'绿水青山就是金山银山'以来，我们12年的变化，证明了我的'理想天堂'是对的，大家都喜欢这个样子！你看看，今天我的门票收入又超过了100万元……"崔世豪很神秘地拿出手机，让我看他手下员工即时发给他的"情报"。

"1005000元！"看到这个数字，我的心跟着在狂跳！一家私营的以绿水青山、动物世界、水陆游乐场为主体的生态观光园，竟然能够吸引这么多来自四面八方的游客光临。看着中南百草原门口进进出出的人潮，我几乎是脱口而出："你这儿比北京、上海的公园都热闹啊！"

崔世豪又是一阵豪放的大笑。"还有距离！还有距离！"他谦虚道。

我之所以将中南百草原与北京动物园、上海西郊公园相比，是因为如此偏远的安吉县城郊区的一处生态观光园竟然能吸引如此多的游客，实在是个奇迹，它让我脑中闪现出一个大大的问号。

"一年的游客量能够达到多少？"

"2016年过了130万人次。"

130万人次的数字，在一个超千万人口的大城市并不算巨大，但对一个只有40来万人口的县级小城来说，130万人次绝对是一个超大数字！

百花盛开的百草原　安吉县委宣传部提供

　　崔世豪的中南百草原所接待的游客一半是外地游客。当地的一位年轻女教师告诉我：百草原里面的动物和植物太多了，而且经常有新的项目和动物出现，特别好玩！每年春夏秋冬，带孩子去的人很多……

　　孩子们都喜欢自然和动物。"我们也喜欢呀！"几位年长者坐在小熊猫馆门口的一张石凳上悠闲地看着来来往往的游客，他们的回答让我感觉老人们

其实都在"返老还童"——

"小时候在一个电影中看到过老虎，从那时起我就喜欢上了老虎，但从来没有见过真的老虎。这回我随时想见就见了！"一位老汉说。

"难怪你的臭脾气就跟老虎似的……"

这是一对老夫妻的对话，他们的对话惹来身旁同伴的一片欢笑。

"我喜欢长颈鹿。记得上小学的时候,有一次去上海西郊公园见到它,这家伙一抬头,就能吃到墙外面的树叶!当时我就想:要是我有那么长的脖子就好了!用不着再爬到树上去偷别人家的桃子吃了……"一听这话就知道这是个"老顽童"。

老汉与阿婆们开心地诉说着年轻时的往事,他们脸上露出的笑容是从心底涌出来的。

走过天南海北,访过几十个国家,我还是第一次在同一个地方见到如此多的珍稀动物,而且不少是第一次见、第一次听说。"它们是世上极少有的状似雌雄两性生殖器兼备的动物,非洲草原异常凶猛的斑鬣狗……现在我们已经可以人工繁殖了!"那天晚上,崔世豪一定要带我夜游他的百草原。我们在珍稀动物园区的一处铁围栏外,在手电筒的光照下看到了里面的斑鬣狗。

"类似这样的珍稀动物,在百草原有几十种。我们有自己的科研团队,已经实现了多项人工繁殖成果。这是百草原开园以来始终保持勃勃生机的重要一环。"崔世豪的底气建立在强大的科研实力之上,令人钦佩。

这次夜游印象深刻,不仅无其他游客干扰,更重要的是主人亲临现场,一一介绍,信手拈来一段段精彩故事,叫人时而捧腹大笑,时而毛骨悚然——动物世界与人的世界隔这么远,又离这么近,凶猛的狮子能与主人温情相拥,闲荡的野猫不买主人的账……漆黑的夜空下逛百草原,崔世豪手中的一束超强手电筒光惊醒或激怒了虎狼狮猴,黑暗中的一惊一动,或怒或喜,皆是以征服惹事者而告终。

如果不是主人崔世豪领路,相信外人无一敢贸然独闯百草原。

但,我在阳光下看到的崔世豪的中南百草原,震撼我内心的却是别样的景致与风物,是那水,是那林……

那水,就是安吉的母亲河——西苕溪。

在崔世豪的中南百草原竟然巧遇一段西苕溪！那天采访时，听完崔世豪讲述习近平总书记当年对他谆谆教导"绿水青山就是金山银山"之后，我们就坐在一叶机动舟上，迎着西斜的夕阳，在宽阔平缓的西苕溪上游弋……

曾听安吉人说，他们的祖先之所以从外地迁移至此地，皆因西苕溪的美和可以载物代步的水运。古时的安吉人主要靠小舟进行交通与运输，因此用当地盛产的毛竹制造的竹筏几乎成了安吉人唯一的交通工具。西苕溪两岸家家户户都有一片或几片竹筏。那时，安吉的山货就是靠这竹筏远运他乡，同时换回外乡的生活用品。那时的西苕溪河面上，大大小小、长长短短的竹筏来往穿梭，尤其是那些连成数百米长的远运筏队组成的壮观画景——顺水而行时，犹如万马战犹酣；逆流而上时，纤夫的号子声震天——如此旧时景象，编织成了安吉人独特的历史。

西苕溪的竹筏时代早已成为历史，但古老的西苕溪在今人的辛劳与呵护下，带给我另一种生机盎然、舒缓清新与静谧透亮的意境。我不由得从竹舟上欣然站起，然后立至舟头，面向西斜的太阳，深深地呼吸起来。那一刻，我想把整个胸腔全部打开，灌进从西苕溪水中透出的丝丝清新气息，让它们渗入我的体内，再融进血液，给全身的肉体和灵魂做一次彻底的洗涤……

"怎么样，感觉这里的空气是什么味道？"崔世豪除了中南百草原老板的身份外，还是个业余诗人。我知道他问话的意思，于是告诉他："乡溪的甜味。"

"哈哈……不愧是江南老乡！"崔世豪又是一阵爽朗的大笑。之后，他让开小舟的师傅关掉机器。"你再感觉一下这里的景致如何？"他说。

没有了机器声，小舟随意地漂在河面上。四周的水波渐渐平缓，西苕溪变得像玻璃一样平，只有一抹晚霞涂在上面，十分的美艳。然而，让我特别深切意识到的是：漂在此刻的西苕溪上，有一种特别的静谧感，静谧得仿佛我们那长期在混浊世界里沾土披尘的世俗身子也变得轻飘起来，双耳的内膜在发生某些质变，脑神经仿佛跟着从高空下落……一两分钟后，我觉得自己

西苕溪　潘学康摄

全身的器官开始适应新的环境了！那感觉是：自然—超然—悠然—坦然……
而就在这光景，我听到了鸟的叫声，仿佛是在跟我对话；我看到了飘的云，
仿佛是在跟我赛跑；我见到了流动的河水，仿佛是在跟我嬉闹……我变成了

拾　请你一起诗意地栖息在此

大自然的一分子，与其他动物无异——脑内原来留存的所有烦恼与疲倦完全被屏蔽和覆盖，只有空旷的舒坦与恬谧的轻松……就在那一刻，我体会到了为什么自古人们一直都在追求"宁静致远""心如止水"的意境……

欣赏自然之美，需要静。

人类创造了文明，但同时也塞给了自然界太多太多的嘈杂之音。鸟叫、水流、云动、风吹、虫鸣……这是自然界里最纯粹的声音，只有屏蔽掉人类制造出的嘈杂声，我们才能感受和聆听到大自然的和谐之音，那是让心灵可以感应到的静谧与舒适。

在崔世豪的百草原里，我寻找到了这种与大自然和动物世界共融同存的和美。人，本来就是自然与动物界的一部分，然而尘世的喧嚣已使我们渐渐失去了生命中应有的自然性与动物的原始性，留存在肌体与灵魂里的污浊与垃圾越来越多，几乎到了脱离大自然的地步。

在西苕溪边，我突然有了找回人的部分自然属性的感受。"走，我带你去湿地竹林！"从小舟上岸后，我们直奔一片翠绿的竹林……

这就是湿地！

这就是竹林！

我见到了有生以来最让我震撼的竹海，令我疑惑的是：这些竹子清一色都是细竹，与安吉其他地方的竹子不一样，显得格外细软，都在三四米高。它们都是自然生长竹，举目望去，一根根竹子如密密麻麻的针竖在你面前。如果你稍稍斜一下脑袋看去，它们又像网一般叠织在周围，让你仿佛有无路可逃之感。其实，我们在这片竹林里行走十分方便，因为崔世豪特意在竹林间修筑了几条少有人走的观光道。

在这片竹林间行走，我真切地享受了中南百草原内那片湿地竹海的奇妙绝景，在主人崔世豪的引领下醉游了一番，从此怀疑世界上还会有其他什么

美景能让人如此陶醉。

　　崔世豪介绍，这片湿地竹林有 1000 亩左右，是他 17 年前就保护下来的一片纯天然的湿地竹林。"好多地产开发商跑来要弄走这块地，我都没同意。即使他们开再高的价，我也不愿动它。我要让它伴着安吉的美丽乡村生长一千年、一万年。"崔世豪对这片湿地竹林的感情超出了一般人的理解。尤其是在他建设中南百草原连续 10 多年出现亏损的情况下，仍然坚持不动这块湿地竹林，令周围的人觉得不可思议。"当时有人愿意出几个亿买它，我就是不同意！现在你知道它值什么价了吗？"崔世豪瞪着一双大眼问我，又很快自己给出了答案，"现在至少值 100 个亿！哈哈哈，100 亿哪！可谁真要出 100 亿我也不卖给他！"

　　"哈哈哈……"崔世豪的笑声震醒了竹林里的鸟类，于是我感觉头顶上顿时响起如大海巨浪翻滚一般的波涛声，那声音最初有些惊心动魄，再后来是暴风骤雨般的呼啸，再后来是激越的"交响曲"……

　　"我们怎么会到了海底？"无法相信这种感觉，但就在我的头顶上确确实实出现了海浪般的震荡与呼啸声。前行一步，是一波声浪；快速冲锋一阵，其声浪更大且连续犹如翻江倒海；停下脚步，声浪渐平，直到听到万千只鸟儿在叽叽喳喳地啼鸣——此时你才明白，原来头顶上的"大海波涛"是亿万只鸟在奔腾飞跃……多少只鸟？是些什么鸟？连主人崔世豪都弄不清楚。

　　"知道吗，在烦恼的时候，只要到竹林里走一趟，什么事都烟消云散了！你信不信？"崔世豪问。

　　"我信。如果能够让我重新选择，我愿意在此与鸟为伍一生！"那一刻，我说的绝对是心里话。因为这也是我人生中所遇到的最超乎想象之美的地方，竹林间的鸟儿竟然多得能呈现如海浪一般的声景！群鸟被竹林轻轻地托在头顶，这使它们能在竹叶上面纵情地飞腾跳跃、欢聚嬉闹。你可以不露声色地

放飞的梦想　安吉县委宣传部提供

聆听那千鸣百啭的声音，并且可以看着它们在你头顶嬉闹寻欢——鸟是敏感的动物，一般情况下不太可能让人靠近它一两米的范围。唯独此处，它们竟全然不知有人在旁观赏它们的所作所为。这奇妙之境和生平头一回的体验，让我如痴如醉，久久不愿离开。

"我要写一篇最美的文章来记述这片湿地竹林的情景！"出竹林，过吊桥，穿油菜地，我仍然不停地回头望着那片湿地竹林，忍不住对崔世豪说。

"来过这个地方的著名艺术家，就你和冯小刚！"崔世豪很"神秘"地告诉我，"只有你们这些真正搞文学艺术的人才知道这湿地竹林的价值和意境！"他后面这句话，让我回味良久。

"想问你一个问题：为什么这片湿地没有对游客开放？"回到崔世豪的办公室，我的心仍然在那片湿地竹林游荡，但这句话一说出口我就有些后悔。

崔世豪说："如果可能，我希望这片湿地竹林永远不被人干扰，因为那才是鸟的天堂。保护了鸟的天堂，就等于我们人类有了天堂。所以我要死守这块地，不让任何人去影响那里的鸟和竹子……"

毫无疑问，这是一个值得敬佩的人。

采访崔世豪和实地参观他的中南百草原，让我明白了一件事：人类追求的天堂，其实就在我们身边，或者说天堂是可以创造的；而且有一种创造无须费力，不让我们的贪欲与无知过度膨胀，不要自以为聪明，更不要去破坏和打扰自然界，那你获得的可能就是天堂。

崔世豪的湿地竹林就是这样的天堂。

他的百草原是他按想象中的天堂模式造出的另一种天堂。这样的天堂是人生的一种接地气的追求，同样也是高贵的追求。这个追求体现了崔世豪对习近平"绿水青山就是金山银山"理念真切的践行精神。

从穷山恶水到绿水青山，再到"金山银山"，崔世豪挥洒了17年的汗水与智慧，给自己的人生描绘了一条"天堂之路"——

崔世豪的家乡与余村都在安吉县城近郊，只是前者在县城的北边，后者在县城的南边，两地隔着一片崇山峻岭。崔世豪的中南百草原建在一座名叫"石虎山"的大山怀抱之中，远望天目，峻岭层叠，碧海绿波，云雾缭绕；西眺县城，广厦林立，车水马龙；再往远眺望，透过云烟，可见遥及余村的山峦。中南百草原犹如天目山与安吉县城中间的一颗熠熠生辉的绿宝石。执掌这颗绿宝石的人便是崔世豪，而且，他就是这颗绿宝石的缔造者和拥有者。

"第一次到这里，看到的是已经被人遗弃很久的荒山秃岭。"崔世豪让秘书拿出几张旧照片，说，"这是 20 年前这里的景象……"

照片上，石虎山偶有几棵高矮不等的树木，山岗上杂草断枝横七竖八地躺成一地；村边的山坡上堆满垃圾，各种颜色的塑料袋随处可见；水塘漂浮着浑浊的污秽物……无法想象这是中南百草原所在地 20 年前的模样。

"你怎么想到在这么个地方建百草原？"今昔对比，让我对崔世豪产生了更浓厚的兴趣。

"我从小在这块土地上长大，当自己有了点钱想回到老家住上几天时，发现这里已经根本无法让人像模像样地过日子了。"崔世豪仿佛心被触痛了，皱了下眉。

"我 16 岁就离开家，出去做生意了。但等到自己有了钱后，发现又缺了什么似的，于是决定彻底回到家乡，重新生活……"崔世豪说。

他到底缺了什么？乡亲们并不理解。因为崔世豪在家乡的土地上找一块地种树种草的想法，在一些人眼里就是"钱多了烧昏的"。那一年崔世豪 36 岁，口袋里有一个亿，他的想法对那些靠山吃山的乡亲们来说不可思议。

"但我就是在那阵子想通了一件事：人活着，如果没有一个好的生态环境，钱再多也没有用。"崔世豪说，当年在县城开宾馆、酒店，他没少接待那些靠开矿砍林发财的老板，有些还是他的好朋友，可他们不是自己患各种怪病英年早逝，就是手下的职工因为这个事故那个意外频频死亡……目睹一幕幕这样的惨剧，崔世豪的内心受到极大触动。"钱对活人可能是个诱惑，可对死人没有任何意义。"打烊时，崔世豪常常独自思考，并最终明白了上述道理。

"我盼望自己和乡亲们都能在好山好水好环境下过好日子。"崔世豪说，自己最初的愿望就这么简单，但就是这个简单的愿望，真正实现起来，却几乎耗费了他整个壮年时光。"回头想想，还是很值得的！"那天，崔世豪领着我走到中南百草原第二期工程现场，登高俯瞰他的"绿色王国"，欣慰地感

叹道。

2001年，崔世豪过完自己的36周岁生日后，正式从外面的生意场上回到故乡。那一天，他跟自己的堂兄做了一笔生意：将堂兄承包的乡里的380亩人工林场转手到自己名下。"38万元，买下了这片人工林的50年租用权。"崔世豪发出一阵"哈哈哈"的爽朗笑声。"有人说，我那时就赚了一大笔。可那时老百姓根本不把荒山野岭当回事，用二三十块钱就能买1亩山地，我出1000块钱买下1亩山地的50年租用权，当时算是有些傻了。"

听说崔世豪买荒地是为了建公园、搞旅游，三官村、马鞍山村、荷花塘村、石虎山村、方家上林村等地的百姓纷纷来找他商量出让自己的山地甚至宅基地。"崔老板出的是现钱，只要合适，我们立马给地！"百姓的热情超出崔世豪的预期，就是乡亲们的这份信任和内心的真切想法，让他感到了肩头的责任：穷乡亲为了手头暂时有几个钱，敢把赖以生存的一亩三分地都拿出来卖掉，如果什么都没有了，他们以后还靠什么活命呢？更不用谈致富、幸福了！

当一份份"地契"转到他名下时，崔世豪的心变得越发沉重。

"世豪，你不要真以为我们穷得可怜。虽然我们缺钱，没见过几千几万元，但甘愿把地转让给你用，并不全是为了钱，更多的是相信你崔世豪能办成大事，把我们的家乡建设得像天堂一般美。大伙儿不能再光靠开山挖矿和伐林过日子了，你好好地把我们的地搞出个名堂来吧！"有一天，崔世豪到一位老乡家送钱时，那位当了几十年村干部的老乡这样对他说。

"我一下子明白了：原来乡亲们跟我想的一样，都希望在好山好水好环境中过好日子！"从那一天起，崔世豪仿佛肩上多了一副千斤重担——那是父老乡亲的心愿与嘱托。

"还故乡好山好水，让父老乡亲拥有金山银山！"崔世豪的目标变得清晰而明确。

开始是重建380亩的废弃人工林，不等其变绿泛青，又有千亩新转入的山地被翻耕植林、种草栽花……崔世豪的"天堂之路"思路独特，他要建一片园，带动一片村庄的农民致富。

中南百草原起初叫"百草园"。"我们是在不断建设的同时不断地丰富自己的理想，从园到原，也是生态意识不断提升的过程。"从崔世豪嘴里出来的"崔氏理论"颇有哲理。"'园'有些小农经济意识，'原'就是大生态概念了。"他说。

从"园"到"原"，其实也是从"绿水青山"到"金山银山"的转变与提升过程。

"从建设初期到现在的十几年里，我们投入用工达200多万工，我全部用了周边5个村的百姓，以前是25元一工，现在到了250元一工。你可以算一算，仅这一项，周边百姓就获得了几千万元的收入。"

"我们先后种了1790种植物，买苗木1.2亿株，多数也是由周边的百姓提供的。"崔世豪扳着手指给我算。

"17年里，我们在这片荒山野岭里搬迁的坟茔就有6500座。以前是搬一穴300元，一直涨到现在的1万元一穴，这钱我们也是一分不少地给了村民。"

与中南百草原日常的用工和让父老乡亲得到实惠的其他收入相比，另一笔账让崔世豪更觉得扬眉吐气。

"现在景区内每年直接用工近千人，基本上用的是当地人。这一块又是一年四五千万元收入给了乡亲们。"

"我们园内有一块600亩的白茶基地，白茶的采摘收入归农民；公司与周边农民建立的合作社，帮助三官村、马鞍山村种植了2100亩杨梅和1200

亩板栗，创造的收益与乡亲们分享……这应该也是一年几千万元的收入。"

"去年我们的生意火爆，一二百万游客光临，带动了周边农民的农副产品销售，至少有两个亿的收入。我们中南百草原门口的农家乐就有200多家……每一家年收入都在一二十万元。"

原来崔世豪最得意的成就是他的中南百草原带给周边父老乡亲的幸福生活啊！

"对啊！你算说对啦！"一阵爽朗的大笑后，崔世豪认真地盯着我说，"我把5000多亩的荒山建成今天人见人爱的地方，就是为了大家能够在这片好山好水的地方过上好日子！他们富了，我才真正开心！告诉你，何作家，前几天我还在员工会议上对大家说，我中南百草原的部门经理年收入不能低于20万元，而且所有员工工资今后每年必须有10%的涨幅！这是我的承诺，也是中南百草原对社会的承诺！"

后来我才明白，崔世豪有这股豪气，完全依赖于他一手创建的这块绿色百草原越来越高的升值空间，以及仍在不断发展的前景。"第二期工程再过一两年就能完成，届时我们除了现在的规模外，还有动物酒店、森林酒店、运动水疗中心等休闲设施，实现观光游园之外更加齐全的休闲旅游，真正让游客们到中南百草原就能体验到天堂般的美好滋味……"

"这样，我就还要再投资20个亿，再安置1万人，实现年税收一个亿……"崔世豪在诉说他的规划时，口中吐出的是一串"亿"。这些"亿"都是实实在在的真金白银，如果将其堆积起来，不就是金山银山嘛！

但我知道，崔世豪真正的压箱金，是他的中南百草原已经拥有的好几项国家级珍稀动物繁殖的科研成果，还有那些稀有的绿色植物和那块千金不换的湿地竹林，它们都是无价之宝。

"12年来，我没有一天忘记习近平总书记当年对安吉、对我们讲的话，并且一直沿着'绿水青山就是金山银山'的道路走到今天,今后我还要坚定地走下去,我要让子子孙孙也走下去……"崔世豪说。

拾壹

第二个天堂

⊙ 绿水青山就是金山银山 ⊙

千亩峰晨曦　沈伟明摄

　　几乎所有的中国人都知道"上有天堂，下有苏杭"这句话；也几乎所有人都认可，杭州与苏州是中国其他城市甚至世界所有城市都无法比肩的美丽天堂。

　　历史和今天，中国与外国，都公认杭州与苏州之美恰如人们所追求的理想的生活环境，天堂般的舒适、怡然、漂亮、丰富……当然，还有历史留给这两座城市辉煌的文化遗产。

　　其实，"天堂"到底是什么样，谁也不清楚，它只是人类对美好生活的一种向往。人活着的时候，与大自然在一起，甚至在生命结束的最后一刻，仍然无比留恋大自然。所以，人总是自觉不自觉地把那些没有享受够的美好生活或者出于种种原因而根本没有享受过的生活设想成一种理想化的美丽生活，寄托给另一个地方，并期待在那里能够幸福、美满、舒畅、怡然、完美，"天

堂"想必由此而来。

> 蓝蓝的天空
> 清清的湖水
> 绿绿的草原
> 这是我的家
> 奔驰的骏马
> 洁白的羊群
> 还有你姑娘
> 这是我的家
> ……

  这是蒙古族歌手腾格尔和千千万万生活在大草原上的人心中的"天堂",它有湛蓝、洁净、美丽的天空、湖水和草原,健康又肥壮的骏马和羊群,以及美丽多情的姑娘。这样的"天堂",令人神往。

  中华传统文化中,人们更多地把"天、地、人"浑然一体的田园生活视作"天堂"。这样的"天堂",早在1600年前就由一位名叫陶渊明的诗人给出了一种非常形象的描述:

  忽逢桃花林,夹岸数百步,中无杂树,芳草鲜美,落英缤纷……林尽水源,便得一山,山有小口,仿佛若有光。便舍船,从口入。初极狭,才通人。复行数十步,豁然开朗。土地平旷,屋舍俨然,有良田、美池、桑竹之属。阡陌交通,鸡犬相闻。其中往来种作,男女衣着,悉如外人。黄发垂髫,并怡然自乐……

后人把陶渊明先生的这种世外桃源般的生活作为一种理想与追求，于是一代又一代地传诵他的经典诗篇——

种豆南山下，草盛豆苗稀。
晨兴理荒秽，带月荷锄归。
道狭草木长，夕露沾我衣。
衣沾不足惜，但使愿无违。

城市化进程不断推进，人们的现实生活与理想生活发生了重要变化。在马路与楼房及诸多公共设施挤压下的人们，不再那么容易看到大自然的山水与林木，于是想方设法建庭院、挖湖塘，并倾尽其力。文人墨客把自己的"诗境"和贵族的奢侈有机地融合在一起，合力垒筑起了一个又一个人造"仙境"。苏州的园林和杭州的湖亭，是所有城市"仙境"中最精美的经典之作，于是"天堂"的桂冠让这两座城市光耀百世。

千百年来，杭州和苏州依然不遗余力地贡献着自己的美丽风景与人类的聪明才智，为人们看得见的"天堂"添砖加瓦，让我们真切地感受到"天堂"的魅力和舒适、幸福，并且只要有可能就拖家带口地向"天堂"迈进，以致今天，我们常常在"五一""十一"这样的黄金假期看到苏堤上和拙政园内人山人海的奇观……这种人满为患的景象甚至让人觉得有些可怕。

于是我们开始寻找新的、自由的、舒适又美丽的"天堂"来替代苏杭……

这种新的追求与生活方式，在欧美和日本等国家和地区其实早已开始，并成为19世纪工业革命后的一种生活趋势与时尚。尤其是现代经济形态出现，旅游成为重要的经济发展模式之后，城市人"上山下乡"渐渐变成了世界潮流，国际旅游也成功地从对阳光、沙滩的追求转向对田野、河流、绿色、

草舍等的追求。这标志着人们对旅游的关切已从传统的感官刺激转向绿色生态的精神享受。学者们认为,"乡村旅游"起源于法国,也有的说起源于19世纪中后叶的英国,理由是:工业革命后,工人的劳动积极性空前加大,为了照顾工人和城市人的休闲与调剂生活,安排大批城市的工人和职员到乡村度假。但意大利人拿出"证据"证明,意大利是乡村旅游的起源国,因为他们在1869年便有了一个"农业与旅游全国协会"。可见,到美丽的乡村去度假和休闲,是城里人的生活方式跟上了世界潮流,并一直在影响着他们的精神生活。我们不妨读一读伟大诗人普希金的《秋之韵》,一定会有随他同行观秋景的享受:

忧伤的季节
眼睛的陶醉
我喜欢你道别的美丽——
我爱大自然豪华的凋零
森林换上红色和金色的外衣
林中是风的喧嚣和清新的气息
…………

不知中国的学者有没有对"乡村旅游起源国"之说作过研究。毕竟我们中国在千年之前就有了陶渊明、李白、杜甫等一大批诗人与隐士留下的千古不朽的伟大诗篇。

然而,今天的人们,对乡村旅游和"天堂"的追求与理解,与以往有了很大不同。"上山下乡"的意味和目的也大不一样,不再是简单地去看一眼、住一晚、吃一顿,而是希望"逃离"城市,安居于与大自然融为一体的"美丽乡村"，以求将自己有热度的肉体与浮躁的灵魂置放在一个清新、干净、纯洁、幽静，同时又生机勃勃、五彩缤纷的绿色生态的自然世界里。

这样一种全新的生活方式，不再是传统的"乡村旅游"，也不再是杭州、苏州式的"天堂"所能满足的了。

杭州、苏州式的"天堂"，遇到了前所未有的挑战——有 14 亿人口之巨、逐渐富裕起来的中国人，正在寻找和将目光投向一个全新的、符合今天和未来生活方式的"天堂"……

它出现了。

它已经在我们面前。

它在习近平"绿水青山就是金山银山"理念指引下，正在以超越常规的步伐，以苏杭"天堂"有的我也有、苏杭"天堂"没有的我还有的新天堂的姿态，呈现在世人面前——那便是美丽乡村余村，是拥有一个个与余村一样光芒四射的村庄的整个安吉大地。

"春眠不觉晓，处处闻啼鸟。夜来风雨声，花落知多少。"第一次到余村的记忆格外地深。

晚上 11 时左右，我到了安吉，被安排住进饭店。也不知置身何处，只感觉在朦朦胧胧中又睡在一个陌生的地方而已。天蒙蒙亮时，就听到窗外的鸟儿在"叽叽喳喳"不停地叫，似乎对我这个远道而来的"懒人"特别在意，我于是赶紧穿好衣服往外走。走出饭店，步行在绿草与鲜花丛之间的小道上，我看到四周树枝上欢快的鸟儿飞来飞去，开着热热闹闹的"晨会"，好不惬意！尤其是几对布谷鸟的鸣叫，仿佛将我一下子拉回到童年的田园生活……

"大年初一"是我下榻的地方，离余村村委会办公处仅有 5 分钟的车程。余村的村主任俞小平常常很有底气地对前来余村旅游和参观学习的宾客说：

大年初一风景小镇　石红岩摄

余村不大，但我们有绝对不亚于杭州、苏州城里的高级饭店，而且比杭州、苏州的饭店、宾馆还要有味道。

"大年初一"的全称是：安吉天荒坪大年初一风景小镇。它是一座以明清古建筑和江南园林风格为特色的旅游度假村，总建筑面积达20万平方米，拥有1400余间客房。饭店内部设施是五星级宾馆的标准，更胜一筹的是，还有大面积的草坪、花园和水系。

"我们的老板是安吉人，他在海南三亚经营两家五星级酒店，生意做得蛮大，但他总有个心愿，要把最好的酒店开在自己的老家，这'大年初一'就是他的杰作。"饭店服务员告诉我，"平时在这里上班的400多名服务员，多数是本地人。毛老板的心愿是要在自己的家乡建一座天天像在过年的老百姓自己的度假酒店。"

哦,"大年初一"原来是这个意思!

很巧,第一次采访余村快结束的那天晚上,我就在下榻的"大年初一"见到了酒店的主人毛剑峰。因劳累致病正在疗养的毛剑峰与我进行了一个多小时的交谈,看得出,他对在自己家乡建一座人人都喜欢的"大年初一"倾注了异乎寻常的感情。"我也是穷孩子出身。小时候一年中最盼望的一天就是大年初一,因为那一天,家里再穷也要弄点好吃的,而且家家户户都是喜洋洋的。1990 年'下海'后,我一直在海南打拼。人生奋斗的岁月里,无论是苦难的时候,还是富有之后,最想过的生活,还是童年时大年初一的那种状态。但以前我很少回老家来,因为觉得这里穷,没什么可回的。2000 年有一次回安吉后,发现老家变样了。近几年回来的次数越来越多,更觉得家乡越变越美,甚至超过了许多时尚的大城市,也就慢慢有了在自己家乡建一座最美酒店的想法。2014 年,我下了这个决心,之后用两年时间建成了这座总投资 15 亿元的度假村酒店,也算了了我对家乡的一份情……"

整个酒店到处张灯结彩,沿路挂满大红灯笼,这使所有光临酒店的宾客第一感觉就是要过一回"大年初一"。这种气氛非常符合中国游客的心态,外国人也十分喜欢。酒店白墙黛瓦的江南明清风格建筑,以及一栋栋合院式的楼宇,随处可见的湖塘泾溪、小桥流水,万千别致的亭台楼阁和假山塑石,令人仿佛置身于苏杭两个"天堂"之中。但毗邻余村的"大年初一"除了别人有的美丽外,还有更多别人没有的风情与特色。比如在度假村之中,尚有桃花村、梅花村、芦花村、杏花村和山河村等八大不同绿化形态、建筑风格的"村中村"。自然,大城市酒店内所配备的游泳池、中医康疗中心、儿童乐园、红酒雪茄吧及诸多著名餐饮,这里同样应有尽有,而且它的设计是由清华大学美术学院的专业团队完成的。毫无疑问,其专业水准一流。"大年初一"最能吸引游客的,还是它汇集当地民俗民风的地方戏曲的现场表演及非物质文化遗产展示,这使得"年味"日日可求。最关键的是,"大年初一"有出门即见的大竹海和连片的茶花树、油菜地……

"我们追求的就是'出门绿水青山,关门都市生活',让游客在自然、自由和自得之中度过一个又一个意味无穷的'大年初一'。"美丽而骄傲的值班女经理在向我介绍的时候,不忘含笑地递上一份"大年初一"的《心语——遇见,便是风景》小卡片,上面有一个叫"刘应全"的游客写的小诗,我以为挺有味道:

这里,是中国最美乡村安吉。
这里,遇见大年初一。

车水马龙的故事,
在这里上演着别样的风情,
静逸与闲适,
是这里最美的天籁之音。

三月桃花落,七月荷花阁,
小涧两岸尽是燕舞莺歌,
参差山水人家。在这里,
垂柳映芙蓉,白墙衬青瓦,
我与你,尽享一片,
与世无争的尘外繁华。

秋景　桂国华摄

………………
在这里，
烟柳画桥，风帘翠幕。
光影流年，晓爱如初。
遇见，便是风景，
我在安吉，
我在大年初一。

很多时候，确实"遇见便是风景"。我记得有位法国诗人说过一句话"遇见便留下，一生再不后悔"。我相信，这样的"遇见"，一定是刻骨铭心的爱与无法离开的眷恋。当年，马可·波罗就因为曾经的一次"遇见"，惊叹："这是世界上最美丽华贵之天城！"杭州从此被世界认识，西子湖畔的这座城市也因此获得"天堂"的美誉。

一次又一次走过余村、走过安吉之后，我总有一种尚未释怀的情绪。是什么？自己也说不清。在这个世界上，为什么千百年来人们对苏州、杭州那么眷恋，那么朗朗上口地将其夸为"天堂"。苏州、杭州确有不可抗拒的美丽，但真的去了几次、住上几天，再到哪个名胜游一下，会突然有种"不想再来"的强烈感觉。这又是为什么？原因并不复杂：人太多，致使玩兴全无。更不用说，"天堂"里需要有一点自由自在的空间。"城市厌倦症"和"名胜审美疲劳"，其实已经降临我们这个时代。

有人曾经预测，未来100年，人们追求的将是"田园里的都市生活"……这种生活何处有？余村！安吉！

几个月来，一直压在我心头尚不能释怀的一样东西，突然如黎明时的一束光亮，在我眼前绽放——余村，安吉，不就是我们今天和未来所想追求的那种"田园里的都市生活"的最佳选择地吗？

是！就是它！

余村，安吉，从地理条件看，距杭州仅一小时左右车程，离上海不到两个小时车程，到苏州也就两个小时左右。安吉的面积共为1886平方公里，足可以年接待2000万人次的游客，安吉可实现的旅游年收入已经超过230亿元！

这难道不是金山银山？这难道不就是习近平总书记多年前所作出的一个伟大预见？在看明白和想清楚上面这些事实与道理后，我再度回到余村，站在村口那块巨石面前，凝望巨石上镌刻的"绿水青山就是金山银山"10个红色大字，难以抑制澎湃的心潮：是的，历史是人民创造的，时代则常常由领袖开创。习近平同志当年的一句话，其实是给中国和世界文明社会托起了一座新的天堂——"田园里的都市"。

今日之余村，乃至安吉，有大都市常见的柏油路与高楼。当然，可能不是那种摩天大厦，但它有建在山巅上的漂亮楼宇，耸入云霄，有四通八达的互联网……我知道，我曾经夜宿过的山川乡的"老树林"度假村的老板及他的客人，很多是上海滩上的金融大鳄。他们住在半山腰的"人间仙境"，却能通过互联网与外面的世界时刻保持联系，从不耽误赚一分钱。比"老树林"更高的井空里峡谷，延绵 10 余公里，原始植被的茂盛程度只有去者方可感受。安吉最出奇的还有那气势磅礴的山间瀑布，落差达千米，景观十分宏伟。它有你想象不到的比上海、杭州市内的更宏大和出色的儿童乐园——熊出没乐园、天使乐园、滑雪场乐园、风火轮乐园、水上乐园……投资 30 多亿元的杭州 Hello Kitty 乐园也已经落户。至于前面专门介绍过的中南百草原动物世界，我在北京、上海都没见过像它那样规模的动物园，光老虎就有 35 头！那一次主人带我夜访虎穴，几只东北虎的呼啸令人心惊肉跳、汗毛竖起，但无比惬意。

在余村，在安吉，所见所闻，一切都是新鲜、美好和舒畅的。在现代社会，我们可以去任何一个地方、去很多名胜古迹，但让你特别感觉到新鲜、美好及舒畅，并想"留在那里"的景区并不太多，许多地方去一次便足矣。而余村，安吉，已经让我、让许多人"遇见便想留下"！

这一天，我在采访中被一个叫"五峰山"的运动度假村牵走了魂——那里真的可做我理想的"安身之地"！

面对一幢幢既有山村乡土味，又时尚而简约的农舍，我毫不犹豫地作出了决定：一定要在此住一晚！

五峰山运动度假村的主人也姓何，名承春，安吉本地人，以前一直在外做房地产生意，赚了不少钱，又在上海、杭州、深圳等大都市里做过顶级别墅。"但在城市里时间一长，就会感觉许多建筑都是大同小异，除了样式和格局有些变化外，不太可能再有什么新颖的地方。慢慢地，我发现，一些喜欢

运动的城市人喜欢寻找有山有水又有运动空间的地方去休闲度假，可在中国的大城市里很难有这种地方。后来我发现，在全中国都难找的地方，其实就在我的家乡安吉！这一发现让我兴奋不已，于是便有了回老家建一座独一无二的运动度假村的想法……"何承春这样说。

五峰山运动度假村给我留下了深刻印象。第一眼看到的是一片草坪和小湖边一排错落有致的民宿。它与一般的农家乐表面上看很接近，但细看"味道"就大不一样了。你瞧那檐下的灯罩，是用竹筒做的，既环保，又时尚；窗帘是由一根根毛竹编织而成的，极富节奏感。小楼房都是两层，梯子和门框都很别致精细，尤其是楼道两侧的墙壁，或用木材或用石子装饰，显得"土中见洋"。庭院内的几件设施——吊床、露天咖啡桌、沙滩躺椅及烧烤锅……更适合休闲的城里人找乐。民宿的前面是一潭湖水，湖边有水栈，斜岸上放着浅底水缸，水缸里种着荷花，这些细节符合我这样的南方人对童年的点滴记忆。"小时候，我们的家就是这样的。"当我说出这种感觉后，何承春非常得意，说他营造的这个度假村就是要让宾客来了有在自己老家的感觉与享受。青青的草地、多彩而鲜艳的花园、鸟语蛙鸣的小路，以及屋后成片的竹子……当然，像我们这些从小在农村长大但已完全城市化的人，还是希望居室内现代化一点，而五峰山运动度假村的房间就以四星级或五星级宾馆的水准为客人提供了舒适的陈设。

这并非五峰山运动度假村的精华部分。它的强项是完全按照能让国家队运动健儿入住的要求而设计建造，这是最让我有"遇见便想留下"的冲动的地方。绿水青山，翠竹簇拥，环湖绕林的跑道，应有尽有的各种运动器械……数百亩水面，四周是形态各异的翠竹绿峰。听主人说，这里还将建几个不同风格的运动休闲与运动文化中心，同时具有绿色、轻松、舒适、健康、安全、怡心六大休闲要素，这些不同风物有机地衔接起来，将形成"五峰特色"。

这一次行走不同于以往的度假，不用带太多的行李，没有舟车劳顿，更没有汹涌的人潮……只有曲线温柔的山、清澈见底的湖、翠绿欲滴的竹林和密密匝匝的菜园。

这个时候，云是自由的，水是自由的，鸟是自由的，你也是自由的……于是，在这种心境下，顺着美丽的山与水、道与径，你可以慢走，也可以去登山，自然还可以骑车或游泳……

于是，这个时候，你的身体获得了锻炼，筋骨开始重新舒展，最重要的是你的心开始自由飞翔……

在这里，你还会有一份机遇：说不准可以与你所敬仰的世界冠军邂逅。

如此浪漫，如此现实，如此诗意。

"所有你想满足的，就是我想达到的。"临别时，何承春握住我的手，满目企盼。

几十天后，当我再次赴安吉采访时，我住在了五峰山的"何家"，于是也享受了一次在杭州、苏州从未享受过的另类"天堂"生活。

这正是今天和未来的人们所追求的理想居处——环境是自然式、田园式的，生活质量和物质水平又是大都市式的。这里没有喧嚣，没有浮躁，没有拥挤，更没有雾霾，只有赏心悦目的湖光山色、翠竹艳花、蛙鸣燕啼、和风细雨及蓝天白云……

面对这样的景致和环境，你也同样会深情地叹一声：这才是我希望的家！

是的，假如陶渊明先生能活到今天，他同样会说：这才是我所要的世外桃源！

在安吉，确实有个现代版的"世外桃源"。你去了之后，稍稍看一看，就会惊叹此地的"文艺范"。

这个叫横山坞村目莲坞自然村、深居于安吉灵峰山坳的小山村，过去无

人问津，如今却完全不一样了。不用说周末，就是平常日子，上海、杭州，甚至南京、合肥的自驾车主，也会前来这个名扬远方的小山坞住上三五天；而那些"文艺范"的专业画家、艺术家、作家就更不用说了，他们干脆放下行李，摆上电脑，一住就是两三个月……

"目莲坞就是因为幽静、雅致和依山傍水的独特自然美，吸引了上海美院的一批画家。他们住在村民王志杰家里，写生作画，一住就是两个多月，把村里的美景画了个够。这期间，他们的吃喝住宿等都由王志杰家人负责安排，画家们以最低廉的食宿成本，完成了两个多月的野外写生生活；而对村民王志杰家来说，这是一笔很好的收入。最让乡亲们羡慕不已的是，画家们临走时给王家留下的珍贵的画作，太值钱啦！"横山坞村党支部书记、戴着眼镜的小伙子陆勇，说起此事竟然手舞足蹈起来。我暗笑，陆勇本人就是个文艺青年！

"大家都说我有点'文艺范'，我说我就是文艺青年嘛！"陆勇推推鼻梁上的眼镜，颇有得意之色。

"这就是王志杰家。"一路说着，我们来到了一户农家。那是一幢外观与其他农家没有多少不同的两层别墅，但走进院子，感觉就很不一样，干净整洁，满墙皆是图画。"这是那些画家留下的……"中年汉子王志杰看上去就是一个老实巴交的农民。

"他们留给你的可不止这些啊！"陆勇在一旁怂恿道，"把那些画拿出来给我们看看。"

王志杰不好意思地说："孩子把它收拾起来了……"

陆勇哈哈大笑起来，道："那画值十几万呢！现在成了他家宝贝了！"

"目莲坞村民现在都很富哟！几乎家家户户都收藏一些好画！"陆勇带着我边走边介绍。"自从前些年第一批画家来了之后，他们回去一传十、十传百，又从上海传到苏州、南京、北京……现在是全国各地美院的学生、老师

鸟瞰横山坞村　段修兵摄

都到这儿写生、画画。你看看，这里从主干道到每一条小巷小弄，都是那些美院学生和老师设计的杰作，整个目莲坞现在就是标准的'文艺范'，用我们官方定位，就是文艺小村！"

其实，我从进目莲坞的第一秒就意识到这个小山村的与众不同——彻彻底底的"文艺范"，而且是高水平的"文艺范"！可贵的是，小山村没有刻

目莲坞农居的房山设计　安吉县委宣传部提供

意地进行"翻箱倒柜",而只是在原有建筑的基础上进行了艺术处理,而这份成果是农户的劳动与艺术家们的创意融合在一起的结晶。

"村民们从王志杰家获得了启发,跟着开门迎客,接待了一批批来村里画画、采风的画家和作家等,结果发现这是一桩轻松又赚钱的事,不仅省力,并且能让自己的家园一下子变美——你想想,都是专业设计师和画家、艺术家帮助设计的,哪有错嘛!"陆勇说。他是2015年从镇机关到横山坞村任职的,如今他已经深深地爱上了目莲坞这个小村庄。"天天都在画中生活、工作,换谁都很开心呀!再说,我们的村民在这种满目皆是诗、抬头见图画的家园里住着,就可以足不出户赚钱,你说开心不开心?"

可不是嘛!目莲坞找到了自己的致富之路,那就是:利用自己山清水秀的自然环境和宽敞、别致、散落在田园山川间的民居建筑,为南来北往的艺术家们提供无拘无束的设计空间,既可以将一个个原本普通的农家点缀成景象万千、风格各异的"田园里的艺术宫",又可以双手喜接如雨而降的金锭银圆……

这是安吉式的"艺术左岸"——我把它与法国巴黎塞纳河畔的左岸艺术区相提并论,是因为年轻的陆勇支书和目莲坞村民将继续朝这个方向描绘自己家园的蓝图。"村里已经集资了两亿元,用于旅游产业基地基础设施的开发,最终将形成一个投资超百亿元、艺术范浓郁的集全国非物质文化遗产博览展示和名吃及民宿于一体的高端文化与休闲区……"

陆勇向我们展示了横山坞村5年后的蓝图,我看后感觉有些不可思议:那么大的项目,即使放在北京、上海也算是大手笔了,可这里只是区区一个小山村!他喜形于色地告诉我:已经有多家投资公司自带资金投奔而来了。"是我们这儿的蓝天碧水、深谷灵山的魅力太大,谁见谁爱,投资客现在是推都推不开啊!"

面对如此美景——眼前的秀色和未来的宏伟蓝图,相信任何一个人都会跟着当地人心潮澎湃。世界上有些事情就是这样:一切风调雨顺时,到处金山银山闪烁光芒。

如果说目莲坞是一个安吉农民们借力自造的艺术天堂,那么,当你走进全球首个零碳星球度假村时,你就像进入了"天外世界":这里,除了一尘不染的绿竹山岭和将蓝天碧云揽入怀中的幽静湖面及飞翔的鸟儿、清新的空气之外,所有建筑都是现代的时尚设计和梦幻般的高科技结晶。餐厅在高高的半山腰上,不仅距宾客住处有一段距离,还不在一个平面上,宾客通过遥控机在网上点菜,然后由无人机送达;居住休闲区的大门口有一块大面积的金属体,据说能即时测出当地的负氧离子状态……

一进院子,便见几个醒目的由高科技材料制成的大"星球"。每个"星球"内有200多平方米,分上、中、下三层,可居住五六个人;也有供单人独居的豪华星球房。房内所有的设备都使用了先进的科技材料,陈设高端、

安吉零碳星球度假村　詹东华摄

时尚。居住在"星球"内，看外面的绿水青山，宛若看天庭银河。"星球"的顶端可以自动打开，举目望去，天窗外的天穹与我们平常看到的很不一样，尤其夜观星空，是最美、最醉人的时刻，仿佛可以与星星、月亮对话……

　　智能化管理是这个度假村超越其他传统度假村之处。值得一提的是，它也可以根据宾客需要，为每个"星球"配备随叫随到的"管家"。

　　零碳、安全、神奇、梦幻、科学、知识和超自然、超现实……能打出"零碳星球"这4个字，其本身就有些超现实主义的浪漫气息，更何况它是一座实实在在的度假村。

　　打听了一下价格，包一个"星球"，五六千元一晚，带着家人来此住上一夜、玩上一天，一定会有种过神仙日子的感觉！

拾壹　第三个天堂

"预约的客人已经超过百位，如果想来，真的要早点噢！"热情的工作人员这样对我说。

当你面对这样的安吉，这样拥有绿水青山的安吉，这样拥有梦幻般的绿水青山的安吉时，你会有何感想？

啊，我顿时领悟了"大年初一"招牌上的那句话：遇见，便是风景。是的，把心，把情，甚至把身留在余村、留在安吉，几乎是每个去过那里的人的一份共同的情愫，而我似乎只想对天、对地、对世人大声地说：

"上有天堂，下有苏杭。安且吉兮，第三天堂！"

难道不是吗！

我们应当感谢大自然，感谢"绿水青山就是金山银山"理念的指引，感谢人民。正是这些造就了中国又一个"天堂"。这个"天堂"，就是人民与自然、健康、幸福、美丽、富有及自由相融合的家园。

拾贰

比山比水更美的是心空

⊙ 绿水青山就是金山银山 ⊙

仙境般的绿水青山　潘学康摄

　　一个清爽的早晨，我特意早起，独自在余村的大道和小巷间漫步。在太阳尚未露出地面、晨曦已将大地照亮、多数人还未起床的那一刻，晨风轻轻吹拂下的小山村宁静而幽雅，耳边除了清凌凌溪水的流淌声和小鸟的叽叽喳喳声外，只有你自己的呼吸声和鞋与地面摩擦的沙沙声。柔和的风从脸上拂过，那感觉实在太美、太醉人。迎着东方的旭日与云霞，我将小腹轻轻往上一提，然后深深地吸进一口带着草木与鲜花芬芳的空气，连续吐故纳新了十几次，浑身顿感脱胎换骨似的舒适与通畅。村口尽头的路中央，有一棵古银

杏树，树根很老，据说已有千年之寿，但它的枝杈却很嫩，露珠在一片片叶子上挂着，显得格外娇柔。顺着这棵古银杏树往右走，在百米远的地方有一棵更长寿的古银杏树挺立。这棵被奉为"村祖"的古银杏树具有大家风范，那蔽天掩云的茂枝几乎可以盖过大半个篮球场，最令人惊奇的是它的枝叶既茂盛又鲜嫩，叶片上都挂满了亮闪闪的露珠，充满了生机与活力。如果不是树根上那钢铁般坚硬又崩裂着的斑斑树皮，你很难猜出这是一棵有千年树龄的老银杏树。

余村人将古银杏树奉为"村祖",每年都要祭祀。这是一个传统,也是余村人对祖宗的一份念想及情感的传承。

记得初到余村,村里人就在我面前念叨他们祖上的历史渊源。他们说,现在的余村人很多是在前四五代祖上,也就是19世纪六七十年代,从外省迁移过来的。清咸丰末年和同治初年,太平军和清军在浙江湖州一带展开了数年拉锯式的战争,因战争、饥荒及战后瘟疫等,湖州地区人口锐减,安吉是重灾区。据《安吉县志》和《孝丰县志》记载:那场战争之前安吉人口已达43万余人,但到战后,安吉人口仅剩1.5万余人。

"余村也不例外,村民不少是当年从各个地方逃难而迁至此地的。"村干部俞小平告诉我,他听村里的老人讲,太平天国结束后,陆续有安徽、江西和江苏等邻近省份的一些穷人逃难到此地,他们看到这里山清水秀,于是停住了逃荒的脚步,从此安顿下来,并一代又一代繁衍生息,直到今天。

"从祖辈到现在,所有在这里定居的族人都认为,余村的山、余村的水是上苍赐给大家的,谁也无权改变或切断这根血脉。余村的盛与败,连着这里的山与水。余村的山水是我们的命脉。"俞小平说。

是啊,对一个村庄是这样,对一个地区、一个国家又何尝不是这样呢?山与水就是我们的江山,江山多娇,需要众人共同呵护和固守。

一个小村庄的人,能对村庄的一草一木发自内心地热爱,就是一种情怀与信仰,一种责任与使命。一个地区和一个国家的领导人,能对身后的江河、大山充满热爱,更是一份情怀与信仰,一种责任与使命。

历史和现实都印证了一个真理:惜草木、爱江山者,才能令村美、民富、国强。

今朝,一句"绿水青山就是金山银山",倾注了当代领袖对祖国和百姓的全部热爱与深情。

从余村到安吉，从浙江再到全中国，能有今天如此美丽和强盛，"绿水青山就是金山银山"的思想光芒，无疑是其美之源、强之基。

余村人记得很清楚，2005年8月15日，习近平同志在余村留下了"绿水青山就是金山银山"的伟大科学论断与光辉思想，一个多星期之后的8月24日，《浙江日报》头版的《之江新语》栏目发表了习近平对"绿水青山就是金山银山"的进一步阐述——

我们追求人与自然的和谐、经济与社会的和谐，通俗地讲，就是既要绿水青山，又要金山银山。

我省"七山一水两分田"，许多地方"绿水逶迤去，青山相向开"，拥有良好的生态优势。如果能够把这些生态环境优势转化为生态农业、生态工业、生态旅游等生态经济的优势，那么绿水青山也就变成了金山银山。绿水青山可带来金山银山，但金山银山却买不到绿水青山。绿水青山与金山银山既会产生矛盾，又可辩证统一。在鱼和熊掌不可兼得的情况下，我们必须懂得机会成本，善于选择，学会扬弃，做到有所为、有所不为，坚定不移地落实科学发展观，建设人与自然和谐相处的资源节约型、环境友好型社会。在选择之中，找准方向，创造条件，让绿水青山源源不断地带来金山银山。

2015年元旦刚过，余村的几位干部聚在一起，异常激动地议论和策划着一件事：习近平同志到余村并提出"绿水青山就是金山银山"理念整整10年了，现在余村的发展和百姓的生活都发生了翻天覆地的变化，应该向习近平总书记汇报啊！对，俗话说：吃水不忘挖井人。我们余村富了，大家日子美了，绝对不能忘了是习近平同志当年给我们的发展指明了方向。于是有人提出：写封信寄到北京，一是向总书记汇报一下我们余村的变化情况，二是请总书记有机会再来余村，看看在他的"绿水青山就是金山银山"理念指引下的乡村新面貌、新变化。

"好！这个主意好！"村干部的这一主张很快传遍了全村，村民们纷纷来到村委会，要求跟干部们一起商议给总书记的信怎么写，并建议"汇报信"不以村委会的名义，而以村民代表的名义写。

"好，这个意见好！"最后，在时任村支书胡加仁、村主任潘文革的带领下，大家凑在一起，你一言我一语地写下了这封充满感情的信。

敬爱的习总书记：

您好！

我们是浙江省安吉县天荒坪镇余村的53名村民代表，今天来信是向习总书记报个喜，我们按照您十年前来余村讲的"绿水青山就是金山银山"这句话做了以后，如今过上了睡在梦中都会笑醒的好日子。

……我们永远不会忘记，2005年8月15日下午三点多钟，您到安吉调研法治浙江建设时来到余村，对我们说："当鱼和熊掌不可兼得的时候，要学会放弃，要知道选择，发展有多种多样，要走可持续发展的道路。"您还说："既要金山银山，更要绿水青山，绿水青山就是金山银山！"听了您这些话后，如同屋顶上打了个响雷，我们猛然醒悟，于是决定走养山用山的道路，重新编制了村里的规划，把全村划分成生态旅游区、美丽宜居区和田园观光区三个区块，关闭了村里所有石矿，关掉了水泥厂，借助天荒坪境内装机容量亚洲第一、世界第二的天荒坪抽水蓄能电站，用村里历年的积累，投资建设了荷花山景区，借助2008年县里开展的"中国美丽乡村建设"，率先建成了"美丽乡村"精品村。昔日的余村彻底变了样，优美的环境又回来了，村

里千年的银杏树和百岁娃娃鱼成了游客争相观赏的亮点。说来也怪，美丽环境变成了摇钱树，上海一客商慕名在村里建起了金栖堂度假村，湖北一上市公司正投巨资重新开发荷花山景区，昔日寂静的山村变成闹市一样，游客到，山货俏，农家乐应运而生，吃、住、玩一条龙服务已经成型。与此同时，我们做好毛竹文章，竹子在我们这里能吃（竹笋）、能喝（竹饮料）、能穿（竹纤维做成衣被毛巾）、能出口（竹制品和竹工艺品）；竹子长在山上还是景，城里人来到一眼望不到边的竹海里游玩总是舍不得走；竹子埋在土里也是金，村民们一年四季都卖笋，早园笋、春笋、鞭笋、冬笋，村民的腰包也由此赚得鼓鼓的。

过去村里有个万元户那是不得了，现在我们村"千万富翁"也有不少，村民胡加兴通过搞漂流，家里的总资产早就过了千万元大关；村民潘春林从一个原来拉矿石的拖拉机手如今变成了大老板，不仅开农家乐，还开了自己的天合旅行社，每天用专车去上海、南京等地接客人，还投资800多万元入股九龙峡度假村和九龙峡景区；连在海南投资建设鸟巢景区拍摄《非诚勿扰》电影的老板，也投资12亿多元建设了"大年初一"旅游项目，准备在明年正月初一开张，这又将给我们增加许多赚钱的机会……自从把靠山吃山变成养山用山以来，不仅使矿山复绿，而且村民年人均纯收入翻了三番多。现在全村280户有小轿车192辆；另有58户村民乡下有一套别墅，城里有一幢洋房。一些游客说，余村人生活在景区里，劳作在图画中，我们听了心里那叫个美呀！去年村里按照省里要求，大抓"五水共治""三改一拆"，环境变得更美了。现在村里进行了垃圾分类，10小时保洁，家家户户的生活污水通过纳污管流进了污水处理池，污水出池变成了清泉，"垃圾靠风刮，污水靠蒸发，蚊蝇满天飞，臭气四季吹"早已成了历史。一句话，城里人有的，现在村里全有，城里人没有的，村里人也有，这就是再多的钱也买不到的新鲜空气和美丽环境。

现在村里的资产达到了 4572 万元，还有 1000 多万元借给镇里，一年的利息就有 100 多万元。村里有钱就能办成大事，建起了文化礼堂、文化大舞台、灯光球场，每到夜晚，通往各家各户的路灯火通明，球场上老年人打门球、青年人打篮球、学生打乒乓球、妇女在文化大舞台跳舞。每逢节日，我们村还像中央电视台一样搞晚会，村民们自编自演、自娱自乐，过去我们想也不敢想能外出旅游，现在村民们都时兴去旅游，有的村民不仅游遍了国内各知名景区，还跑到外国去旅游。

村民富了，素质也提高了，十年来村里没有发生一起刑事案件。村治保主任开玩笑说，这十年也没调解几起纠纷，都要下岗了。村干部更加重视民主管理，村里所有大事都要村民代表表决通过才准去做；村里每一分钱的开支，都要通过村里的"村村通"平台。大家在自家的电视机上就能看到村里的每一张支票，钱做了什么用、花了多少钱、谁经手、谁审批一目了然。余村由此成为浙江省民主法治村，全国民主法治村的评选也刚刚通过了考核。

回头看看十年来的变化，我们真切地感到，吃不穷，穿不穷，不会算账一世穷！如果没有按您讲的"绿水青山就是金山银山"这句话去做，我们就过不上现在这样的好日子。

吃水不忘挖井人，每逢佳节倍思恩！在这新春佳节来临之际，我们特向您报个喜，拜个早年！耳听为虚，眼见为实，期盼您在方便时再来余村，就像我们在电视里看到的一样，您也能和我们手拉手一起亲身感受！

衷心祝愿您身体健康，全家幸福！

此致

敬礼！

天荒坪镇余村村民代表（签名略）

信发出后，余村干部群众忐忑不安地等待北京的消息。一个月、两个月过去了，大家等得有些焦急。有人说，总书记那么忙，怎么可能顾得上看我们的信！有的人则后悔，说总书记日理万机，天天要处理那么多国内国外的大事、急事，我们不该去打扰。然而大家心里却一直在盼望着北京的回信……

4月17日，一封北京发出的信，经过两天的飞速专递，寄到了余村。当干部和村民们见到那个印有"中共中央办公厅"字样的信封时，激动得接力喊着：北京回信了！总书记收到我们的信啦！

是的，习近平总书记收到了余村村民们的信，并且特意委托中央办公厅调研室给余村回信。信的全文如下：

浙江省安吉县天荒坪镇余村党支部：

胡加仁等53位村民写给习总书记的信收悉。得知近十年来，余村切实转变发展思路，变靠山吃山为养山用山，实现了经济发展与生态保护双赢，乡亲们也因此过上了幸福的日子，我们为村里的可喜变化感到由衷高兴。相信只要坚持走可持续发展的道路，在党支部的领导和全体村民的努力下，余村的明天一定会更加美好。

中央办公厅调研室
2015年4月17日

这是多么振奋人心的鼓舞和鞭策啊！这一年，余村人过得格外喜气洋洋。是的，余村人应该享受丰收后的喜悦、变美后的赞誉。余村的10年变化证明，"绿水青山就是金山银山"已深得人心，并极大地影响和改变了中国的发展理念、发展思路、发展方式和发展方向，拉开了中国迈向生态文明建设新时代的序幕。"绿水青山就是金山银山"理念的形成与发展，凝聚着习近平同志对中国社会发展到一定阶段之后的深邃思考，具有坚实的实践基础。

早在 2001 年，习近平任福建省省长时就提出了建设生态省的战略构想。2002 年 10 月主政浙江之后，他抓的第一项重要工作就是建设生态省，并且在实践中不断完善了"绿水青山就是金山银山"的思想体系。2005 年 8 月 15 日，他来到余村进行调研，当听到村里下决心关掉了石矿和水泥厂时，给予了高度肯定，称这是"高明之举"，并提出"我们过去讲既要绿水青山，也要金山银山，实际上绿水青山就是金山银山"。2006 年 7 月 29 日，他到丽水调研时指出：欠发达地区的最大资源就是生态资源，一定要守住这个"金饭碗"，把"绿水青山就是金山银山"作为你们发展的指导思想。同年，习近平同志在中国人民大学演讲时，完整地阐述了"绿水青山"与"金山银山"的辩证关系。他说：第一个阶段是用绿水青山去换金山银山，不考虑或者很少考虑环境的承载能力，一味索取资源；第二个阶段是既要金山银山，但是也要保住绿水青山，这时候经济发展和资源匮乏、环境恶化之间的矛盾开始凸显出来，人们意识到环境是我们生存发展的根本，要留得青山在，才能有柴烧；第三个阶段是认识到绿水青山可以源源不断地带来金山银山，绿水青山本身就是金山银山，我们种的常青树就是摇钱树，生态优势变成经济优势，形成了一种浑然一体、和谐统一的关系，这一阶段是一种更高的境界，体现了科学发展观的要求，体现了发展循环经济、建设资源节约型和环境友好型社会的理念。以上这三个阶段，是经济增长方式转变的过程，是发展观念不断进步的过程，也是人和自然关系不断调整、趋向和谐的过程。

我们知道，生态是生物与环境构成的有机系统，彼此相互影响、相互制约，在一定时期处于相对稳定的动态平衡状态。人类只有与资源和环境相协调，和睦相处，才能生存和发展。正如庄子所云：天地与我并生，而万物与

我为一。

2013年11月，习近平同志在党的十八届三中全会作《中共中央关于全面深化改革若干重大问题的决定》的说明时，深刻指出了这种"天人合一"的生态关系："山水林田湖是一个生命共同体，人的命脉在田，田的命脉在水，水的命脉在山，山的命脉在土，土的命脉在树。"

自然界各种物体的命脉，都是相互依存的，并因此构成了"生命共同体"。如今，我们已经清醒地认识到，山水林田湖作为生态要素，与人类的生存和发展有着密不可分的共生关系，任何一个生态要素受到破坏，最终最大的受害者可能就是我们人类。党的十八大以来，习近平同志多次反复强调要对大自然常怀敬畏之心；国家发展必须遵循自然规律，方能持续发展。他给全党画了一条"生态红线"，并告诫全党和全国人民："如果破坏了山、砍光了林，也就破坏了水，山就变成了秃山，水就变成了洪水，泥沙俱下，地就变成了没有养分的不毛之地，水土流失、沟壑纵横。"这些重要论述，高瞻远瞩，深入浅出，既阐明了生态环境与生产力之间的关系，是对生产力理论的重大发展，同时又饱含了作为大国领袖敬畏自然、尊重自然、谋求人与自然和谐发展的崇高价值理念和科学发展观，振聋发聩，对引领客观实际工作，推进民生、民本建设富有实践指导意义。正如他在2015年3月6日全国两会期间参加江西代表团审议时所强调的："环境就是民生，青山就是美丽，蓝天也是幸福。要像保护眼睛一样保护生态环境，像对待生命一样对待生态环境。"

人活着，为了什么？人不愁吃、不愁穿之后，又想如何活着？也许一千个人有一千种回答，但在余村百姓那里，我得到的答案一致：活着就想好好过日子，日子好了，就想有个好环境、好心境。

其实，余村百姓的话代表着多数中国人的真实心愿。难道那些已经很富

生态滋养的新农村　鲍高峻摄

裕的人内心不是这样想的吗？"绿水青山就是金山银山"之所以能够深入人心，在余村，在安吉和浙江大地上开创了一个生机勃勃、充满朝气、前景无限的美丽新时代，就是因为它在理论上继承了马克思主义尊重自然、以人为本的发展理念，在实践上契合了中国社会的实际情况，紧扣了一切发展以人民利益为核心这一根本。

　　古人曰："为政之道，以顺民心为本，以厚民生为本，以安民而不扰民为

本。"人顺自然则为本，人扰自然则为弃本。"绿水青山就是金山银山"，揭示的是人类昌盛、繁荣、强大的一个真理，在中国和全人类发展遇到新挑战、新岔口时，它犹如一道刺破迷雾的万丈光芒，给中国和整个人类带来了新的发展理念和不可估量的巨大推动力。

看一看安吉这些年的巨变，我们就清楚了"绿水青山就是金山银山"理念的伟力。

唐中祥，现任浙江省委宣传部副部长。2005年年初，这个"秀才"出任安吉县代县长、县长。之前，他的职务先后是湖州日报社社长，湖州市委副秘书长、办公室主任，是个典型的"笔杆子"。到安吉县的第二年，唐中祥出任县委书记，一直到2011年。用安吉人的话，这是他们在"绿水青山就是金山银山"理念指引下，全面推进从"绿水青山"转向"绿水青山就是金山银山"的关键性历史阶段。

说其"关键"，是因为从"绿水青山"到"金山银山"，无论是客观现实，还是社会发展中的认识能动过程，都非一日之功，而且这一过程充满着事物之间的种种矛盾，甚至是尖锐的斗争。

"安吉人重视绿水青山并非现在的事，历史上早已有之。旧县志上就有这样的记载：其岭峻绝，修竹苍翠，拂人衣裙。自南宋至民国时期，历代官府发布的'护林'令、'禁伐'令有数十个，民众护林爱竹者不计其数。但旧时的'护林爱山'只是出于人们对这一片生养自己的土地的自然情感。到了中华人民共和国成立之后，发展成为时代的主旋律，尤其是改革开放之后，安吉真正进入了社会发展阶段。但是，一方面是社会的飞速发展以及渴求物质生活的各种思潮洪流般地涌入城乡，搅乱了山村的宁静；另一方面是长期生存在贫困线上的人们急切想改变现状，恨不得拿自己的母亲河、祖宗山去尽快变现，而短视的结果就是到处乱砍滥伐、开矿山，不计代价……就是从这个时候开始，人们所谋求的生活改善与自然环境之间的矛盾越来越突出。到底是要金山银山，还是要绿水青山，成了一对矛盾。如何处理好这一矛盾体，就成了一个重要的哲学命题和实践活动。谁来破解这一命题，谁来调和两者之间的矛盾并指出一条光明大道，便成为当时一村一县甚至一市一省发展的关键点。习近平同志就是在我们当时面临的这个发展关键点上提出了'绿水青山就是金山银山'理念，为处在矛盾焦点上的我们指明了方向。这才有了余村，有了安吉，甚至整个浙江后来10多年的根本性变化……"唐中祥说。

"其实，无论是余村，还是整个安吉，在处理绿水青山与金山银山之间的矛盾关系时，都经历了非常痛苦的过程。比如，我刚到安吉，当时财政局提供的数据是，安吉全县财政收入才六七个亿。这是2005年的时候呀！我们安吉处在杭嘉湖地区，那时像萧山早就是超百亿的全国'百强县'了。太湖对岸的苏州下辖的几个县更了不得，他们财政收入的零头都比我们一年的还要多得多，像华西一个村的财税就超过了我们安吉全县。可安吉为什么这么少呢？一个重要原因，就是这一阶段我们正处在既想要绿水青山又想要金山银山的困惑中，结果经济出现了暂时性的下滑，而且下滑的幅度还很大。堂堂一个县级政府，没了钱，缺了钱，领导有多难当！百姓对你也不会满意。所以，当时上上下下压力很大。我的压力自然更大了。"唐中祥说，"那时我天天夜里两三点还不睡，一个人蹲在床铺上看报表，第二天再找各部门负责人来开会，分析问题，寻找发展的出路……"

"在讨论和研究过程中，有人对我说：安吉的GDP也曾不错过，后来是因为不让乱砍滥伐乱开矿了，所以财政收入就降了下来。开会时我对大家讲，安吉选择什么样的发展道路，最关键的是要把经济搞上去，让人民真正富起来。而安吉的经济要搞上去，必须有一个前提，就是不能破坏我们的生态环境。生态环境一旦被破坏，再高的GDP，再多的财政收入，也

不能给百姓和安吉带来真正的幸福与美好。但说心里话，当时让我倍感压力的是，一方面你要发展但又不能去破坏生态环境，另一方面你不办工业、没有产业又无法把经济搞上去，两难哪！如果没有财政收入，公务员的工资你能降吗？肯定不会有人举手表示同意的。大家都希望收入一年比一年高，百姓更想看到生活比以前越来越好嘛！这种心态可以理解，也很正常。"唐中祥分析道，"安吉，包括余村在内，最初的发展大家也都怀着这样的愿望，为了摆脱贫困，想方设法寻找各种可能去发展经济。安吉过去是浙江省20个贫困县之一。20世纪80年代开始，在'无工不富'的浪潮影响下，安吉也走了一条靠山吃山的发展路子，这个过程一直到1998年国家实行太湖'零点行动'为止。那一阶段，安吉地面上到处是冒烟的小矿、小厂，污染极其严重，砍竹开山，卖竹卖石头赚钱。钱确实也赚了点，但环境破坏得太严重了，连老百姓自己都觉得不能再这样下去了！这一阶段，我们称它是'宁肯要金山银山，也不要绿水青山'，结果是金山银山没有真正要到，只见了些碎金碎银，既没让百姓富起来，也没有摘掉贫困县的帽子，我们的绿水青山也被严重损毁了。"

"第二个发展阶段是太湖'零点行动'，至2005年左右。这一阶段可以说是我们既想要金山银山，也想要绿水青山的时候。"唐中祥感叹道，"这个过程特别痛苦。因为财政收入下降了，上上下下忧心忡忡……"

唐中祥说的太湖"零点行动"，是国家为了实现"2000年太湖水变清""不让污染进入21世纪"部署的战略。从20世纪90年代中期开始，国务院有关部委会同苏浙沪两省一市发动了一场声势浩大的水污染治理行动，其中规模最大的就是1998年年底的"聚焦太湖零点达标"行动，并在1999年元旦钟声敲响之前宣布"基本实现阶段性的治理目标"。国家有关部门之所以投入百亿元的资金，开展一次如此声势浩大的针对太湖水污染

生态绿带绕县城　夏鹏飞摄

治理的大行动，是因为 80 年代之后的十几年间，苏南地区的发展，尤其是乡镇企业个体经济发展太快，根本不讲究环境保护，尤其是不讲究水质保护。水对江南水乡而言，是人们生产与生存的根本。太湖之水涉及和影响周边 4000 多万人口的生存，太湖水污染了，中国经济最发达的长三角的人们就等于生活在水深火热之中，那中国还有希望吗？问题到了不可再延缓一分钟的地步。国家以"零点行动"的方式，对那些污染太湖水的企业实行强制性的关停并转。采取的措施十分严厉，具有强制性和时效性。所谓"零点达标"，就是要求在 1998 年年底，太湖地区 1035 家重度污染企业必须全部实现达标排放。这 1035 家企业中，浙江省占 257 家，安吉的

西苕溪污染问题列在其中。

太湖"零点行动",对江浙沪两省一市的许多企业和党政机关的冲击是巨大的,这也是他们把第二阶段的发展划分点定在太湖"零点行动"的原因。

太湖"零点行动"给安吉的发展画上了一道深深的历史界线——从此,既要金山银山又要保护绿水青山,成为安吉发展的主旋律。

"但后来发现,这种既想要熊掌,又不舍得丢鱼的发展思路是很难实现的。于是就出现了两种情况:一些企业,要么偷偷地排污,悄悄地走老路;要么遵命听令,看着经济指标一滑再滑,滑到活不下去……这个时候工作最难做,利益冲突也前所未有地显现出来了!但是再难,安吉历届县委、县政府坚持生态立县的意志和信心从没有动摇,这一点确实令人敬佩。"作为这一阶段的继任者,唐中祥言语间流露出对前任们的敬意。

太湖"零点行动"之后,安吉县正式提出了"生态立县"的发展新思路,并通过地方立法将其确定下来。当时是以"绿色工程"来具体实施和推进的,主旨非常明确:"绿色工程"是以改善生态环境、提高人民群众生活质量、发展生态旅游业、促进国民经济可持续发展为目的,以保护生态环境、合理开发资源、发展绿色产品为主要内容,由政府依法组织实施,全社会共同参与的系统工程。

新世纪的第一年,安吉就举起了"生态立县"的大旗。喊口号容易,做成事绝不容易,而事实上喊口号也不那么容易。前面已提到,当时安吉县委书记到上面开会,领导见了他,很严肃、很生气地问他:生态能当饭吃吗?意思是人家都在搞GDP,搞财政收入,就你们安吉搞生态立县,能把经济搞上去吗?而百姓生活搞不上去,你头上的乌纱帽就得丢!

生态立县,既想要绿水青山,又想要金山银山,谈何容易!

余村就是个例子。自1998年后,村里把几个造成严重污染的矿山关了,后来又把水泥厂、化工厂停了，村里的经济收入从二三百万元降到二三十万元时，干部走路只能低着头，生怕碰到村民，因为收入下降，村民的眼珠子都瞪大了。这个时候，许多人对走生态经济发展之路产生了怀疑甚至发生动摇——"生态立县"的红旗到底能扛多久？处在三岔路口的安吉，必须作出抉择。

"习近平同志的'绿水青山就是金山银山'理念就诞生在这个时候，并像指路明灯一样给我们指出了方向。这使我们如同吃了定心丸，从此坚定了'绿水青山就是金山银山'的发展信心。这一阶段，我们称它为实践'绿水青山就是金山银山'理念的第三个发展阶段，也是出真招、见实效的阶段，是一个新时代的开创阶段……"唐中祥作为当年全程陪同习近平考察余村和安吉的主要地方干部，聆听了习近平谈"绿水青山就是金山银山"理念的全过程，体会和感受自然格外深切。

"总书记的'绿水青山就是金山银山'理念，关键点和根本点在'就是'两个字上。"唐中祥说，"'就是'里面的文章可大了！它是深刻的理论问题，更是严肃的现实问题。比如安吉的一张名片——竹子，过去在要'金山银山'时，大家上山把竹子砍了直接卖竹子，或炸山开矿。最后的结果是钱赚了些，但山秃了，空气被污染了，植被和绿化覆盖率大幅下降了——这种干法肯定不行。于是就想办法走第二步：停矿，竹子要砍，但不能破坏环境和有污染，但因为大家的思路还是框在老观念上，所以这一步走得非常艰难，最终也没有走出个样子来。第三阶段：竹子不能滥砍，但也能卖钱。这是'竹子经济'的最高境界，也就是我们后来在'绿水青山就是金山银山'理念指引下一直走到现在的发展道路——从砍竹子卖钱，到不砍竹子卖风景赚钱。竹子的风景越好，风景就越值钱，绿水青山真的就一步步变成了金山银山！余村乃至整个安吉就是这样。"

从"卖竹子"到"卖风景"的过程,其实并不容易。观念和行动、素质与制度,都在其中起着支配作用。"你要不砍竹子又能卖风景,你就得首先把竹子种好;简简单单地种好也不行,必须具有规模;有了规模,来旅游和参观的人一看,觉得有味道,就想留个影、拍个照,住上一两夜,甚至有人干脆在这里买个房子长期住下来;你要让客人来了一次还想再来,甚至长期住下来,你就得把有规模的竹子弄得漂漂亮亮的,因为漂亮了才能吸引人。大竹海光漂亮还不够,人家看一眼或者开着车走一趟,看完就走了,你还是没赚到钱。所以你还得给竹子、竹海加进故事,有故事,味道就不一样了,游客和来宾就会冲着竹子发发呆,想想那些或悲或喜的精彩过往……这样,他们留下来的时间就会更多更长。既然留下来了,就得有地方住、有地方吃,这就又给我们提出了一个要求:得把所有吃住行的地方都变漂亮、弄美丽。而要把所有的地方变漂亮、弄美丽,就不是一篇小文章,它的内容包罗万象!因为我们是农村呀!自古以来,农村和农民是没有边界、没有约束的,什么都不讲究,尤其是不讲究文明和卫生。比如搞农家乐,我们一些村民招待客人时,把饭桌弄得挺干净,但饭桌旁边有垃圾箱,脏兮兮的抹布平时怎么扔还是怎么扔。客人看到了,饭菜的味道就没了,所以你得手把手地去教农民兄弟姐妹们如何提高自己的素质。我们走'绿水青山就是金山银山'的道路,重点发展的是旅游产业、旅游经济,它最关键的就是要注意环境的观感、风景的美感和能否给游客留下好的情感。从观感到美感,再升华到游客的情感,这中间要做得美美的,绿水青山才可能是金山银山,否则山还是不值一分钱的山、水还是白白流走的水……所以说,'绿水青山就是金山银山'理念,关键点在'就是'两个字,着力点也在这两个字上。作为一方主政的领导,你在理解'就是'上的高度与宽度,直接决定了你发展的成效和成果。安吉后来的发展也证明了这一点。"唐中祥这样说。

2003年，习近平第一次到安吉调研后的9月份，安吉县在全国率先设立了"生态日"。

我第一次到安吉采访的最后一天是2017年4月9日，几天后，由农业部和浙江省联合举办的首届全国休闲农业和乡村旅游大会将在安吉召开。我记得安吉县委书记沈铭权在和我临别时，谈到余村和整个安吉的发展变化，说过这样一句话：我们这叫用生态建设来倒逼自己的工作与发展思路。

在全国休闲农业和乡村旅游大会上，安吉县县长陈永华介绍了"安吉经验"，讲到2016年安吉休闲农业和乡村旅游总产值达到46.6亿元，旅游人数达1829万人次，旅游收入达233亿元。

"安吉是个小县，本地人口只有40多万，面积也不算大，但安吉后来几年的经济增长速度列全省第一位或第二位，就算是差的年份，增速也在24%—26%这样的水平！这样的速度和增长率，外人不信，连安吉人自己都有点惊叹。因为说白了，就是我们发展的方向对头了！是我们坚定不移地始终沿着习近平同志'绿水青山就是金山银山'所指引的发展方向，甩开膀子、撸起袖子，一走到底、一干到底干对了！"

"从2005年到2006年，全县的经济增长有所好转后，我们提出了用五年时间再造一个安吉的奋斗目标。抓手就放在抓全县的休闲经济上。首届全国休闲农业和乡村旅游大会是2017年才召开的，可安吉县在11年前的2006年就开了全国第一个县级单位的旅游休闲大会。从那时起，我们就把安吉固有的自然资源直接变成了经济资源。这个转变，不是通过物理的变化，而是通过绿化、美化和文化内涵在其中直接发挥转化作用，由此也催生了一个新的产业经济形态——休闲经济。"唐中祥说到这里，语调高了，"农村搞休闲经济，有人马上就想到了农家乐，整几个土菜、土鸡，再腾一两间房子，好像这就是农村休闲经济,其实这是非常片面的。真正的农村休闲和乡村旅游,要形成一种产业形态,必须下功夫。这下功夫的过程,便是绿水青山转化为金山银山的过程,它复杂而充满哲理,也是个系统工程……"

安吉百姓清楚地记得,从2007年年底到2008年年初,县里推出的一件事,改变了千百年来安吉的面貌,也改变了生活在这块土地上的人的命运与精神面貌,这就是安吉人首创的"中国美丽乡村"建设。几年后,建设"美丽乡村"被写进了党的十八大报告,安吉人功不可没。

"你可以找找2008年5月12日的《人民日报》。那天,我们安吉的'中国美丽乡村'成果上了头条。"作为"中国美丽乡村"工作的倡导者和"操盘手",唐中祥对这篇报道印象格外深刻。

回到北京后,我马上搜索并找到了这篇报道,一看是好友袁亚平的手笔,他当过人民日报驻浙江记者站副站长。这篇题为《浙江省安吉县 建设"中国美丽乡村"》的文章对安吉致力于美丽乡村建设带来的乡村巨变和人民生活水平的提高作了全面的报道。

如今,"美丽乡村"建设已经成为我国农村发展的一个行动方向并全面铺开,但各地是否会像安吉一样,做到时时处处、每个细节都能"美丽",都很"美丽",恐怕需要去认真检查和实地体会。

安吉做到了真"美丽"。制度上,他们参与制定国家标准《美丽乡村建设指南》(GB/T 32000-2015);方法上,他们把全县当作景区来规划,实施了全域景区的管理与建设,将一个村当作一个景区来设计,把一户农家当作一个小品来改造,一村一品、一村一业、一村一韵、一村一景,村村是景,景与景相连相通,不留死角。将全县187个行政村都统一按照"村村优美、家家创业、处处和谐、人人幸福"的标准去达标建设,并且每年检查考核评比。同时,根据社会发展和人们的需求,安吉不断打造"美丽乡村"的

雨后山村　王旭雄摄

升级版，使得全域越来越美。自2006年成为全国第一个生态县后，10年后的2016年，安吉又获首届"中国生态文明奖"。

"美丽安吉"所形成的安吉"美丽经济"，更是势不可当。2016年的财政收入是10年前的8倍；农民人均可支配收入25477元，比10年前增长了4倍。而这一安吉"美丽经济"所呈现的"金山银山"效应才刚刚开始……

"美丽"成为经济形态，用"美丽"换取"金山银山"，这是安吉在"绿水青山就是金山银山"理念指引下，利用自然优势，走出的一条可持续发展的康庄大道。

不知何故，我在余村，在安吉待的日子越长，有一种感受越发强烈，那就是，这里除了山美、水美和景美外，最美和能让美变成"金山银山"的还是人，是那些比山、比水、比景更美的人。

雨果说过，世界上最宽阔的是海洋，比海洋更宽阔的是天空，比天空更宽阔的是人的心空。

这个时候我想到了马云。

当年既不帅又默默无闻的马云，就是因为在西湖边为一位澳大利亚游客做"业余导游"的美丽而纯粹的行动，开启了自己要走出去接触外面世界的梦想，一步步实现了自己的梦想。马云的成功之路，其实也体现了一种"美丽经济"的魅力——关乎心灵之美的"经济学"。

余村以及整个安吉的成功之道，不像马云那样搭的是现代化科学技术的快车，而是依靠自然资源的优势进行整合，用"自然美"换取了"金山银山"的美丽生活。

顾益康，现任浙江省政府参事。这位被习近平称为"超级农民"的浙江省农民第一代言人，有一个特别的功劳。他在2000年张德江任浙江省委书记时就进言"建议彻底废除农业税"，后来浙江省在全国先行废除了农业税。2005年年底，全国人大作出了在全国废止农业税的决定，至此，中国延续了2000多年的农业税制成为历史，9亿农民无不欢呼，顾益康的名字也开始被人熟知。不过，这位自称"顾三农"的农业专家，在近10多年中，倾注最大心力的是"美丽乡村"事业。

顾益康认为，今日中国要在世界上让他国敬佩，不仅需要经济实力，还需要方方面面的美丽形象。"美丽中国的持久，将决定中国在世界格局中的命运；而中国的美丽乡村是美丽中国的基础，有了美丽乡村才可能有美丽的中国。"为此，顾益康不顾年事已高，长年在浙江大地上奔波。他在总结余村、总结安吉和浙江的"美丽乡村"建设时曾这样评价：美丽乡村建设，是中国农民祖祖辈辈的梦想。这个梦想的根本点和最终目标，是让农民感觉自己的生活是富有、幸福和美丽、自由的。富有，就是有钱花，手头不觉得紧，柜子里有余存；幸福，就是心情舒畅，家庭和邻里之间没有矛盾，每天开开心心过日子；美丽，就是希望拥有一个如诗如画的田园式的好家园，同时享有和城里人一样的生活条件；自由，就是生活宽松、无拘无束……这就是农民心目中的"美丽乡村"。在顾老看来，美丽乡村的最终目标，就是让农民们能够享受美丽人生，而在实现这个目标的过程中，农民们自身的"美丽"是关键并起着决定性作用的。顾益康甚至认为，没有农民自身的美丽，就不可能有真正意义上的"美丽乡村"，更不可能实现"绿水青山就是金山银山"。

何谓"农民自身的美丽"？是衣着，是姿势，是谈吐和举止，还是眼睛里的神采、劳动时的风采？显然这些都是需要美丽的。但真正的、最重要的，是心灵美丽，是心灵和行为、精神和理想美丽。

在余村，我没有对村干部的"辉煌事迹"进行过专题采访。其实，在余村这一二十年来从开矿开厂到恢复绿水青山再转换成金山银山的发展过程中，一任任村干部吃了多少苦、受过多少累、忍下了多少委屈，只有他们自己知道。潘文革、俞小平没有跟我讲，鲍新民、胡加仁等老干部也没跟我讲，但村干部们为村庄建设所作出的贡献，村民们记得，村子里一棵棵银杏树也清清楚楚地看着。

一日，我在杭州见到一位姑娘。她问我还记不记得她。似曾相识，但我又想不起来。

"你到过我家的呀！"姑娘眨着一双美丽的眼睛，说，"我是潘文革的女儿呀！"

哈，想起来了。"那天不是到你家，还合过影嘛！"

"是的是的！"小姑娘高兴地蹦了起来。

后来，我请她到住处聊天。姑娘跟我谈了不少在余村没有采访到的感人

至深的故事——关于她父亲潘文革的。

姑娘叫潘一颖，一位 90 后余村姑娘。第一次见她，还以为她是哪个地方来余村拍电影电视的女演员呢！姑娘长得水灵而娇美，又有一副好口才、一手好文笔：

脱下华美的袍，卸去浓抹的妆，汲雨露滋润疲乏的肉体，借花香沁入困顿的心灵，抚绿草擦亮你的眼睛，一路清风相随，领略余村之美……

高中时，姑娘的这篇文章《众里寻"她"千百度》就在安吉县"生态文明在我心中"征文比赛中得了第一名。后来她考上了大学，又读了研究生。这样美丽又才华横溢的姑娘，放在谁家都是掌上明珠。这姑娘的父亲不是别人，正是余村村支书潘文革。

"一颖，快看看微信，你爸在雪地呢！已经站了好几个小时了，快劝他休息一下吧，这么冷的大雪天……" 2016 年 1 月 22 日下午，浙北大地下起了一场罕见的大雪，正外出的一颖在下午 4 时突然接到一位朋友的电话，并说让她看微信图片。姑娘打开微信一看，画面上是她熟悉的爸爸的身影：大雪中，爸爸撑着一把已被积雪盖顶的伞，正忙碌地指挥着……

姑娘把画面放大，终于看清了爸爸那张被雪冻紫的脸庞。她的眼睛一下噙满了泪水——爸爸脊梁骨有伤，怎能在雪地里"泡"啊！

"爸爸，您好棒！女儿为您点赞！但也记得照顾好自己啊！"这是姑娘给爸爸发去的微信。她很心疼，但更多的是感动与自豪。

直到夜幕降临，潘文革才给女儿回信。疲惫不堪的他，语气里却满是开心，他告诉女儿：遇到大雪了，白天在工业区组织抢救，明天一早还要组织一批志愿者到村民居住的地方扫除残雪，以确保房屋和村民都安全。

"谢谢你把大雪中的这一幕拍下来给我，有了你这样细心的村民，我们才会有更好的村庄。"这是姑娘后来给那位热心村民的回复。

余村的干部是什么样的？余村在年轻一代村民的心目中又是什么样的……有关这一话题，一颖自然是我最想采访的对象。

"爸爸在做村支书之前已当了很长时间的村干部，他怎么干工作我并不太知道，因为一直在读书。难得周末想回家睡个懒觉，却常常在半夜或大清早被吵醒……"一颖说。

"为什么？"这很奇怪，我问。

"今天大家看到我们余村那么美，其实这美来之不易。很多时候，村里要做一件事，并不是那么容易就被村民接受和理解的，很多情况下甚至会遭到强烈反对。因为我爸爸当村干部呀，所以村民一有事，不管在半夜还是大清早，都会上门到我家敲门或嚷嚷。这个时候，我总看到爸爸急急忙忙地一边穿衣一边说着'别急别急，马上来啦'，然后冲出门去……"一颖说，"说实话，开始我对这种情况有些不理解和埋怨，后来慢慢明白了，村民找爸爸，其实是信任他，希望得到他的帮助。也因为村民的这份信任，我和妈妈后来都从不同角度默默支持爸爸。对我来说，真正让我敬佩起爸爸，还是后来发生的一件事……"

一颖说的是她参加高考前的事。

"高考前，学校的家长会特别频繁，但一向特别疼爱和重视我的爸爸，竟然总不来参加家长会，每次都让妈妈代替。有时我忍不住给他打电话，他总以出差或走不开为由把家长会推给妈妈，且电话里的声音总是响亮有力，好像要证明什么似的。对此，我一直信以为真，直到有一天夜里，因为复习累了，睡不着，我就翻着QQ和朋友圈里的动态，突然有一条信息让我心一惊：堂兄说他某日去医院看望了我爸爸……当时我一下从床上坐

起，拿起手机就给那位堂兄打电话。果真！爸爸受伤住院了，而且伤势很重，已经住院两个多月了。第二天一早，我就赶到医院。病房门口，我看到妈妈正在给爸爸喂饭，而爸爸很吃力地伸着脖子艰难地吃着……这一幕让我一下子泪流满面，什么也不顾地冲进了病房，把脸紧紧地贴到爸爸的脸颊上。爸爸惊讶地转过头，说：你怎么来啦！我根本说不出话，只有泪流满面……原来两个月来爸爸每次给我打电话都是在病榻上强忍着痛苦，假装轻松，他是怕影响我高考……"

"后来我了解到，爸爸的脊梁骨是因为调解建设余村工业园区污水管道施工方的纠纷而受伤的，但在后来公安方面来调查事故过程时，爸爸不仅没有说村民一句不是，还为村民说情……事后爸爸对我说：我是村干部，村民之间有了矛盾纠纷，去调解是我的责任，这过程中村民失手给我造成了伤害，心里肯定已经不好受了，我怎么可以再给他们压力呢！爸爸就是这样一个人，我能说什么？时间一长，慢慢地，我对他产生了敬佩之情。尤其是看着他和其他叔叔伯伯们把村庄一天天建设得越来越美丽，村民们的生活也越来越好，我和村里的年轻人一样，都真正感到'绿水青山'可以变成'金山银山'，爸爸他们这一代人的精神，值得我们好好学习和继承……"

这让我想到了另外两位余村村民：一位是村主任俞小平，一位是残疾人周洪法。

前者能说会道，像个宣传员。其实在当村主任之前，俞小平就在村里负责接待、宣传和讲解的工作，他"嘴巴好"，是村里的"秀才"，在村委会领导下，和大家一起把村史展览室搞得有声有色。现在，他正和大家一起筹划着建设余村更加美好的未来。谁会想到，当年他在外面生意做得"呱呱叫"，但为了余村的美丽和村民的富裕放弃了自己的"金饭碗"。正是这样美丽的人，使余村越来越美丽。

俞小平在余村有些特殊，不是因为他当了村主任。在余村，当过村主任和村支书的人能排一个长长的队伍。俞小平的特殊，是因为在余村长长的干部队伍里，老支书俞万兴德高望重，而俞小平是俞万兴的孙子，但俞万兴的四个儿子却没有一个是党员，这一直是作为余村"精神支柱"的俞万兴生前的遗憾。2002年年初，镇里和村里的干部来看望俞万兴老支书，询问老人家有没有什么要求与想法时，老人家摇摇头，只说道：现在余村关掉污染的矿和窑，还山青、还水绿是对的，希望一直这样坚持下去。自己辛辛苦苦一辈子，带领大伙开山挖矿，本意是想让村民们富裕起来，但走的发展路子并不对头……老人家的目光里包含许多遗憾。也就是在那一天，坐在一旁陪爷爷的俞小平被领导一眼看中，并问他是不是党员，俞小平摇摇头。

俞小平回忆当时的情景，自嘲道："那个时候我的觉悟一般，客观原因是我高中毕业后先在水泥厂当会计，收入不错；后来被派出去学财务，回来后在镇上的锁厂工作，收入和岗位都算稳定。1999年企业转制，我就自己出去做生意，多数时间在上海、宁波做事，都很顺当，至少比在村里要强得多。就是那次爷爷去世前有领导来访，问到我是不是党员，希望我进步，爷爷听后板着脸对我说了一句：你是该要求上进！爷爷的话，我不敢不听，而且他临终前也这么对我说的，我觉得不能违背他老人家的意愿。……等看望他的领导走后，我就跟爷爷接上这话题。爷爷说，我当了一辈子村干部，荣誉得了不少，被人骂的时候也不少，为什么挨骂？就是因为自己的工作中还有毛病，百姓还有要求，需要你继续做好。干部不被骂的时候，心里可能挺舒服，但未必是好事。因为敢骂你，证明他们不畏惧你。我当了近30年村支书，相信一件事：当干部的，就要心里想着为老百姓做点好事，做了好事，人家就会认你是好人、好干部。小平，你应该入党，应该争取为村里做点好事，应该争取做个好人……"

"就是为了满足爷爷希望我做个'好人'的心愿，后来我很快向组织递交了入党申请书。"俞小平说。

2004年，俞小平被村里列为发展对象。2007年7月1日，是俞小平入党转正的日子。俞小平说，这一天对他来说意义重大，是他的"政治生日"。

"在农村，被人夸奖你是好人，就是最高的荣誉！"俞小平说，"现在当了村主任，最担心的是百姓还能不能把自己当好人看，以后不当干部还有没有人夸自己是好人，这对我和所有的余村干部来说，是重要的考核标准！"

是的，我知道"好人"二字在我们江南一带的分量。它是社会与公众对一个人的最高评价，能被拥戴为"好人"，就是一种崇高的荣誉。在绿水青山转化为金山银山的过程中，如果没有"好人"的存在，如果没有千千万万个"好人"的存在，乡村不会变得美丽，绿水青山也不会变成金山银山。

好人，即美丽的人。一个心灵如绿水青山一般美丽的人。这样的人，品德和品质、灵魂与行为都让人敬重。

"余村能有今天这样的美丽，首先就是因为有一届又一届村干部无私的奉献。在余村当干部，你不要先去想自己如何发财，你的心思得时时刻刻放在如何让余村更加美丽、让百姓过更好的日子上。"

俞小平的话，又一次让我想起了采访鲍新民老书记时的情形：在余村，鲍新民家既没有办农家乐，也没有做其他生意，他和老伴仅靠退休金和几亩土地流转所得的分红，生活尚可，但绝对不是富裕户。"干部什么时候都不能去跟村民抢金山银山，只有干部不去抢金山银山，我们的村才能一直有金山银山，而当群众都有了金山银山，最后干部才可能拥有金山银山……"老支书鲍新民的话一直印在我脑海中。

"他是个好人。"村民们都这样说鲍新民。

余村还有一个人很特别,别人都称赞"他也是个好人",并且还会加一句:"他是个真不容易的好人!"

他叫周洪法,3岁时患了小儿麻痹症。1962年出生的他,身高不到1.4米,走路一瘸一拐的。在余村,周洪法很忙:每天来自各地的游客和参观学习的人络绎不绝。周洪法要做的事情,一是为村里留些资料,在需要的时候拍照;二是为那些喜欢余村风景的游客拍照留影。"为村里干活是有一些补贴的,为游客照相是义务的。"周洪法对我说。

"真不收钱?"

"不收。"

"你用什么支付照片和邮寄的费用呀?"

"现在大家都有手机了,照相一般都可以自己解决。我只是遇到个别情况时帮助客人解决一下而已。"

"那一个月也有十个八个?"

"有,有时会有几十个……"

"那邮寄也得不少钱呀!"

"前些年是这样。现在可以通过邮箱或微信发送了,不用多少费用的。"

这是我和周洪法的对话——关于他义务为客人拍照。我问得这么细,是因为我知道,对周洪法来说,每一分钱都是一个不小的负担。

"习惯了。十几年来一直这样,我不认为是负担,反而挺开心的。"周洪法每天开着一辆残疾人专用的小车子,穿梭在村庄的大小巷子上。通常,在热闹的地方都有他的身影,他会远远地站在一旁,如果遇上突然有人遗憾地喊着"哎呀"之类的话时,周洪法就会悄不出声地出现在那人身边,轻轻地问一声:有什么需要帮忙的?

"想拍个照的，丢了东西的……什么都有。我就帮客人解决个小困难。我熟悉情况呗！"周洪法说得很轻松、很愉快。

"其实他是很不容易的。有人以为他会纠缠要钱，有人以为他是想借小事讹诈……"有人对我说。

周洪法听后淡淡一笑，说："那毕竟是少数。多数客人非常好。你为他做点好事，他会感谢你，甚至会惦记着你，我现在的朋友遍布五湖四海……他们都对余村印象很好，帮着一起宣传'绿水青山就是金山银山'！"他把手机亮在面前，让我看他的微信朋友圈。

真是一个身残心美的余村人！看着驾驶小车渐渐消失在余村那绿树成行、鲜花盛开的主干道尽头的周洪法，我在想：余村的青山竹林人见人爱；余村的居舍白墙黛瓦、风情万种；余村的溪流清清潋潋，像一位婀娜多姿的少女，每天欢笑着迎送四方宾客……但假如余村少了周洪法这样的人，是不是会让人感觉美中有些不足？周洪法的存在，让余村更加美丽，美丽中有了更丰富的内涵。周洪法做的好事并非只有这些。当年，村里整治小巷时，有些村民想不通，横竖不配合，周洪法看在眼里，急在心里。他每每自己先做在别人前面，然后再去给邻居做思想工作。想一想周洪法的无私，谁还有什么要计较的呢？

周洪法用自己微弱的力量感化了村里人。这就是"好人"的力量。是的，这也是为何余村和安吉在不断提升"绿水青山就是金山银山"的工作要求时，每年都要推进一项独特的活动：评选"安吉好人"。

第二次到安吉采访，我提出想了解这方面的情况，县委宣传部部长陈旭华立即通知工作人员，说要带我先去参观"好人馆"。

"好人馆？！"我以为自己听错了，但安吉确实有个专门为"安吉好人"设立的展览馆。

一天清晨，我去了"好人馆"。设在县图书馆内的"好人馆"让我大开眼界，也让我领略了一道与绿水青山同样迷人的风景——"好人风景"。也正是这次"好人馆"的参观学习让我得出了一个结论：安吉能有今天如此美丽的风景，如此美丽的"美丽经济"和美丽社会，就是因为他们有一大批美丽的好人。

早在2004年，习近平就在5月8日《浙江日报》的《之江新语》栏目中发文指出："推进生态省建设，既是经济增长方式的转变，更是思想观念的一场深刻革命。从这个意义上说，加强生态文化建设，在全社会确立起追求人与自然和谐相处的生态价值观，是生态省建设得以顺利推进的重要前提。生态文化的核心应该是一种行为准则、一种价值理念。我们衡量生态文化是否在全社会植根，就是要看这种行为准则和价值理念是否自觉体现在社会生产生活的方方面面。"

据陈旭华部长介绍，"安吉好人"活动在安吉其实已经搞了许多年，只是最初的叫法不一样而已。比如在推广白茶事业时评选"白茶仙子"，在弘扬"绿水青山就是金山银山"理念活动中评选"'两山'工匠"，等等。他们现在都被归入"安吉好人"行列，其事迹也被收入"好人馆"。

那一天，我参观"好人馆"出来，见大街两侧竖着一块块夺目的镜框，延伸得很远很远。走近一看，原来都是"安吉好人"的照片与他们的事迹。"让好人有好报，让好人有社会地位，让好人的事迹人人学习，这是我们推进'安吉好人'活动的宗旨和目的。"随行的宣传部工作人员介绍道，并随手拿出一份县文明办颁布的《安吉县好人礼遇办法》让我看——

…………

三、礼遇措施

（一）尊崇礼遇

1. 在符合条件的前提下，为好人参政议政创造机会；

2. 举办重大节庆庆典、群众性精神文明创建等活动，邀请好人出席；

3. 聘请好人担任道德建设监督员、道德风尚评论员；

4. 在重大节日开展走访、慰问好人活动；

5. 好人去世，所在单位、所在辖区的领导应参加告别活动。

（二）社会礼遇

6. 运用各类媒体，大力宣传好人的先进事迹，形成全社会学习、崇尚、关爱、争当好人的良好风尚；

7. "好人好事"进文化礼堂，开展巡讲、巡展活动；

8. 好人每年免费享受一次健康体检；

9. 好人免费获赠一张市民公共自行车卡；

10. 好人每年可获赠一张指定影院的电影卡（赠券），享受优惠待遇。

（三）关爱礼遇

11. 好人子女在学前教育和义务教育阶段，享受就近入学待遇；

12. 因家庭生活困难，影响好人子女就学的，由教育部门保障其顺利就学或优先享受助学贷款；

13. 社会养老机构优先接纳好人，对生活不能自理且家庭供养困难的好人，经本人申请、相关部门确认，优先安置到社会福利机构供养，对居家养老的好人，其所在地乡镇（街道）应视情给予相应的重点照顾和帮助；

14. 发动各类社会志愿服务组织和志愿者，或通过社会征集的方式招募志愿者，对生活困难的好人，以结对的方式一对一（多对一）进行志愿服务；

15. 社区（村委）不定期对好人走访、慰问，以组织倡导、群众自愿等方式，发动道德模范（身边好人）所在的邻里街坊进行日常服务。

（四）帮扶礼遇

16. 享受一次性奖励。礼遇对象根据所获荣誉享受1000元—10000元不等的一次性奖励；

17. 对符合享受保障性住房条件的好人，经本人申请，优先解决其住房困难问题；

18. 好人在符合条件的前提下，在县内农商银行进行个人贷款业务时，享受30万元以内的小额免担保待遇；

19. 好人在工作、生活中需要维护自身合法权益并符合法律援助条件的，司法行政机关及法律援助机构应根据诉求，优先提供帮助；

20. 对生活困难的好人，根据实际情况，给予困难救济与补助。

…………

最后一章是"附则"，内容有两条：一是县财政设立专项资金，用于好人的奖励、帮扶和救助；二是好人如有严重违反社会主义道德或违法违纪行为的，经调查核实，按有关程序撤销其荣誉称号，并取消相应待遇。

这样的文件就像安吉"生态立县"和"建设美丽乡村"的立法与决定一样，开创的可能是一个历史、一个时代、一个民族的理想先河，是文明与希望之光！

好山好水，加好人，这才是真正的金山银山！

余村的成功实践是这样。安吉的10年巨变同样证明了这一点。此刻的我才明白，为什么每次到余村、到安吉，看那些如诗如画的美景，总有一种与看其他地方景色不一样的感动、不一样的感受、不一样的感叹，原来，安吉的美景中注入了人，注入了那些对这片土地和山水特别挚爱的美丽的人的情感与精神，使得这里的山、这里的水，那样有味、有诗、有意、有情……情

意浓浓，意味深长，如诗如歌！

看，一个个安吉好人正在向我们走来：

如今的安吉母亲河——西苕溪水美景无尽，是因为有一个身影留在溪上，日夜巡视着溪水的一次次潮涨潮落……他用"干净做人、干净做事"的精神，换来母亲河的碧波荡漾。他把自己融入安吉的好山好水之中，他的名字叫谷红卫。

他的名字和精气神告诉我们：有一颗对山川热爱的红心，就能用灵魂和生命守好家乡的美丽山谷。

都说安吉的白茶那么香、那么翠，你可知道，它需要精心的植、培、采、摘……需要经过摊放、杀青、理条、初烘、摊凉、复烘和收灰等无数道工序。"每一道工序，你功夫到了，心不到，依旧不是白茶的味道。那一揉、一捏，揉的是情，捏的是味，揉捏中是情的反反复复，是意的温文尔雅，是人的心血与心思加神情的组合……"800元一斤的白茶，在他的十指揉捏间升华，价格提高到1800元一斤！他的名字叫陈达有。

他的名字和精气神告诉我们：有追求和理想，就能达成人生崇高的目标。

安吉大竹海，美如锦，丽如丝，只有把青竹化为你我生活中不可缺少的伴侣，青竹才可变成奇珍异宝，竹海才能变成金山银山！谁说美竹不是艺术！劈丝编织成箩筐、畚箕和畚斗，是祖先传下的本领与农耕所需。有了"竹编立体字"密码，竹便不再是简单的竹，竹成了丝，竹成了字、成了笔、成了墨、成了彩，竹成了我们所思所想的一切……竹也因此成为经典而进入吉尼斯世界纪录。他笑言："迷乱"时才是真正的春天，意境这时才会出来！他的名字叫祝和春。

他的名字和精气神告诉我们：春天永远和诗意联系在一起，那是值得敬

拾贰　比山比水更美的是心空

重的至美的心灵价值。

山不在高，有仙则名；水不在深，有龙则灵。因为山与水本不是一个地方的强势资源，但有人会利用自己的资源优势，创造新的天地，有人怨天怨地，无所作为。一根竹笋从大地冒出，它并不知道自己的价值有多大，而有人能够让它变成精、化成仙，十变、百变……终成一席盛宴，满足你的心、你的欲，成为你的不舍和长久的牵挂。笋可具有百味，人生何尝不是百味？他的名字叫曹位钧。

他的名字和精气神告诉我们：人只要努力下苦功，皆可成为奇才。一根笋尚可变成百样菜，人怎么不可能创造世间奇迹！

…………

他们的名字，我可以列出很多很多。他们每个人的名字，就像大地母亲留给我们的山、我们的水一样，早已镌刻上他们生命中的某些符号，就像"安且吉兮"，只看其命运的光芒会在何时闪耀……

"安吉好人"，早已有之，等那山那水出现时，他们就会彰显魅力，让安吉的好山好水更加熠熠生辉……

啊，金山银山，人在之上！人在之上，金山银山才会光芒万丈！

拾叁

从余村再出发,一路绿意金光

⊙ 绿水青山就是金山银山 ⊙

和谐生态　穆春摄

　　2017年4月27日,是一个普通的日子。但对余村来说,它是一个可以记入村史的重要日子,因为这一天新任浙江省委书记车俊来到余村调研。其实,这个日子对车俊也很有意义。就在前一天,中共中央正式任命他为中共浙江省委书记。上任伊始就来到余村,可见车俊书记对带领全省人民沿着习近平"绿水青山就是金山银山"理念指引的方向继续走下去的坚定信念。

　　车俊在余村对干部们说,你们这里是习近平总书记"绿水青山就是金山银山"理念的诞生地,余村今天翻天覆地的变化,展示了"绿水青山就是金山银山"理念的巨大理论力量和实践力量。我们因此要坚定不移地沿着总书记指引的路子走下去,一任接着一任干,一张蓝图绘到底,努力做到"干在实处、走在前列、勇立潮头"。

满怀着诗意离开安吉时,这里的同志一再叮嘱我:他们在践行习近平总书记"绿水青山就是金山银山"理念的工作中虽然取得了一些成绩,但仍有很大差距,尤其是如何真正把村级经济做强做大,实现县域全面的"绿水青山就是金山银山"。因为在习近平总书记的视野里,生态环境问题不仅是经济问题,也是政治问题、民生问题。

车俊书记希望,余村、安吉要以翻篇归零的姿态,按照更高的标准,在新时期再探索、再创新、再实践,推动全民参与生态建设,实现人与自然、人与人的和谐,成为践行"绿水青山就是金山银山"理念的样板地、"模范生",真正走出一个开创社会主义生态文明的新时代。

走上快速发展之路的余村,如今每天都有新的行动与变化。2017年6月25日,他们组织全村50名党员专程赴鲁家村学习取经。"走出余村,再学'绿水青山就是金山银山',体会和感受就不一样。从鲁家村那里,我们学到了人家抓住旅游这一龙头产业,利用村庄土地资源,促进和发展差异性产业,实现全村经济百花争艳的经验。这对余村向更强、更坚实的'金山银山'方向攀登,是十分有益的帮助与借鉴。"潘文革的这番表达,说明了发展和进步中的余村是成熟与清醒的。潘文革同时信心满满地告诉我:"余村新一轮的发展蓝图已经制定,几个旅游经济项目已陆续到位,2018年,余村将向国家申报AAAA级景区;2020年,我们要向AAAAA级景区的更高目标努力。"

作为"绿水青山就是金山银山"理念的诞生地和"中国美丽乡村"的发源地,安吉县在坚持"绿水青山就是金山银山"的发展道路上,已把发展目标定位在全域美丽的更高标准上。

"所谓全域美丽,就是要把整个安吉的每一寸土地、每一条河流、每一个山头都纳入高标准的美丽景区来管理。也就是说,今后的安吉,所有地方都是高标准的景区，所有的人都是景区内的'一景'。地不美不行，山不美不行，水不美不行，人不美更不行。"安吉县委书记沈铭权进而说：美也有标准和内涵，我们要实现的是全区域覆盖、城乡无缝的"一片美"，人居环境与自然条件持续优化、不断提升的"持久美"，彰显与力求全覆盖的精品村、特色村、智慧村和现代化城镇的"内在美"，按照"提升富裕村、壮大一般村、转化薄弱村"的工作思路，实现新一轮的"发展美"，建立共治、共享、共富的人文"风尚美"和不断创新、提高与健全、完善的"制度美"。

沈铭权说："十几年来，安吉县广大干部群众牢记习总书记的这一嘱托，坚定不移地践行'绿水青山就是金山银山'理念，积极探索生态美、产业兴、百姓富的发展路子，实现了经济发展与生态保护的良性运行，为全省乃至全国生态文明建设提供了成功实践。建设美丽中国、美丽乡村，需要提倡'人在绿中，绿在心中'的理念，更需要创新的思路和实干的精神，需要坚持把落脚点放在以人民为中心的发展理念上，把发展的出发点和落脚点放在让所有的社会成员具有共享成果的可能上，进一步增强广大人民群众的获得感和幸福感。这是我们深入贯彻落实习近平总书记'绿水青山就是金山银山'理念的根本所在。这条发展道路很长，各个时期、各个地方的'金山银山'标准也不一样，所以'绿水青山就是金山银山'，其实是美丽中国时代的一个更宏伟的目标和方向，需要几代人的艰苦奋斗和共同努力。"

去过余村和安吉的人会发现，这个被我称为苏杭之外"第三个天堂"的地方，这里的山和水与周边其他地区的山和水没有什么特别的不同。从这里向更远的杭嘉湖地区，从杭嘉湖向东的绍兴、宁波、台州，向南的金华、衢州、丽水、温州远眺，我们会欣喜和激动地看到，今日浙江大地上所有的山和所有的水，都与余村，与整个安吉的山和水有不相上下的青，有同样如诗般的绿……真乃"浙江悠悠海西绿，惊涛日夜两翻覆。钱塘郭里看潮人，直

至白头看不足"。

这是为什么？为什么浙江大地处处有青山绿水、天堂美景？

"因为10余年来，浙江在全省范围内，始终坚定不移地贯彻习近平总书记的'绿水青山就是金山银山'理念，而且在决策思路和实际工作中，从不松懈，一以贯之，以功成必定有我的胸襟和韧劲，沿着当年习近平同志在浙江定下的蓝图一绘到底，一干到底，所以才有了今天浙江大地上处处鸟语花香、青山绿水的美景。"在浙江省委机关工作的学者胡坚先生是"绿水青山就是金山银山"理念的研究者，他向我历数了浙江省从"绿色浙江"到"生态立省"，再到建立与打造"山水林田湖生命共同体"的"绿水青山就是金山银山"的强省之路。

"应该说，对七山一水二分田的浙江省而言，保护青山绿林和江河湖水一直是有传统的。中华人民共和国成立后的历届政府都花费过很多心血来治水和绿化，但由于不同时期的发展理念不同，在相当长的时间里，对山水不仅没有保护好，反而造成了极大破坏。正是鉴于此，2002年中共浙江省第十一次党代会首次提出了建设'绿色浙江'的决策。这个决策现在看来，意义特别重大，它既是对以往浙江生态环境工作的延续与拓展，又为其后实施'生态立省''美丽浙江'打下了基础。"胡坚动情地说，"浙江太幸运，就在全国各地都在为GDP忙碌拼搏时，我们迎来了一位指引发展正确方向的掌舵人，他就是习近平同志……"

"环境保护和生态建设，早抓事半功倍，晚抓事倍功半，越晚越被动。那种只顾眼前、不顾长远的发展，那种要钱不要命，先污染后治理、先破坏后恢复的发展，再也不能继续下去了！"浙江很多干部对2003年10月11日习近平在省委党校讲的这一席话印象特别深刻。在这之前的一年多中，新任浙江省委书记习近平为推进"生态浙江"工作倾注了极大关注与心血。

拾叁　从余村再出发，一路绿意金光

2002年12月，在中央决定习近平接替张德江出任中共浙江省委书记后，他在省委十一届二次全体（扩大）会议上就提出"建设生态省"的概念。当月，又亲自主持省政府的首次生态建设工作协调会。会上，确定了浙江省向国家环保总局申报列入国家生态建设试点省份。自加压力建设"生态省"的勇气和决心，可见一斑。

2003年1月，浙江省被正式批准为全国第五个生态省建设试点省份。习近平迅速按下了启动全省"生态立省"的行动按钮，他自己则身体力行地走在这一行动的最前面。

3月，《浙江生态省建设规划纲要》通过专家论证，习近平出席会议并讲话。

4月9日，习近平来到安吉进行生态专题调研。在对天荒坪抽水蓄能电站、中国大竹海和溪龙白茶基地等巡察和调研后，习近平着重指出：安吉最好的资源是竹子，最大的优势是环境。只有依托丰富的竹子资源和良好的生态环境，变自然资源为经济资源，变环境优势为经济优势，走经济生态化之路，安吉经济的发展才有出路。他希望这里的干部一任接着一任干，一年接着一年抓，努力把安吉建设成为经济繁荣、山川秀美、社会文明的生态县，为推进浙江生态省建设作出积极的贡献。习近平的这份希望，让安吉干部明白和坚定了一个发展方向。

5月，浙江省委、省政府成立生态建设工作领导小组，习近平亲自担任组长。同月，他主持召开的省委常委会上，原则通过了《浙江生态省建设规划纲要》。

6月，兼任省人大常委会主任的习近平主持省人大常委会，通过了《浙江生态省建设规划纲要》。与此同时，浙江省委、省政府作出了"千村示范、万村整治"的工作部署。这项工程声势浩大、力度空前、工作扎实，是

习近平在浙江推进生态省建设及为之后的"美丽乡村"建设所作出的一项影响深远的战略部署。为了推进这项工程,习近平辗转慈溪、上虞、海宁、德清及余杭等县、市,对水资源进行了专题调研,并在多个现场,向当地干部群众语重心长地谈到水污染问题,强调既要还清"旧账",更不能产生"新账"。

7月,浙江省委、省政府召开全省生态省建设动员大会,习近平作了题为《全面启动生态省建设 努力打造"绿色浙江"》的动员报告。

8月,由习近平亲自主持起草的指导生态省建设的纲领性文件——《浙江生态省建设规划纲要》正式下发,浙江全省生态省建设由此全面启动和展开。8月8日,习近平在《浙江日报》的《之江新语》栏目中发表文章,严肃批评那种"只要金山银山,不管绿水青山",只要经济、只重发展,不考虑环境、不考虑长远的做法,是"吃了祖宗饭,断了子孙路"。他指出:"像所有的认知过程一样,人们对环境保护和生态建设的认识,也有一个由表及里、由浅入深、由自然自发到自觉自为的过程。""建设生态省、打造'绿色浙江',必须建立在广大群众普遍认同和自觉自为的基础之上。"

9月,在全省"千村示范、万村整治"工作座谈会上,习近平提出,在生态立省、整治乡村环境中,要贯穿以人为本、人与自然相和谐的规划理念,使人居环境与自然环境有机地融为一体,使传统文明与现代文明达到完美的结合。

进入2003年第四季度,浙江各级干部从省委书记习近平推出的"山海经"里,感受到了一浪更比一浪热的"生态立省""统筹发展""百姓实惠"的发展新思路、新理念……

"从全域经济发展的过程看,要真正做到'绿水青山就是金山银山',关键是要有与之相适应的顶层设计。这10多年来,浙江的'绿色经济''生态经济'之所以能够一直保持高速和良性的发展,主要得益于当年习近平同志在浙江工作时所作出的正确规划和布局,尤其是他特别要求各地在发展经济时,将突出强化主体功能定位、优化国土空间开发格局作为实践'绿水青山就是金山银山'的战略谋划与前提条件。比如,像经济较发达的杭嘉湖地区,在发展过程中,重点要减少污染问题,加强打造保持水清水好环境下的长三角'金南翼';像经济欠发达的丽水等地市,要确保绿水青山,并结合当地实际,打造'一县一主题,一村一景致,一派好风光'的'靠山吃山'的金饭碗……正是按照'规划在先'的原则,我们今天才会看到,浙江全省,像余村和安吉其他地方一样从'绿水青山'中获得'金山银山'的村庄与县市比比皆是。比如嘉善县,他们在走'绿水青山就是金山银山'发展之路的一开始就非常清晰而坚定地把全县生态功能区划分为自然生态红线区、生态功能保障区、农产品安全保障区、人居环境保护区、环境重点准入区和环境优化准入区6个类别,将太浦河饮用水源保护区、西塘古镇保护区纳入自然生态红线区,分别根据不同的功能实施了不同的发展方式。以上这些'规划在先'体现了理性发展、科学发展的意识,并且从制度和法规上保证了'绿水青山'与'金山银山'的长期坚守和协调发展。"

胡坚从科学决策的实践高度认为,要坚定地沿着习近平同志"绿水青山就是金山银山"理念所指引的发展思路走到底,制度和法规建设极其重要,并起着根本作用。"在此基础上,人的自觉意识和自觉行动是决定'绿水青山就是金山银山'的根本。"胡坚说,"人是生产力中最活跃、最根本的因素,人也是所有资源中最宝贵的资源。因此,转变人的观念,提高人的素质,增强人的本领,发挥人的作用,是把'绿水青山'变成'金山银山'的重要一环。"

"出了余村和安吉,再到下姜村走一走,你就会看到,'绿水青山就是金山银山'理念正在浙江大地上开花结果……"浙江的同志一再建议我去当年习近平同志在浙江工作时蹲点的另一个小村庄下姜村看看。

下姜村距美丽的千岛湖40多公里,是淳安县枫树岭镇下面的一个山村。从地理位置和自然环境看,你很难想象这么一个昔日穷得叮当响、离千岛湖不近、深居浙皖交界大山腹地的偏僻小山村,会在短短的十几年时间里蜕变成一座人见人爱、美不胜收,有着水墨画般诗意的富裕村庄……

6月末的一天,我"跨"过千岛湖,沿淳杨公路,在一路绿荫和美景的相伴下来到了凤林港溪畔的下姜村。

"欢迎到'最美下姜'参观指导!"老支书姜银祥与我握手的第一句话便

小康建设示范村下姜村　林云龙摄

令人暗暗吃惊：他竟然把自己的村庄夸成"最美"。能夸下如此"海口"或许有两种可能，一是为宣传，二是太有实力。

下姜村的美，确实可以用"无与伦比"来形容。它的地理位置独一无二——居于一座"龙"形的大山的"龙嘴"上，"龙嘴"恰巧在穿越群山的凤林港溪的一处"U"形弯点上，故百姓比喻其为"蛟龙吐珠"。当地人告诉我，这座有800多年历史的小山村，古称"雅墅峡涧"：它既是凤林港溪畔的"龙珠"，又是峡谷幽涧上的"雅墅"。

抵达下姜村时已近傍晚。老支书姜银祥带我在村庄里转了一圈，印象极深的是一栋栋民居，多数是三四层的小楼，依山坡而建，错落又不失整齐，干干净净，优雅别致。每条街弄、每幢房子的前后左右都像插花雕画般精细考究，让你有种进入了欧洲时尚花园小镇的感觉。"我们全村都是AAA级景区，这已经有几年历史了。"老支书自豪地向我介绍，现在他们一直在做提升版，"不远的将来，准备申报AAAA级、AAAAA级景区。"

不同级的景区有不同的要求。作为一个小山村，能够做得如此精美时尚，又保留了乡村固有的风韵，并不容易。关键是，下姜村还在不断发展和开发。

"我们全村现在已经有20多家农家乐，低价的，包吃包住每天一二百块钱。高档的，一晚收费1000多块……游客可根据自己的需要和消费水平选择。"说话间，我们便到了一户挂着"栖舍民宿"招牌的农民家。恰巧这时，屋里走出一位姑娘，老支书叫她"丽娟"，说有作家想跟你聊几句。丽娟姑娘很爽快地点头，礼貌地引我走进她的家。

这是姜丽娟的家，被改造成乡村旅游的特色民宿，专门接待外地游客。"我和父母及姐姐4个人经营，家人住在最上面，第一层和第二层接待客人用。"姜丽娟介绍道。她是村里第一个回村搞民宿的大学生。"我很喜欢现在的生活与工作状态：每天通过网络与外界联系，接待来自全国各地甚至境外

的游客，爸爸妈妈负责内勤，也就是做饭炒菜、收拾房间等，姐姐负责财务，我负责联络与接待客人……"1989年出生的姜丽娟告诉我，大学毕业后，她先在杭州一家公司搞设计。"城市里工作节奏太快，尤其像我们搞设计的，经常两三天不睡觉。前年我回家，突然发现自己的村庄变美了，美得就像电影里那种世外桃源般的仙境，所以一跺脚就把杭州的工作辞了，回家跟爸妈和姐姐商量，把房子重新整修，开起了现在这家栖舍民宿。最初不怎么会做生意，我就按自己的想法出招，把家里的模样和村里的美景拍下来，再作一个简单的文字介绍，然后往网上一贴，结果客人就源源不断地来了！"姑娘爽朗地介绍，爽朗地让我们看她的露天影院、篝火烧烤……

"生意尚好？"这是我的关切。

"还好，入住率47％，才开张半年嘛！"她说。

已经开始赚钱了！"肯定会越来越红火的。"我真诚地祝福她。

"谢谢。"姑娘一脸淡定的微笑。

"像她这样的大学生和青年回村办农家乐与民宿的已经有好几个了！姜丽娟在杭州还有房子呢！"老支书告诉我。

在省城有房的女孩，却要回村里开店，下姜村的魅力让我吃惊。

"我每天早跑5公里，晚跑5公里。时间和节奏完全由自己掌握。我觉得，现在的生活和工作是有生以来的最佳状态。这或许只有在自己的美丽家乡才会有……"姜丽娟的话，真实而温暖。

那天晚上，村里安排我在廊桥边的一家名为"玖玖"的民宿住下。女主人邵娟不是下姜人，她的家在千岛湖。她以前在北京和杭州做生意，前年与哥哥一起来了下姜村一次，就被这里迷住了。后来她与家人商量，决定在这里开一家民宿，既做生意，也能把家建在"最美下姜"。就这么简单，投下200万元，从一个村民手里租得廊桥边的一栋房，就建成了现在这座最美村庄的美丽民宿。

邵娟把"玖玖"当作自己的家园来装点：里面是温馨的居室，让客人入住后感觉像回到了家一样；外面则是山村花园，各种花草竹木均来自本地。邵娟的"玖玖"民宿特别关注客人的乡村情愫，比如她专门从几里外的大山中取来山泉水，供客人烧茶和洗浴之用；早晨的一杯姜丝茶和中午的一碗鲜姜菜，让远方来的客人"'玖玖'难忘"下姜村的"姜味"……邵娟的网络宣传意识特别强，每天都会把下姜村的美景及时发布，也会把山村的美食与野味发给远方的客人。其情其味，因此吸引了源源不断的客人。

外乡人在下姜村落户做生意的，并非邵娟一家。"我看中的就是这里的美。生意做多大是次要的，我觉得每天能在这么美丽的地方生活，就是最大的愿望。"38岁的老板娘邵娟其实很浪漫，她说以前跟丈夫一起做生意闯荡四方，"最终就是为了给孩子、给自己一个好的家园。在下姜，我找到了比想象中还要美的家园，所以甘愿从此停泊在此"。邵娟说这话时，眼里充满了爱意。

下姜村同样让我和所有远方的客人心生恋意。

第二天一早，新任村支书姜浩强就带领我们往下姜村对岸的观景台攀登。站在位于半山腰的宁静轩观景亭前，俯瞰下姜村全景，好一派摄魂之美！你瞧，那座为小山村遮风挡雨的大山，青翠碧绿，晨曦中的雾气半虚半实，让人心驰神往、浮想联翩；从村庄前面穿过的"S"形凤林港溪，如果不是因为刚刚一场大雨，应该会带给山村无比的妩媚！当然，不得不说的还是下姜村貌——瞧那白墙黛瓦、方窗斜顶的一片肩并肩的徽派建筑，恰似一片撒落在人间的天珠奇宝，着意嵌在溪流湍急的"龙嘴"之上。那宽阔而伟岸的廊桥，则把村庄与隔岸相望的另一片绿色天地连在一起，令下姜村景色更加开阔。

"很多客人都说，早晚在此观下姜，你会醉。"姜浩强说。

"我们已醉。"晨光下，我和同行人脱口而出。

其实，下姜村的美景在后村深山里秘藏着。那是一条风景万千的深谷，名曰"五狼坞"。

"村里已经在规划和实施阶段，准备把它建成一处ＡＡＡＡＡ级的集登山探险、嬉水娱乐、影视拍摄于一体的主题景区。到那时，村前村后就可以连成一片不同风格、景中有景的最美景区了！"姜浩强对此满怀信心。他说，到那时，下姜村就可以将时下的"绿水青山"变成真正的"金山银山"了。

现在的下姜村，全村年收入为5000多万元，农民人均年收入超过2万元。"这两项收入分别是2001年的16倍和10.2倍。"在村中的思源亭前，老支书姜银祥介绍。

"从2001年起，有4任省委书记在下姜村蹲点，其中习近平同志来过下姜村4次，他对下姜村的发展起到了关键性的引领和推动作用……"姜浩强插话道。

原来如此！一个小小的山村，竟然有4位省委"一把手"蹲点，真是荣幸！

"我们下姜人和习近平总书记的感情特别深。他在浙江工作期间，连续4年每年来一次；到北京工作后，仍然关心我们下姜的百姓，并专门写信鼓励我们发展、关心我们的生活。全村人民也对习总书记怀有深厚感情，自发建起了一座思源亭……"老支书姜银祥颇为动情地抚摸着思源亭内那块刻着习近平2011年5月2日写给村里的一封信的纪念碑，一字一句念出声来：

……我在浙江工作曾4次到下姜村调研，与村里结下了不解之缘。转眼间，我离开浙江工作已经4年多了。4年来，在村党总支部、村委会带领下，在广大村民共同努力下，下姜村又有了新变化，经济持续发展，村容村貌进一步改善，群众生活越来越好。对此，我感到由衷的高兴。

希望你们深入贯彻落实科学发展观，立足下姜村实际，努力拓宽增收渠道，不断提高村民生活水平。党员干部要更加密切联系群众，千方百计为百姓排忧解难，努力做村民的贴心人。

"可以说，没有习近平总书记当年一次次对我们引领和帮助，下姜村不可能有今天。"老支书姜银祥断言。然后，他指指村前那条宽阔湍急的凤林港溪，说：这条溪就是见证。

"我们村山多水多，唯独田少，而且80%的田都在溪河的对岸。下姜村祖祖辈辈只有一条竹木桥支在这溪上，大水一来，桥就没了；小水、中水时，村民从独木桥上过，落水丧命的一年总有几个……没有粮吃的下姜，自古就有'烧木炭、土墙房、半年粮，有女不嫁下姜郎'的民谣。我印象特别深的是，20世纪60年代时，我还小，亲眼见到老支书杨家炳带领村里的壮劳力，在这条溪边，八个人扛一块大石头，天天从早干到晚，硬是筑起了一条70多米长的石坝，后来还在溪边建了个小水电站。从那时起，村里才第一次通上了电，夜间有了光亮……80年代，我从部队回来当了村支书，又带着村民，前后用了3年时间，第一次在溪上修了座石孔桥。那时村里穷啊，没有钱，筑桥花的100多万元是我们全村人开山卖石头换来的。不容易啊！"老支书姜银祥说到这里，双眼泪光闪闪。

"喏，就是那座桥——"顺着他手指的方向望去，我们清晰地看到今天依然屹立在溪流之上的石孔桥。虽然与百米之外的新廊桥相比，它显得很破旧，但我们能从石缝里透出的沧桑感中感受到老一代下姜人求变求富的艰难历程。

"一开始我们给这座石孔桥取名为'富民桥'，但桥修好了，村民并没有富起来。你问为什么，唉，底子太薄啊！有一件事外人不知道，可我们下姜

人都清楚,就是我们下姜村原来只有两百来人。但两百来人的时候就吃不饱肚子,后来修建新安江水电站时,一下子又来了两百多库区移民。你说,这日子怎么过?穷上加穷啊!"老支书说到这里,直摇头。

"那么,下姜什么时候变成了今天这样的'绿富美'呢?"这是我所想要知道的。

"也就是这10多年时间。"说到这里,老支书的脸上露出了笑容。看得出,这是他最愿意谈及的话题。"说来你可能不相信,2001年前,小小下姜村,人口六七百,露天厕所却有100多个,加上家家户户散养生猪,一年四季,满村都是臭烘烘的。"老支书姜银祥又摇头了。

"那个时候,外人如果想到村里来看看,我这个当支书的会千方百计挡着不让来。实在不好意思嘛!"他说。"习书记第一次到下姜是2003年4月,那时我们村里还都是土房子、泥土路,垃圾满地,污水到处流淌。习书记一边走一边跟我说,要搞好村里的环境和生态,要整治好村容村貌。他格外关心村里的困难群众,要求我们多帮助他们。从那时起,我们把整治村容村貌、美化环境列为村建设的'重头戏'。针对贫困人员,村党支部专门设立了'党员关爱基金',给村里60岁以上的党员和困难群众每月补贴60元。2004年,习书记陪着中央领导来淳安,当晚见我们村干部的时候已经9点钟了。他一开口就说对不起,让我们感到特别温暖。那一次我们向他重点汇报了想解决村里养猪和环境脏乱差的矛盾,准备推广沼气项目。习书记马上说这个项目好,回到省城后,他又专门指派专家来我们村里调研,上级有关部门也很快帮助我们启动了沼气能源示范村建设。2005年3月22日,习书记再次来到下姜。那天下着雨,他不顾道路泥泞,连水也没喝,就去村民家看沼气池。他还非常风趣地说,他曾经是建沼气池的专业户!在他的帮助、指导下,我们下姜成了全县第一个沼气示范村。可别小看这沼气项目,它对我们改变几百年来的生活习惯和解决环境问题起了根本作用。会计给我算过一笔账:一户农民用沼气,每年就能节省300元电费;一个沼气池,使用一年,减少农民伐林3.5亩,减少排污水146吨。10年来,仅这一项,我们就保护了350亩山林。"老支书算着这笔账,喜上眉梢地对我说,"村民们不用再上山去砍柴,山就变青了。山青了,水跟着也绿了。环境一好,就有人来参观旅游了,这样村里就有人开起了农家乐。一家发了财,跟着就有第二家、第三家……再后来,我们又按照习书记留下的'要保护绿水青山''发挥好生态优势和山区的后发优势'的话,一步一步发展到今天……"

对比今天的下姜村与10多年前的下姜村,用"翻天覆地"4个字形容,其实是不够的。《姜氏家谱》记载,姜氏在这个小山村生存的历史有800余年。在这漫长的岁月里,下姜村从来没有一个时候与"富"字沾过边。而今仅仅10余年时间,下姜村不仅在浙江大名鼎鼎,连"老外"也都纷纷预约来此地旅游,这期间到底发生了什么?又是什么让下姜村发生这些变化?这是一个值得思考和探究的问题。

"习近平总书记的'绿水青山就是金山银山'这句话,在我们下姜得到了印证,让我们过上了幸福富裕的生活。"老支书姜银祥是下姜村的"头脑",这位从部队回来后当了30多年村支书的老党员,拉着我走过长长的廊桥,然后坐在几户新开张的农家乐前,侃侃而谈。

他说:"以前参加会议,听台上人说'转变观念',心想我们农民就一亩三分地,有什么观念可转,又转得到哪里去?靠山吃山,靠水吃水,这是祖宗传下来的经,我们一代又一代人相信这个理没有错。过去大家穷的时候,可能觉得这理没有错,错也错不到哪里去。可现在时代不一样了,一错就错到十万八千里外了呀。习书记到我们下姜蹲点调研,一次次跟我们讲发展、谈道理,才让我们明白了只有爱山爱水,山水才会爱我们。山里人,更要懂

得保护环境保护水，好山好水，才是我们唯一可以借以致富的资源。所以近10多年来，我们一直按照习总书记当年给我们留下的贴心话、暖心话、真心话，从下姜的实际出发，先后编制实施了《村庄整治规划》《农业产业规划》《乡村旅游规划》等35个大小项目，借助村里良好的生态环境和绿色资源，重点打造了彩色农业观光基地、休闲旅游度假基地、手工艺品加工基地等。在着力'精品美丽乡村'建设过程中，我们得到了上级给予的6000多万元的对口资金投入，使依山傍水的风景发展得独具一格、魅力四射。加上我们通过对村民土地进行统一流转，建起了葡萄园、草莓园、桃园、黄栀子中药材园和蔬菜园等特色农业园区，形成了'冬季初春有草莓、春来花开赏桃红、夏秋品尝葡萄鲜果'和'房为客用、地卖果木粮菜、村民在流通和服务中赚钱生财'的下姜村新经济格局，所以才有了我们村经济增加16倍、村民收入提升10多倍的好日子啊……"

"走，带你看看我们下姜未来的'金山银山'——"现年66岁的老支书姜银祥，其实是个挺风趣的农村干部，那天他特意带我去了村后几里路外的一条深山峡谷。

"这就是五狼坞。"老支书指着那片长满青竹的翠绿群山，说，"翻过这些山，登上900多米的主峰，就可以看到碧波荡漾的千岛湖美景……"

他的话令人跃跃欲试。遗憾的是天色已晚，否则我和随行者肯定抬腿就往上攀登了。"在这片群山密林之间，有一条汹涌奔腾的峡谷。五狼坞探险项目已经启动，我们准备在这里打造一个AAAAA级风景旅游区。瞧，这片平地是预留出来的一块建五星级宾馆的地方……"在峡谷溪流与大山之间有一块百亩左右的平坡，姜银祥老支书已经将其纳入下姜明天的"金山银山"梦了。

"这个景区建好，村里的收入将是现在的三倍以上。"夕阳下，我看到下姜的山与水处处流光溢彩，看到老支书脸上更加灿烂的笑容。

此刻我才明白，下姜村比我看到和想象中的要大得多、美得多，但你需要真正地走近它、了解它和认识它。而只有在走近、了解和认识它之后，你才会真正明白为什么"绿水青山就是金山银山"。

此刻我感受到了浙江的同志让我从余村出发到下姜村走一走的意义：无论是余村、下姜，还是安吉县或浙江大地上的其他县域，都是习近平亲手绘制的"生态立省"蓝图上的组成部分，是"绿水青山就是金山银山"理念唤醒了这片土地，激发了这里的人民的活力。

到安吉采访前，我是扎实备了课的；采访期间，我跟当地干部群众进行了深入交流。因为作为一个写作者，我对累累硕果背后的故事更感兴趣。我感到，今天的安吉是一代代安吉人接力保护绿水青山，在久久为功中培育"生态自觉"而成就的。

自2000年至今，安吉"生态文明"的接力棒传了18年：从2000年县里请来专家为余村设计《余村村庄规划》，到从余村出发，逐步实施"生态立县"战略，推进县域生态文明建设；从2003年县人大常委会会议表决全票通过决议，把每年的3月25日定为"生态日"，到2006年成为全国第一个生态县；从2008年全面推进"中国美丽乡村"建设，到被确定为全国首批生态文明建设试点县……安吉通过"美丽乡村"建设，推进环境和空间、产业和文明的相互支撑，通过在一二三产整体联动、城乡一体有机连接的整体格局下下好"生态"一盘棋，继续寻求保护生态与推进发展的最佳结合点。

现在，我似乎也明白了，中共浙江省第十四次代表大会再次强调要坚定不移地走"绿水青山就是金山银山"之路，把整个浙江建成"大花园"，实现"人在画中游，景在心中留"的意义。

浙江是这样，中国难道不需要这样吗？

2015年9月21日，我国生态文明领域改革的顶层设计——《生态文明体制改革总体方案》，对社会公布。

生态文明体制改革的目标，通过构建八项制度来实现，分别是：自然资源资产产权制度、国土空间开发保护制度、空间规划体系、资源总量管理和全面节约制度、资源有偿使用和生态补偿制度、环境治理体系、环境治理和生态保护市场体系、生态文明绩效评价考核和责任追究制度。

"四梁八柱"，骨架在此。

党的十八大以来，在生态文明建设领域，制定和修改的法律就有十几部，其中新制定和修改幅度较大的法律有六部。可以说，当今中国，正在以前所未有的速度，构建起最严格的生态环境法律制度。

时光倒溯到2013年9月7日，哈萨克斯坦，纳扎尔巴耶夫大学。正在这里访问的习近平主席，面对上千名师生，发出振聋发聩之声：我们既要金山银山，又要绿水青山。宁可要绿水青山，不要金山银山，因为绿水青山就是金山银山。

在采访即将结束的时候，我了解到，安吉已经在积极贯彻省委指示，争当践行"绿水青山就是金山银山"理念的样板地、"模范生"。他们在县第十四次党代会上提出了建设中国"最美县域"的目标，立志率先实现由局部美向全域美、由环境美向发展美、由外在美向内在美的提升蜕变，打造美丽中国"安吉样本"，为美丽中国建设提供"安吉方案"，并从"大力发展美丽经济、壮大综合实力，营造美丽环境、释放发展潜力，培育美丽文化、彰显文明魅力，提升美丽民生、增强共享能力，打造美丽党建、凝聚创业合力"五个方面抓落实……

这是让人欣喜的。

在今天践行"绿水青山就是金山银山"理念的道路上，像这样坚持生态文明建设久久为功、砥砺前行的，何止余村，何止安吉，何止湖州，是整个浙江大地，是全中国！

绿水，青山，金山，银山——中国人梦想的美丽、富有、幸福、快乐的诗意天堂！

编后记

为深入学习贯彻习近平治国理政新理念新思想新战略，以优秀作品迎接党的十九大胜利召开，红旗出版社2017年9月隆重推出著名作家何建明创作的长篇报告文学力作——《那山，那水》。

对这一"迎接党的十九大重点献礼书"，浙江省委、省政府高度重视，浙江省委宣传部、浙江省作协、浙江日报报业集团精心组织，推动创作，安吉县委、县政府全力支持，积极配合。选题于2017年3月立项。

本书讲述的是浙江安吉的故事。2005年8月15日，习近平总书记就是在安吉余村提出了"绿水青山就是金山银山"理念。作品以中国美丽乡村发源地安吉余村为基点，通过报告文学的形式，生动反映了安吉人民牢记习近平总书记嘱托，以"绿水青山就是金山银山"理念为指引，坚定不移地举生态旗、打生态牌、走生态路的风采风貌。12年来，安吉协调推进生态文明建设和经济社会发展，逐步走出了一条生态美、产业兴、百姓富的可持续发展之路。

伟大的思想引领伟大的实践。在余村乃至安吉10多年的巨大变化中，生态文明建设的伟大构想和重大意义，十分明晰又极为具体地得到了确证。美丽中国建设由此发轫。从安吉开始，仅仅12年时间，位于浙西北山区的余村和其他山村，从山水到空气，从百姓生产生活到人们的内在精神品格，都发生了翻天覆地的变化，呈现出一幅波澜壮阔的秀美画卷。安吉作为"美丽乡村""美丽浙江"建设的鲜活样本，生动诠释着"绿水青山就是金山银山"理念引领"美丽中国"

建设的强大生命力，为中国的今天和明天谱写了一部动人心魄的现代史诗。

著名作家何建明在繁忙的公务之余挤出宝贵时间，全力以赴投入创作。他深入生活、扎根人民、五入浙江，捧着笔记本，进行田野调查；吃住在乡里，走村串户，沉浸式采访普通村民和干部，获取了大量带着田野芬芳的第一手资料；夜以继日，汪洋恣肆，奋笔疾书，一气呵成。

6月底，20余万字的初稿沉甸甸地摆在出版社编辑面前。历时两个月的三审三校改样，凝聚着各方专家、领导的心血汗水和聪明才智：浙江省委宣传部、浙江省作协、《求是》杂志社、浙江日报报业集团、安吉县委、安吉县政府等单位领导，以及社科界、文艺界专家学者，推动立项、协调采访、座谈研讨、修改书稿，从不同视角对本书提出了许多宝贵的意见和建议。在此，一并感谢。更要感谢的是安吉，特别是余村的父老乡亲，正是他们对"绿水青山就是金山银山"理念的坚定信仰和生动实践，为创作者提供了不竭源泉。

"文章合为时而著，歌诗合为事而作。"中国文艺只有为时代立心铸魂，把握时代脉搏创作，紧贴百姓生活抒写，将中国精神寓于中国故事，才能由衷地、真切地展现中华民族走向伟大复兴的时代气象。作者一腔才华，编者一番苦心，最终促成了这一重大主题报告文学的创作和出版。

身处伟大变革时代的我们，能为美丽中国记录伟大瞬间，真可谓荣幸之至。我们已经并将继续与广大读者分享伟大瞬间，见证思想力量。

红旗出版社

2017年9月

2017年9月19日,《那山,那水》首发式暨研讨会在《求是》杂志社召开

2017年11月29日,学习贯彻习近平总书记生态文明建设重要思想暨优秀作品《那山,那水》座谈会在北京召开

何建明在湖州师范学院签售

何建明和湖州师范学院的师生们在一起

何建明在华西干部学院签售

何建明为宁波横溪镇镇干部、党员和村民代表作"走进新时代"主题演讲

何建明在余村采访

何建明在安吉余村文化礼堂作"新时代从这里开始"主题演讲

图书在版编目（CIP）数据

那山，那水：纪念版/何建明著. -- 2版. -- 北京：红旗出版社，2025.5. -- ISBN 978-7-5051-5483-4

Ⅰ.I253.6

中国国家版本馆CIP数据核字第2025BU4187号

书　　名	那山，那水：纪念版		
	NA SHAN, NA SHUI : JINIAN BAN		
著　　者	何建明		
出 版 人	蔡李章	责任印务	金　硕
责任编辑	赵　洁　刘云霞	装帧设计	戴　影
责任校对	吕丹妮	支持单位	中共安吉县委宣传部
校　　对	蔡文彪		
出版发行	红旗出版社		
地　　址	北京市沙滩北街2号	邮政编码	100727
	杭州市体育场路178号	邮政编码	310039
编辑部	0571-85310806	发行部	0571-85311330
E - mail	hqcbs@8531.cn		
法律顾问	北京盈科（杭州）律师事务所　钱　航　董　晓		
图文排版	浙江新华图文制作有限公司		
印　　刷	浙江新华印刷技术有限公司		
开　　本	710毫米×1000毫米 1/16	印　张	20.5
字　　数	276千字		
版　　次	2025年5月第2版	印　次	2025年5月第1次印刷
ISBN 978-7-5051-5483-4		定　价	80.00元